我见宋词多妩媚

那时青荷 著

合肥工業大學出版社

图书在版编目(CIP)数据

我见宋词多妩媚/那时青荷著．—合肥：合肥工业大学出版社，2021.11

ISBN 978-7-5650-5559-1

Ⅰ.①我… Ⅱ.①那… Ⅲ.①宋词—诗歌欣赏 Ⅳ.①I207.23

中国版本图书馆CIP数据核字(2021)第226041号

我见宋词多妩媚

WO JIAN SONGCI DUO WUMEI

那时青荷 著

责任编辑	疏利民
出　　版	合肥工业大学出版社
地　　址	(230009)合肥市屯溪路193号
网　　址	www.hfutpress.com.cn
电　　话	理工图书出版中心：0551-62903018 营销与储运管理中心：0551-62903198
开　　本	880毫米×1230毫米　1/32
印　　张	10.25
字　　数	196千字
版　　次	2021年11月第1版
印　　次	2022年5月第1次印刷
印　　刷	安徽联众印刷有限公司
书　　号	ISBN 978-7-5650-5559-1
定　　价	48.00元

序

料宋词见我应如是

沈喜阳

疏利民先生是合肥工业大学出版社的资深编辑，也是我相交多年的挚友；作为编辑，我觉得他最大的优点就是善于发现作者。他在担任拙作《一位博士生父亲写给本科生儿子的48封信》的责编时，特意请那时青荷女史（本名黄琼会）为拙作写了一篇编后记《当你来看此书时》。这是我第一次认真阅读那时青荷的文章。她清新细腻的文字中饱含着自己对生命深切的感悟，所以她的文字不是那种轻飘飘的小清新，而是有着洗去铅华但又充满质感的纯净和优雅。当疏利民兄邀我为那时青荷的这本《我见宋词多妩媚》写序时，我毫不犹豫地应承下来，因为我不仅可以先睹为快，而且可以在写序过程中细细品赏她的纯净和优雅。

现在市面上有很多诗词赏析类的图书，如同过江之鲫，俯拾皆是，读者只见到被赏析的诗词，而见不到写这些赏析的作者；也就是说，被赏析的古代诗词和今天赏析这些诗词的人是脱节的。我认为本书的特异之处在于，作者不仅是鉴赏宋词，解说宋词的美好，而且是把自己的生命感悟放进宋词中，作者那时青荷走进了宋代词人的心中，与他们共呼吸同命运，与写作宋词的那些词人成为一体，所以既可以说这些词是宋代人写的，也可以说是作者写的。自海宁王国维先生在《宋元戏曲考》“序”中提出“凡一代有一代之文学”，唐诗宋词作为唐朝和宋代之代表性文学样式，已深入国人心中。而“诗庄词媚”之观念，在数千年演变中也渐渐为国人所接受。大抵而言，诗庄肃严正，词妩媚婉约。作者那时青荷说“我见宋词多妩媚”，这是探骊得珠之言。宋代词人辛弃疾《贺新郎》词曰：“我见青山多妩媚，料青山见我应如是。”既然作者把她这本大著创造性地命名为“我见宋词多妩媚”，我则不妨东施效颦，把这篇小序取名为“料宋词见我应如是”。

为何作者能够“我见宋词多妩媚”？我们不妨先来弄清一个人为何“看”不“见”。根据《礼记·大学》的说法（心不在焉：视而不见，听而不闻，食而不知其味），一个人之所以“视而不见”（或者“听而不闻”，或者“食而不知其味”），是因为他“心不在焉”。举例来说，一个装满半杯水的水杯，有人乍一眼所见的是半杯水，这是因为他的心不在半杯空上；有人乍一眼所见的是半杯空，这是因为他的心不在半杯水上。我们当然既不能说看见半杯水的人是对的，也不能说看见半杯空的人是错的。但是看见半杯水的人和看见半杯空的人，他们看待世界的眼光和心境是截然不同的。从某种意义上来说，一个人所看得见的和他所看不见的，正反映出这个人的本质和能力。其所看见者和看不见者，正是其内在思想和情感的外在表现。这也就是《易经·系辞》所谓“仁者见之谓之仁，知者见之谓之知”的道理。根据《礼记》的思路，我们反过来说，只有“心在焉”，才能“视而见”。我认为必须更进一步，只有“心有焉”，才能“视而见”。只有心中有妩媚，才能看见宋词的妩媚；只有心中有美，才能发现宋词的美。因为作者心中有妩媚，所以才能“我见宋词多妩媚”；从宋词的角度言之，则“料宋词见我应如是”，亦如辛弃疾所言，“情与貌，略相似”。

在粗糙浮躁的现代生活中，我们现代人所失去的，就是感受美、体悟情的能力。在资讯发达的当下，看见宋词的妩媚，其最大的困难已经不在于获取宋词中的典故和知识时的障碍，而在于感受宋词所呈现的美，体悟宋词所含蕴的情。因为今天我们对于知识的获取和典故的了解已经成为轻而易举的事情，但对于美的感受和情的体悟却变得非常难得；换言之，当代许多人感受美的能力和体悟情的能力都变得急速下降乃至于消失了。当高科技快节奏的新事物对我们进行轮番轰炸时，我们在猝不及防中首先丧失的就是对于美的感受和对于情的体悟。因为我们太忙了，甚至来不及慢慢咀嚼和细细品味，就被迫吞下了铺天盖地的信息和接踵而至的潮流。老子说："重为轻根，静为躁君。"疗治现代性狂热疾病的终极药方必然是以静制动，以慢制快。《我见宋词多妩媚》是一本让人静下来的书，也是一本让人慢下来的书。我们跟随作者读宋词，既深信"天涯何处无芳草"，又何妨"雨打梨花深闭门"；哪怕能"欲买桂花同载酒"，终究是"高城灯火已黄昏"；虽叹息"锦瑟华年谁与度"，却自慰"不如怜取眼前人"；纵然是"多情自古伤离别"，也仅求"只愿君心似我心"。作者有意按照春夏秋冬的顺序，引导读者领略宋词的美，体验宋人的情。在四季的轮转中，春花秋月何时了，夏云冬雪两相偎。自然景物，世间事物，都与人的情感共鸣共振。

往深里挖掘，我认为作者之所以能"我见宋词多妩媚"，是因为作者与千百年前的宋代词人产生了共鸣共振。作者首先在自己心中复活了千百年前的词人之心，然后以灵动贴切的文字使作为经典的宋词活转过来。这个过程，既可以说是让千百年前的宋代词人在当下复活重生，也可以说是让当下浮躁粗糙的我们回到千百年前亲身感受。实际上是让古今相会于一瞬，让古人之心和今人之心一起跳动。再伟大的唐诗，再优美的宋词，如果不能被当代人阅读，不能在当代人心中激起情感共鸣的涟漪，就是僵死的经典（也就不称其为经典），伟大和优美根本无从谈起。作为经典的唐诗宋词，必须在当代人心中活转过来，这样经典所描叙和抒发的就不再是与我们当下的人生毫不相干的古代的已经消逝的景物和情感，而成为此时此地活生生的景物和情感。经典的超时间性和超地域性仅仅是潜在的，它需要我们一代代读者去转化和复活，才能实现经典的超时空性。“我见宋词多妩媚”，就是“我”（包括作者和我们读者）复活宋词的妩媚，再现宋词的妩媚；“料宋词见我应如是”，就是我们通过阅读、浸润宋词，激发自己身上妩媚优美的潜质，让自己配得上宋词的妩媚，于是宋词也见到了我们的妩媚和美好。于是宋词与“我”，“我”与宋词，真正达到了辛弃疾所说的“情与貌，略相似”。

我说“料宋词见我应如是”，其中的“我”有两个意思：一指《我见宋词多妩媚》的作者；一指跟着作者读宋词的读者，当然也包括我自己。正是由于作者的慧眼灵心，她发现了宋词的妩媚之美，才能使我们读者跟着作者的发现而有所发现，并充分领略宋词的妩媚之美而得到美的享受和心的浸润。美的享受，就是美化我们，从粗鄙走向优雅；心的浸润，就是感染我们，从麻木走向灵敏。通过阅读宋词，得到美的享受和心的浸润的灵魂才是灵动美好的。阅读宋词是一件幸福的事，游赏风景是一件快乐的事；而跟着慧眼灵心的作者阅读宋词就如同跟着如数家珍的导游去游览风景一样，是一件既幸福又快乐的事。那么亲爱的读者，请你抛开我这篇开场白，跟随作者去做“既幸福又快乐”的事吧。

2021 年 10 月 28 日于庐州蜀望楼

作者简介

沈喜阳，安徽池州人，现于华东师范大学思勉人文高等研究院攻读中国古代文学专业博士学位（学术型），获 2018—2019 年度博士生国家奖学金，加拿大麦吉尔大学访问学者。曾任出版社编辑，副编审职称；担任责编的图书获第四届中国出版政府奖、第四届和第六届中华优秀出版物奖图书提名奖。在《世界文学》《俄罗斯研究》《香港文学》《当代文坛》《古代文学理论研究》《文化研究》《中国文化》和《文艺报》《中华读书报》《文汇报》《文学报》《文汇读书周报》《南方周末》《安徽日报》等报刊发表文章多篇；在上海教育出版社、上海科学技术文献出版社、合肥工业大学出版社、安徽文艺出版社和安徽少年儿童出版社出版图书多种。其最新著作为合肥工业大学出版社出版的《一位博士生父亲写给本科生儿子的 48 封信》。

目　录

第一卷　若到江南赶上春

第二卷　且将新火试新茶

第三卷 锦瑟华年谁与度

第四卷 只愿君心似我心

第五卷　枕上诗书闲处好

第六卷　多情自古伤离别

第七卷　此心安处是吾乡

第八卷　雪里已知春信至

第一卷　若到江南赶上春

也许每个人心里，
都装着一个最美的江南。
江南有看不尽的杏花春雨，
画不尽的粉墙黛瓦，
走不尽的巷陌人家，
道不尽的烟柳繁华。

李清照：倚门回首，却把青梅嗅

无论时光如何流转，季节如何交替，每一个姹紫嫣红的春天，总是令人心生欢喜的。那枝头初生的第一片柳叶，是春水渐宽，亦是春风十里。那雨里初绽的第一朵杏花，是人生初见，亦是久别重逢。

不管世事怎样变迁，年华怎样消瘦，每一回幻影交叠的刹那，总是让人寂静无言的。那凝眸处的一段新愁，是烟锁秦楼，亦是武陵人远。那声声慢的种种情怀，是如花美眷，亦是似水流年。

如此乍暖还寒时候，最是心情散淡，任凭三千繁华落尽，唯有初心最难将息。此时宜独坐，宜静思，宜一曲琴音，半杯清茶，重温一回最初的美好，怀想一种古典的从前。宜打开一卷宋词，追忆一段青梅往事，邂逅一场婉约爱情。

那是一个春日的早晨，春风乍至，花鸟争喧，正值豆蔻年华的她，正是青梅一样的美。那是一段比梦还要美好的过往，却是真切地发生过，定格在千年前的宋朝，呈现在这阕《点绛唇》里：

蹴罢秋千，起来慵整纤纤手。露浓花瘦，薄汗轻衣透。

见客入来，袜刬金钗溜。和羞走，倚门回首，却把青梅嗅。

那年那月，李家有女初长成，花样年华皆如画，少女情怀总是诗。年轻的心，一如荡漾在花园中的秋千，轻盈可人，不知所止，与春风相呼应。而一份美好的爱情，就这样如春水初生，随春风悄然而至了。

出身于书香门第的她，芳名李清照，生得娇憨明媚，清丽脱俗，从小博览群书，才情出众，拥有一颗灵慧诗心。少女时代的她，究竟有多美呢？也许有一种美，不仅在于姣好容貌，更在于一颦一笑时的清雅姿态和言谈举止间的诗书底蕴，是少女眼波里所透出的灵气，教人一见就怦然心动的欢喜。

当然还有一种动人之美，只属于蹴罢秋千的她。那“慵整纤纤手”的矜持，那“薄汗轻衣透”的快乐，那“袜刬金钗溜”的活泼，那“却把青梅嗅”的娇羞，无不是一幅活色生香的画，历历如绘，使人浮想联翩。

原来这位不速之客，是位翩翩少年——他叫赵明诚，生于诗书官宦之家，自幼勤奋好学，喜爱诗文，尤其偏好金石之学。他在《金石录》序中曾言："余自少小喜从当世学士大夫访问前代金石刻词。"及至少年时期，随父居住汴京，后入太学，他已经以金石收藏而闻名京师。太学是宋代官学，五品以上官员子弟才可入读，是当时的顶级学府，旨在为朝廷培养后备人才。在众多太学生中，他亦不失为一名博闻雅识的少年郎。

何其有幸，于千万人之中遇见你。那种人生最初的心动，美妙得无法形容。

当年少女李清照，曾以一首《如梦令》轰动词坛，广为流传，引得无数文人激赏。当少年赵明诚读到那"知否，知否，应是绿肥红瘦"的佳句，反复吟咏之际，又怎能不倾慕她的才华呢？

所以当元宵节在大相国寺赏花灯时，他与她邂逅于火树银花里的人海，那伫立在灯影之下的伊人，淡妆如画，风采若诗，那种灵性与才气相映的美，就像一轮皎皎明月，生发出与众不同的光华，顿时照亮他的世界。

世间最美不过遇见你，是前生注定的因缘也好，是一见钟情的爱恋也罢，虽然只是惊鸿一瞥，但他对她已是一见倾心，决定非她不娶了。从此他对她魂牵梦绕，念念在心，他的眼前，他的梦里，总是她那令人挥之不去的身影。他终于理解《诗经·关雎》的深意："窈窕淑女，寤寐求之。求之不得，寤寐思服。悠哉悠哉，辗转反侧。"

在那个父母之命、媒妁之言的时代，男婚女嫁必须由父母做主。他左思右想，灵机一动，为达成心愿，于是对父亲说他做了个梦。

这是一个众所周知的故事。关于这段故事，且看《琅嬛记》中有详细记载："赵明诚幼时，其父将为择妇。明诚昼寝，梦诵一书，觉来惟忆三句云：'言与司合，安上已脱，芝芙草拔。'以告其父，其父为解曰：'汝殆得能文词妇也。言与司合是词字，安上已脱是女字，芝芙草拔是之夫二字。非谓汝为词女之夫乎？'后李翁以女妻之，即易安也，果有文章。"

舐犊情深的父亲，一下子识透儿子的小聪明，更明白了儿子的心思，自然费心尽力四处张罗，托人向李家提亲。不久他就梦想成真，真正成为词女之夫，娶得千古第一才女为妻。

何其有幸，于千万人之中，遇见你所要遇见的人，于千万年之中，时间无涯的荒野里，没有早一步，也没有晚一步，一切都刚刚好。

就像那个暮春的上午，和风轻拂，秋千轻荡，那一刻他迎风翩翩而来，陌上花开正好，千朵是伊，万朵亦是伊。那一刻她含羞而走，又偷偷倚门回首，两颊一片绯红，手间青梅如豆。

那个前来拜访的少年郎，从此走进李清照的心里。自此山水相映，一见倾心，自此柔情深种，两情相悦，一往情深深几许，一生一代一双人。

如果回忆有味道，多年之后，当她想起最初的相遇，想起那夺人心魄的时刻，心里应该还会拂过那日的轻风，回想起那枝青梅的气息。那一抹娇羞，是心花簌簌，美妙的感觉在心底洇开，余味绵长又清甜，如酒的芬芳，如梦的动人。

她是从春天里走来的女儿，如花解语，如玉生香，温柔了尘世，惊艳了时光。她带着她最美丽的爱情，最丰盈的才华，优雅从容地盛开在时光中，从宋朝到当下，从刹那到永恒。

若有诗书藏于心，岁月从不败美人。我们看到，历经千年岁月的沉淀，千古第一才女李清照，她从未走远，也从未老去，一生气骨若梅，一世清新似兰，永远散发着灵魂的香气。

我们懂她，爱她，愿意一遍遍走近她，领略她的林下风致，感知她的内心世界，读懂她的美丽与哀愁。她永远是诗词的女儿，她的才情风华绝代，她的爱情扣人心弦，她的人生波澜壮阔，她当得起这世间所有的赞美，配得上时光里所有的美好。

辛弃疾：谁向椒盘簪彩胜

立春时节，天气一日暖似一日，尽管下过一场春雪，可转瞬之间便消融了去。午后出门散步，但觉雪消风软，阳光明媚，徐徐和风吹动初平的水面，泛起层层叠叠的涟漪，只见一片波光粼粼之上，一抹浅黄的柳色，远远映入眼帘，给人一种久违的清新与温柔。

与春天久别重逢，那所有的美好即将发生。我看见《诗经》里的春天，是“春日载阳，有鸣仓庚”，是“春日迟迟，采蘩祁祁”。那声声清脆的鸟鸣里，有天地如初的模样；那像诗一样蓬勃生长的植物，永远散发着自然的芬芳。

我看见唐诗里的春天，是“天街小雨润如酥，草色遥看近却无”，是“碧玉妆成一树高，万条垂下绿丝绦”。春光灿烂，草长莺飞，杨柳依依，细叶如裁，一个万物生发的世界，一切都是那么诗意盎然……

且看宋朝一个立春之日，辛弃疾面对良辰美景，心中自是感慨万千，写下一阕《汉宫春》：那种昂扬奋发的情怀，读来句句皆好；那份春回大地的欢喜，更是俯仰皆拾。

春已归来，看美人头上，袅袅春幡。无端风雨，未肯收尽余寒。年时燕子，料今宵梦到西园。浑未办、黄柑荐酒，更传青韭堆盘。

却笑东风，从此便熏梅染柳，更没些闲。闲时又来镜里，转变朱颜。清愁不断，问何人、会解连环？生怕见、花开花落，朝来塞雁先还。

宋时每逢立春，女子将彩绸剪为花、蝶、燕等形状，插于头上鬓间，或缀于花枝叶下，名曰“春幡”，也名“幡胜”“彩胜”。看到美人头上春幡袅袅，便知人间春已归来，可以想见，那样的画面何其惊艳动人。

宋隆兴元年（1163），年轻的辛弃疾，寓居京口（今江苏镇江），与妻子范如玉刚刚成家不久。新婚燕尔的美好，才子佳人的相伴，说喜悦，那是发自内心的喜悦；说惆怅，那是甜蜜的惆怅；说清愁，那也是花开花落的清愁。

东坡词旷，稼轩词豪。有一种气质叫侠骨柔情，有一种品格叫剑胆琴心，也许再任侠豪放的人，也有细腻儒雅的一面。“我见青山多妩媚”的是他，“醉里挑灯看剑”的是他，“看美人头上，袅袅春幡”的是他，“问何人会解连环”的是他，让我透过他的沉雄豪迈，看到了不一样的温柔心肠，看到了一个内心丰富的稼轩。

且说二十五年后，也就是宋淳熙十五年（1188）元日，是时适逢立春，辛弃疾填成一首《蝶恋花·元日立春》。这首心灵之作，可与前词共读，两相对照，体会个中滋味：

谁向椒盘簪彩胜？整整韶华，争上春风鬓。往日不堪重记省，为花长把新春恨。

春未来时先借问，晚恨开迟，早又飘零近。今岁花期消息定，只愁风雨无凭准。

椒盘即椒酒，《荆楚岁时记》云：“俗有岁首用椒酒。椒花芬香，故采花以贡樽。”这年正月初一，适逢立春之日。正当韶华的女儿们，争着从椒盘中取出彩胜插上两鬓，巧笑嫣然，春风吹着她们头上的春幡，格外好看。众人都沉浸在欢度春节的热闹气氛中，而辛弃疾却索然无味，自然界的节候推移，人世间的沧桑变化，触发了他满腹的愁绪，让他百感交集，有种与众不同的感伤。

此时辛弃疾已年近五十，尽管被劾离官五年有余，罢职闲居上饶乡间，可他却须臾不忘国事，以气节自负，以功业自许，为收复失地而忧心如焚。岁岁苦盼春来，可年复一年，花期仍无定准，风雨也难预料。于是他在席间赋此咏花之作，借花期总因风雨而无凭，抒发对国事与人生的忧虑，直将满腔胸臆诉诸平仄之间，这份深浓的赤子情怀，让人动容。

屈指算来，他渡江归宋，已经整整二十七度春秋。二十七年来，他无时不渴望恢复大业成功，可是无情的现实，却使他屡屡失望。他一生以抗金复国为志，然而命运多舛，壮志难酬，此心年年盼花期，却总是遥遥无期。纵然春已归来，美人头上，又是袅袅春幡，可他早已无心再看了。

"却笑东风，从此便熏梅染柳，更没些闲。闲时又来镜里，转变朱颜"，这是年轻时的辛弃疾，对岁月年华的感慨；"往日不堪重记省，为花长把新春恨……今岁花期消息定，只愁风雨无凭准"，这是中年后的稼轩居士，对往事人生的喟叹。

一样都是立春之日，一样都是春幡袅袅，不一样的，只是时光流转的心境，只是花期无凭的愁绪。世事如流水，年年春风依旧，与春天久别重逢，在时光的花开花落之外，我看见赤子之心永恒。

我也曾以一种朴素的欢喜，在《立春帖》里如是写道："一切都是那样古老，一切都是如此崭新。这一刻梅花开满我的衣襟，我与内心所有寂静的山河，都将一路重逢，芳香满径。"

立春，立春，一年之计在于春。我愿是春天里的一棵草，只顺应内心的季节和气候，慢慢生根发芽，舒展一叶新绿。即使有一天，我也会老无所依，也会悄然离去。

立春，立春，一生之计在于春。我愿是春天里的一棵树，一天天以心灵的角度，安静地生长，生长一种持续的美丽，一种贴近灵魂的风景。

——从此以一种五百年的执着，在自己的旷野里，诗意地栖居。以一种超越自我的高贵，一天天静静等待，万物归来。

秦观：晓色云开，春随人意

如此早春的清晨，倘若坐在湖边凝视一回依依杨柳，看那一抹清新可人的绿意，长长垂下来，诗一般温柔了整个水面，你会想起昆曲《牡丹亭》里这句唱词："袅晴丝吹来闲庭院，摇漾春如线。"

春如线，多生动的比喻。那千丝万缕的柔条，轻轻荡漾在和煦的晨风中，可不就是一根根春天的丝线呀！缀着点点温润的鹅黄，透着丝丝缠绵的嫩绿，恰似一帘幽梦，尽是一种撩人的美。一个旖旎的早春，顿时入了眼，惊了心，让人如痴如醉。

刹那间，你就会明白"春如线"的妙处。再没有比"春如线"更能描述江南早春的灵气了。春风复多情，吹我罗裳开，也吹皱一湖乍绿的春水，这厢杨柳如丝，碧玉妆成一树高，那厢细雨如酥，草色遥看近却无……每一年早春，都有着一如既往的美好，这是一种诗意的重温，也是一种莫名的欣然。

且看吴冠中的画里，立春后的江南，总是春如线的。那枝枝蔓蔓的线条，大大小小的墨点，若隐若现的柳色，画里画外，分明就是魂牵梦绕的江南啊！

千百年来，江南总是一个诗意的存在。杏花春雨，是江南最美的序言；小桥流水，是江南最美的段落；诗书画印，是江南最美的呼吸；丝绸刺绣，是江南最美的质地；昆曲评弹，是江南最美的声音；而笔墨纸砚，是江南最美的韵脚。

人说江南春来早，此生只合江南老。这一刻我只想去江南，寻找或重逢，春天的前世今生。早春的江南，随处可见人间最美的风景：阡陌田园之上，有几处早莺争暖树，谁家新燕啄春泥；柳下桃蹊之间，是东风暗换了年华，乱分春色到人家。

早春的江南，是一幅心灵的画卷，是夜月一帘幽梦，春风十里柔情；是梅花落满了南山，暗随流水到天涯。早春的江南，让无数文人墨客沉醉，那古朴的长亭，旧时的巷陌，柔软的柳枝，碧绿的芳草，总是似曾相识，又如梦似幻。

在春如线的江南，在杏花春雨的江南，适合开心窗一扇，任春风入室，任细雨在檐，只闻花香，不谈悲喜，将日子过得简约如茶。雨过天晴之时，当梅英疏淡，阳光正好，适合打开一卷宋词，将秦观《满庭芳》细细临摹：

晓色云开，春随人意，骤雨才过初晴。古台芳榭，飞燕蹴红英。舞困榆钱自落，秋千外、绿水桥平。东风里，朱门映柳，低按小秦筝。

多情，行乐处，珠钿翠盖，玉辔红缨。渐酒空金榼，花困蓬瀛。豆蔻梢头旧恨，十年梦、屈指堪惊。凭阑久，疏烟淡日，寂寞下芜城。

前人曾曰：“少游词清丽婉约，辞情相称，诵之回肠荡气，自是词中上品。”且看“晓色云开，春随人意，骤雨才过初晴”，多美的开篇，给人一种心旷神怡的开阔境界，这就是诗词里的江南，这就是教人魂牵梦绕的江南。

昨日骤雨刚过，今朝云开天晴，天从人愿，可以外出春游了。开阔的古台边，临水的楼阁旁，处处繁花似锦，一片芬芳灿烂。双双飞燕穿花，粉红色的花瓣纷纷扬扬；片片榆荚飞舞，嫩绿的榆钱随风悠悠飘落。春水涨溢，水面几乎与桥相平了，朱门映柳，传来佳人低按秦筝的声音——只是，这都是十年前甚至更久以前的回忆了。

一切景语皆是情语，想来作诗填词，俱是写眼前所见，书心中所想。那时在美丽的扬州，风流倜傥的秦观，好似当年的小杜公子，定然也是遇见了让他中意的佳人。在从前浪漫的春日里，那娉婷的女子在调弦拨筝，轻轻吟唱，那如诗如画的倩影，那似水似蜜的柔情，一直让他念念在心，无法忘怀。所以忆及早年的宴饮游乐，怀想最初的少年情事，他不由得深深感叹：“豆蔻梢头旧恨，十年梦、屈指堪惊。”

是啊，春到人间草木知，春到江南惹相思。江南的春天，是东风里朱门映柳，秋千外绿水桥平；江南的佳人，是春风十里扬州路，卷上珠帘总不如；江南的才子，是十年一觉扬州梦，赢得青楼薄幸名。

南京师范大学教授郦波说过：“每一首诗，都是初相遇。每一念起，都是满庭芳。一切终将暗淡，只有你，才是光芒。”

也许诗人会老去，相思却不曾老去。那份对江南的眷念，情不知何所起，一往而深。那个让人怦然心动的你，在江南，在深深的江南。那个令人魂牵梦绕的你，总是在流年深处闪闪发光。在江南，在如诗如画的江南，每一寸时光，都记录着一场初相遇；每一片落花，都落在心底最柔软的地方。

春天，遂想起江南，唐诗里的江南
九岁时，采桑叶于其中，捉蜻蜓于其中
江南，小杜的江南，苏小小的江南……
多寺的江南，多亭的江南，
多风筝的江南，钟声里的江南，多燕子的江南

江南，是诗人余光中一生的情结。在诗人心中，江南

的一切都是美的。在美丽的江南，他不仅度过了青梅竹马的童年，还度过了浪漫多情的青年。江南水乡的秀美景色，滋润着他的儒雅性情，成就了他的诗人气质。

那里有如烟的柳堤，招展的酒旗，还有一群灵秀可人的表妹。他曾和她们一起去采桑、采莲、采菱……那些美好的时光，深刻在他的心灵深处，沉淀成他的精神底色，是他无尽的乡愁记忆里，最柔美温婉的那一帧。后来诗人移居中国台湾，隔着长长的海峡，难得重归故里，对江南的思念日积月累，无不凝聚成字字含情的诗句，迸发而出。

有一种深远的回忆，是入骨的思念；有一种无期的等待，是注定的宿命。只是在古典的江南，那无期的等待也是美的，一如郑愁予的《错误》：

我打江南走过
那等在季节里的容颜如莲花的开落
东风不来，三月的柳絮不飞
你底心如小小的寂寞的城
恰若青石的街道向晚
跫音不响，三月的春帷不揭
你底心是小小的窗扉紧掩
我达达的马蹄是美丽的错误
我不是归人，是个过客

花开花落，过客匆匆，只有相思缠绵不绝，是小小的窗扉紧掩，是一座小小的寂寞的城。那江南小城的最深处，是谁一直低低在唱："原来姹紫嫣红开遍，似这般都付与断井颓垣，良辰美景奈何天，赏心乐事谁家院。朝飞暮卷，云霞翠轩，雨丝风片，烟波画船，锦屏人忒看的这韶光贱。"

晓色云开，春随人意。在春如线的江南，在杏花春雨的江南，那柔软的水磨腔，丝绸一般千回百转，那飘拂的水袖，云霞一般上下翻飞，多少年来撩了谁人的心，又惊了谁人的梦？

晏殊：不如怜取眼前人

张潮《幽梦影》有言："值太平世，生湖山郡，官长廉静，家道优裕，娶妇贤淑，生子聪慧。人生如此，可云全福。"

可以说，这样幸福的人生愿景，着实让人心向往之。只是可遇不可求，得此人生六福，做个富贵闲人，须天时、地利、人和三者缺一不可。纵观古今中外，放眼茫茫人海，这般完美得令人发愁的幸福，又有几人能够拥有？

好在凡事总有例外，或惊喜，或特别。在北宋词坛，曾有一人，他生于太平盛世，年少成名，不但出身显贵，聪慧异常，而且深受皇帝赏识，一生顺风顺水，人称"太平宰相"。其子晏几道，更是文采出众，青出于蓝，词坛二晏，不可多得。别人梦寐以求的幸福人生，于他顺理成章地就拥有了。显而易见，如此令人艳羡的富贵闲人——就是晏殊。

自古英才出少年，晏殊从小聪明过人，十四岁以神童入试，赐同进士出身。其出众的才华，沉稳的气度，深受宋真宗喜爱。宰相寇准说道："晏殊乃长江以南之人，不可重用。"真宗答道："前朝名相张九龄，不也是江外之人吗?"接下来的廷试中，晏殊见考题是自己曾经做过的，便如实上奏，请求改题。一个少年如此诚实，整个考场为之骇异，真宗更是嘉许不已。

晏殊为人真诚坦率，性情端正圆融，生活清廉俭朴。无论是在政坛，还是在文坛，都可算得上是一股清流。晏殊入朝为官后，当时天下承平，百姓富足，朝廷高薪养廉，允许臣子饮宴游玩，以至于市楼酒馆，处处笙歌燕舞，夜夜欢饮聚会。而晏殊从不出门娱乐，一心只读圣贤书。

一天宫中给太子选老师，忽然真宗御点晏殊上任。执政大臣不解，真宗说："听闻朝臣皆通宵达旦宴游，只有晏殊闭门读书，潜心钻研学问。如此博学严谨之人，正可教习太子读书。"而晏殊却满脸正色："微臣并非不喜宴饮，只是囊中羞涩，是贫穷限制了自由，只好宅在家里读书。"真宗因此更欣赏他的诚实厚道，从此眷宠日深，晏殊得以大用。

晏殊一生儒雅质朴，德高望重，待人以诚，唯贤是举，大力扶持书院，乐于奖掖人才，开创北宋教育之先河。他不遗余力地对范仲淹、欧阳修、王安石、韩琦等人进行提拔，使他们最终成为北宋政坛上叱咤风云的将相良才。即便因文风不同，政见不合，王安石曾当众质疑晏殊的诗词和言论，晏殊亦淡然一笑："能容于物，物亦容矣。"

他是如此宠辱不惊，淡定从容，且勤奋好学，从少年到老年，一直孜孜不倦。单词作就有一万余首，数量之多，在词坛无人能出其右，故有"宰相词人"之称。只是大多已散佚，仅存《珠玉词》一卷。最初读其名篇《浣溪沙》，一句"无可奈何花落去，似曾相识燕归来"，清丽自然，含蓄蕴藉，让人过目难忘。他还有一首《浣溪沙》，更是情致缠绵，历来为人称道：

一向年光有限身，等闲离别易销魂。酒筵歌席莫辞频。
满目山河空念远，落花风雨更伤春。不如怜取眼前人。

词人就是这样，既才华横溢，又多愁善感，以清茶会良友，在静夜读好书，有闲雅的风流，也有多情的思绪。面对流转的年光，等闲的离别，想到有限的生命，宛若一江春水一去不返，总是黯然神伤。于是或对酒当歌，或借酒消愁，也想以频繁的宴乐聊慰平生。放眼山河辽阔，怎能不怀念远别的亲友，满园风雨落花，春光易逝更教人感伤，还是好好把握当下，珍惜所有，好好爱怜眼前的人。

作家周国平说，当一个享尽人间荣华富贵的幸运儿，仍然为生活的空虚苦恼时，他听到的正是灵魂的叹息。

也许生命的仓促感，人生的微渺感，不会因出身阶层的不同，而有本质的变化。即便是再锦上添花的人生，再花好月圆的幸福，也有不可把握、不再重来的一天。所以有一种愁情，永远住在灵魂的深处，是与生俱来的，也是亘古不变的。哪怕雍容典雅如晏殊，也不能例外。

想来作为富贵词人和太平宰相，其伤春的愁情，只是一种心灵的闲愁，总泛着优雅从容的光泽。别人的愁，是务实的，而晏殊的愁，则是务虚的，像梨花院落溶溶月，又像柳絮池塘淡淡风。

在长亭散了饯行的宴席，当忧伤的骊歌唱罢，当香尘遮住了视线，离人仍频频回首，这边马匹隔着树林嘶鸣，那边船影已随江波渐远，晏殊执优雅之笔，不由得写下“画阁魂消，高楼目断，斜阳只送平波远。无穷无尽是离愁，天涯地角寻思遍”的依依难舍之词。

在水绿风暖的池塘旧地，晏殊回忆往昔初见，美人欢歌曼舞，如今却时过境迁，当时赏花行乐的人，也大半香消玉殒，顿感人生如梦，好景难再，于是发出“玉钩栏下香阶畔，醉后不知斜日晚。当时共我赏花人，点检如今无一半”的声声寂寞之叹。

在他的灵魂深处，有一种闲愁是“绿杨芳草长亭路，年少抛人容易去。楼头残梦五更钟，花底离情三月雨”；有一种闲愁是“燕鸿过后莺归去，细算浮生千万绪。长于春梦几多时，散似秋云无觅处”。

在他的灵魂深处，有一种闲愁是“红笺小字，说尽平生意。鸿雁在云鱼在水，惆怅此情难寄”；有一种闲愁是

"斜阳独倚西楼，遥山恰对帘钩。人面不知何处，绿波依旧东流"。

人生概莫如此，生死有时，爱恨有时，相聚有时，别离有时。可叹无情不似多情苦，一寸还成千万缕；可叹天涯地角有穷时，只有相思无尽处；可叹一向年光有限身，等闲离别易销魂；可叹落花风雨更伤春，不如怜取眼前人——千年之前，千年之后，我们总能听到那声声来自灵魂深处的叹息。

这样的叹息，很美；这样的闲愁，很美。

晏几道：琵琶弦上说相思

人生自是有情痴，此恨不关风与月。说到情痴，清朝的纳兰容若，是痴情种子；《红楼梦》中的贾宝玉，是痴情种子；在北宋的文人士子中，也有一个痴情种子，他就是著名的婉约派词人晏几道。

晏几道，字叔原，号小山，晏殊第七子。自幼潜心六艺，旁及百家，禀性孤傲，文才出众，写得一手绝妙好词，著有《小山词》留世。与其父晏殊合称“二晏”，也称“大晏”和“小晏”。

就像纳兰容若和贾宝玉一样，晏几道也是含着金汤匙出生的。父亲晏殊，是大名鼎鼎的词人宰相，富贵雍容，儒雅温润，在政治上颇有建树，文采更是令人称道。作为家中最小的儿子，晏几道得到父亲格外的宠爱，被老年得子的晏殊视为掌上明珠，从小养尊处优，锦衣玉食，在绮罗脂粉和书香词海中长大，过着纵横诗酒、逍遥自在的贵族日子，是个风度翩翩的美少年。

然而如此身份显赫、才情俊逸的世家公子，却是为爱痴狂的情种，而且他深深爱恋的女孩，还是身份卑微的歌女。这名歌女有个美丽的名字：小蘋。从初见到相恋，从离别到相思，他愿意耗去一生的等待，只为换得一场倾心的重逢：

梦后楼台高锁，酒醒帘幕低垂。去年春恨却来时。落花人独立，微雨燕双飞。

记得小蘋初见，两重心字罗衣。琵琶弦上说相思。当时明月在，曾照彩云归。

那年春天，晏几道去朋友家赴宴，朋友家里有四名歌女最为出色，人称“莲鸿蘋云”。这四位佳丽，恰似明媚的四朵金花，而小蘋，就是其中的蘋。初见小蘋之时，她身着薄罗轻衫，上面绣有两重“心”字，坐在那里轻弹琵琶，看上去是那么楚楚动人。这次偶然的邂逅，不由得让晏几道心中荡漾起爱的涟漪。想必此处“两重心字”，也暗示两人一见钟情，从此心心相印。初见的羞涩，脉脉的情意，唯有借助一曲琵琶互诉衷肠，弹者含情，听者知音。

公子世无双，陌上人如玉。纵然生在豪门望族，身边美女如云，可他只钟情小蘋一人。小蘋清纯可爱，天真浪漫，像一朵春天的海棠，让晏几道魂牵梦绕，一往情深。他无怨无悔，心甘情愿地爱着伊人，为她欢喜为她忧。她为他丝弦轻拨，柔情吟唱，有时用一曲琵琶诉相思，有时以一段古筝传爱意，那满腔的执着，那动人的情景，若用这首《菩萨蛮》来比拟，可谓恰如其分：

哀筝一弄湘江曲，声声写尽湘波绿。纤指十三弦，细将幽恨传。

当筵秋水慢，玉柱斜飞雁。弹到断肠时，春山眉黛低。

那是一段如锦似绣的时光，一段刻骨铭心的爱情。小𬞟，就是晏几道心中的“林妹妹”，初见即两心相许，情丝万缕。那种绮丽富足的生活，完全可用其词“金鞍美少年，去跃青骢马”“牵系玉楼人，绣被春寒夜”来形容。只是美好的时光总是短暂的，而红尘山高水阔，有情人难成眷属。一番世事更迭过后，再难舍难分的情缘，也终是零落天涯，转瞬随风而散。现实的残酷，命运的无情，让他无端陷入莫名的愁绪中，无尽怅惘，无从逃避。

宋至和二年（1055），晏殊因病逝世，晏几道春风得意、终日欢饮聚会的生活戛然而止，这年晏几道刚满十八岁。父亲离去，家道中落，成为他人生的转折点，让他开始意识到世态炎凉，人情冷暖。而他又生性高傲，心地单纯，不受世俗约束，不肯攀附权贵，无意仕途经济，只天真地沉浸在诗词世界里。尽管他一生仕宦不得志，只做过颍昌许田镇监等小吏，可他无意谋取功名利禄，只喜欢这样轻松自由的生活。然而命运并没有成全他的纯粹之梦，他却因诗词卷入一场牢狱之灾。

宋熙宁七年（1074），晏几道有位朋友郑侠，因反对王安石变法而被罗织罪名治罪，且从其家中搜到一首晏几道写给郑侠的诗："小白长红又满枝，筑球场外独支颐。春风自是人间客，主张繁华得几时？"于是朝廷以讽刺新政、反对改革为名，将晏几道逮捕下狱。

本来晏几道就像贾宝玉一样，每天流连在儿女情长、诗酒风流之中，不知人间还有别物。一个书生意气的文人，突然沦落成了有辱门楣的囚犯，对他来说无疑是个沉重的打击。虽然有惊无险，后来宋神宗释放了他，可几经折腾，本就每况愈下的家境，更是雪上加霜。

"醉拍春衫惜旧香，天将离恨恼疏狂。年年陌上生秋草，日日楼中到夕阳。"秋风萧瑟，草木凋零，残阳如水，小楼独立，曾经生活优渥的晏几道，如今已是潦倒落魄、满目困窘凄凉之况。时人皆知他天生傲骨，且仗义疏财，不会钩心斗角，不愿随波逐流。除了诗词，他别无所求；除了痴情，他一无所有。

作为好友和同乡的黄庭坚，曾说晏几道生平有四大痴绝处："仕宦连蹇，而不能一傍贵人之门，是一痴也；论文自有体，而不肯作一新进士语，此又一痴也；费资千百万，家人寒饥，而面有孺子之色，此又一痴也；人百负之而不恨，己信人，终不疑其欺己，此又一痴也。"

人生而有情，情极生痴，从而有所钟爱眷恋，亦有所遗憾幽恨，此爱至纯至真，此恨绵绵无期。他曾是个富贵闲人，也是个伤心之人，几番尘世风雨、物是人非过后，早年的朋友死的死，散的散，当年倾心相爱的小蘋，也似彩云一样不知流落何方，只留下般般苦痛，让他独自承受。

当时的明月还在，梦中的伊人何往？从江南到江北，从春夏到秋冬，他苦苦地寻找小蘋，在茫茫人海的尽头，他多么渴望能够与小蘋重逢。他唯一的心愿，就是在有生之年，还能再见一回小蘋，像当年那样一起弹唱琵琶，排解浮生的忧愁。

琵琶弦上说相思，是词人在倾诉千回百转的眷恋，欲尽此情书尺素，又何以寄托分别之后的万般牵挂？只是梦入江南烟水路，行尽江南，也难与离人遇。睡里消魂无说处，觉来惆怅佳期误，随着时光的流逝，只剩下孤独飘零的词人，还在追忆美好的从前，月圆月缺，心心念念。

长相思，长相思，若问相思甚了期，除非相见时。长相思，长相思，欲把相思说似谁，浅情人不知。在山长水远的人间，他相信小蘋一样思念着自己，牵挂着自己。那份缠绵的情丝，犹如这首《思远人》当中所写：

红叶黄花秋意晚，千里念行客。飞云过尽，归鸿无信，何处寄书得？

泪弹不尽临窗滴，就砚旋研墨。渐写到别来，此情深处，红笺为无色。

也许是精诚所至，金石为开。就在经历了无数次的梦中相会，醒来的失望之后，就在他们以为相逢无期，今生再也无缘相见之时，他与小蘋终于久别重逢。这次意外重逢，让他心花怒放，欣喜莫名，他都不敢相信这是真实的，生怕又是一场虚无之梦。所以在那个朦胧春夜，他整晚都不肯入睡，以一种极致的爱怜，高高举着银灯，照着心上人的容颜，写下这阙感人至深的《鹧鸪天》：

彩袖殷勤捧玉钟，当年拚却醉颜红。舞低杨柳楼心月，歌尽桃花扇底风。

从别后，忆相逢，几回魂梦与君同。今宵剩把银釭照，犹恐相逢是梦中。

离别是什么？离别是衣上酒痕诗里字，点点行行，总是凄凉意。是关山魂梦长，塞雁音书少，两鬓可怜青，只为相思老。

相逢是什么？相逢是初将明月比佳期，长向月圆时候，望人归。是归傍碧纱窗，说与人人道："真个别离难，不似相逢好。"

记得与小蘋初见时，他还是一个风流倜傥、才华横溢的名门贵族公子，后来与小蘋重逢时，他已是流徙尘世、半生落拓的鬓发苍苍之人。

小蘋对于晏几道的意义，不仅仅是一个妩媚的女子，一段痴绝的爱情，更是美好青春的象征，诗酒年华的见证。

所有的相逢、离别与相思，无不承载着他对前尘往事的绵绵追忆。

当一切繁花似锦都落尽，当所有梦幻泡影都经历，唯有小蘋，是他生命里最美丽的意外，最倾城的相遇，最温暖的相知，是他心中永远痴爱的珍宝。

王观：若到江南赶上春

当年读路也的诗，很喜欢这首《木梳》，字字清新婉约，句句妩媚生动，宛若一阕唯美的梦境，散发着浓郁的古典情怀，流淌出清雅的宋词气质：

我带上一把木梳去看你，在年少轻狂的南风里
去那个有你的省，那座东经 118 度、北纬 32 度的城
我没有百宝箱，只有这把桃花心木梳子
梳理闲愁和微微的偏头疼
在那里，我要你给我起个小名
依照那些遍种的植物来称呼我
梅花、桂子、茉莉、枫杨或者菱角都行
她们都是我的姐妹，前世的乡愁

我们临水而居，身边的那条江叫扬子，那条河叫运河
还有一个叫瓜洲的渡口
我们在雕花木窗下，吃莼菜鲈鱼，喝碧螺春与糯米酒
写出使洛阳纸贵的诗，在棋盘上谈论人生
用一把轻摇的丝绸扇子，送走恩怨情仇
我常常想就这样回到古代，进入水墨山水
过一种名叫沁园春或如梦令的幸福生活
我是你云鬓轻挽的娘子，你是我那断了仕途的官人

好一首经典动人的《木梳》，好一幅与众不同的画卷，那优美的意象、缱绻的情境，令人如痴如醉，是一个为爱而生、为爱痴狂的小女子，对爱情生活最旖旎的设想、最深情的向往，亦是对心上人最柔情蜜意的告白。

那些古色古香的词汇，譬如百宝箱、瓜洲、莼菜鲈鱼、碧螺春、糯米酒、桃花心木梳子……每一个，都对应一个或简或繁的故事，总让人想起很多很多，恍惚置身梦里的江南，进入一方诗意的桃源世界。每每读之赏之，都是一次浪漫的行走，一种心灵的呼吸，一场美妙的旅程。

一把木梳，既梳理如云的青丝，也梳理缠绵的情丝，还梳理人生的闲愁和微微的偏头疼。一对妙人在雕花木窗下，天天临水而居，日日诗酒琴茶，过一种名叫沁园春或如梦令的幸福生活。这所有美好的一切，真是浪漫到了骨子里，美得无以复加，洋溢着中国式的典雅，呈现出唐诗宋词的意蕴。

有道是："枕上片时春梦中，行尽江南数千里。"这所有美好的一切，让我忆起从前在江南的珍贵时光了。

那时我青春正好，正是锦绣年华，在江南水乡小镇，不知光阴稍纵即逝，岁月倏忽即过，直将多少韶光都虚度了去。只记得，那时痴迷于唐诗宋词，还有诗经红楼。最爱的诗人是李商隐，喜欢《锦瑟》《无题》的缠绵悱恻，于是临之摹之；最爱的词人是李清照，那《如梦令》的明丽欢快、《一剪梅》的婉转悠长，无不是青春年华的记忆。

于我而言，宋词就是那把桃花心木梳子，可以梳理淡淡的闲愁，抑或微微的偏头疼。而江南就像一个梦境，一个氤氲着宋词气息的梦境。是的，我与诗词相爱一生，一生还是太短，就像我与江南相望一生，江南却在梦中。

犹记得，那时杨柳青青的时节，我也曾迷恋于杏花疏影的绰约、桃花灼灼的惊艳；绿树浓荫的夏日，我也曾陶醉于荷塘月色的美丽、栀子花开的清纯；雨打芭蕉的秋夜，我也曾展读家书，沉浸在思念的国度，一次次清醒无眠；白雪簌簌的日子，我也曾踏雪寻梅，打开遥远的记忆，走进一种古典的芬芳。

那时的我，也曾向往过如花美眷的爱情，也曾期待着玲珑少年的来临；也曾在安静的午后，沿着唐诗宋词的韵脚，写下几多青涩的诗行；也曾在朦胧的清晨，思量着昨夜梦里的情节，是否某种前缘的注定。

也许人生就是这样，走得最急的，都是最美的时光。青春是一朵春天的云，飘着飘着就兀自远了；青春是一本仓促的书，翻着翻着就无端薄了；而我那段洁白无瑕、如诗如梦的青春，也早已付诸似水流年，遗落在了江南的梦里。

我一生最爱的江南啊，是前世的乡愁，是今生的初心，是生生世世无法醒来的梦。于是那个爱诗如痴、爱书如狂的女子，那个愿以诗词为心、以书香为枕的女子，那个在江南的梦里水乡，用去整个青春年华只为寻觅一朵水莲花的女子，送给自己一个名字“那时青荷”。

所以，后来当我读到路也的《木梳》，霎时即被这种古典情怀所深深打动。我常常在想，那种名叫沁园春或如梦令的幸福生活，到底甚般模样呢？若那些遍种的植物，都是我们的姐妹，前世的乡愁，那么一个梦里的江南，到底要穿过多少浮世烟雨，才能够真正抵达，抵达那种水墨人生？

谁的心里，没有一个江南梦？也许每个人心里，都装着一个最美的江南。江南有看不尽的杏花春雨，画不尽的粉墙黛瓦，走不尽的巷陌人家，道不尽的烟柳繁华。

在一卷宋词里，有一种江南，想来是这样的水墨韵：

水是眼波横，山是眉峰聚。欲问行人去那边？眉眼盈盈处。

才始送春归，又送君归去。若到江南赶上春，千万和春住。

在一卷宋词里，有一种江南，想来是这样的水云间：

雨恨云愁，江南依旧称佳丽。水村渔市，一缕孤烟细。天际征鸿，遥认行如缀。平生事，此时凝睇，谁会凭阑意？

宋词里的江南，是万家掩映翠微间，处处水潺潺；是渡头杨柳青青，枝枝叶叶离情；是“波渺渺，柳依依，孤村芳草远，斜日杏花飞。江南春尽离肠断，蘋满汀洲人未归”。

江南是一个永远的梦，一个柔情似水的梦，一个关乎诗词的梦。是浣溪沙，是鹧鸪天，是蝶恋花，是“梦入江南烟水路，行尽江南，不与离人遇”的孤单，是“欲减罗衣寒未去，不卷珠帘，人在深深处”的惆怅。

这些年里，每去一回江南，都恍如一次隔世重逢。在江南的山水间，我生命里的每个刹那，都获得一种诗性的永恒。

就像诗人说的那样，我愿意在江南，在如诗如画的江南，过一种名叫沁园春或如梦令的幸福生活。我是你云鬓轻挽的娘子，你是我那断了仕途的官人。

苏轼：天涯何处无芳草

每次去杭州，我都要去看看西湖，在苏堤上走走。徜徉于长长的苏堤上，看水天一碧，山水相映，总有一种时光倒流的感觉。这一刻我离红尘很远，离前世很近；这一刻青山如屏，碧水如鉴；这一刻于我而言，虽然遇不到苏轼，但可以走近苏轼，比如吟一回《饮湖上初晴后雨》，就是走近苏轼的一种方式。

宋熙宁四年至七年（1071—1074），苏轼任杭州通判期间，写下大量有关西湖的诗词。且看“水光潋滟晴方好，山色空蒙雨亦奇。欲把西湖比西子，淡妆浓抹总相宜”，以西子喻西湖，何其美妙贴切，可谓神来之笔，写出了西湖天然独特的神韵。西施无论浓施粉黛，还是淡扫蛾眉，总是风姿绰约；西湖不管晴姿雨态，还是花朝月夕，都美妙无比，令人神往。从此，“西子湖”就成了西湖的别称。

有人说，苏轼描绘西湖美景的同时，其实也是写一位美若西子的女子，她就是苏轼的红颜知己，一朵温柔可人的解语花：王朝云。

那时早春的西子湖畔，苏轼与朝云有次浪漫的初遇。生于钱塘的朝云天生丽质，能歌善舞，虽因家境贫寒沦为歌伎，混迹于烟尘之中，却独具一种清新雅洁的气质。一日，苏轼与文友们同游西湖，共赏歌舞。悠扬的丝竹声中，那领舞的女子便是朝云。她动人的歌喉、轻盈的舞姿，特别引人注目。舞罢歌伎们入座侍酒，朝云恰巧坐在苏轼身边。这时她已洗净浓妆，一身素净衣裙清丽淡雅，楚楚可人，仿佛一株空谷幽兰，别有一番韵致，不由得打动了苏轼因世事变迁而黯淡的心。

早春天气多变，本是阳光普照、波光潋滟的西湖，此时开始细雨飘拂，山水迷蒙，呈现另一种迷人景色。湖山佳人，相映成趣，苏轼灵感顿至，挥毫写下“欲把西湖比西子，淡妆浓抹总相宜”这千年传颂的佳句，明写西湖旖旎风光，实则寄寓了初遇朝云的怦然心动。

朝云时年十二岁，虽年幼却聪颖灵慧，她极仰慕苏轼的才华人品，决意以侍女的身份一生追随苏轼。苏轼夫妇很是善待朝云，视朝云如家人。而可爱的朝云，也给苏轼的生活增添了无尽乐趣。苏轼喜欢写词，以前写好词，总要到外面找人来演唱。而现在写好词直接交给朝云，朝云随即就会编好歌舞，让大家欣赏。

一次苏轼退朝回家，饭毕捧着肚子慢走，问身旁侍女们："你们说我肚子里装的都是什么？"一个说："装的都是文章！"苏轼摇摇头。另一个说："装的都是见识！"苏轼不以为然。这时朝云说："学士您是一肚皮不合时宜。"苏轼开怀大笑："知我者，唯有朝云也。"

何谓相知，这就是相知。何谓懂得，这就是懂得。苏轼一生宦海沉浮，直言敢谏，岂不就是因为这"一肚皮不合时宜"吗？像他这样性格豪爽又一身正气的人，总想写点诗文畅论时事，讽刺弊政，从而得罪了当朝权贵，屡遭贬谪。其一生仕途不顺之因，被朝云一语道破，实在精辟。

"心似已灰之木，身如不系之舟。问汝平生功业，黄州惠州儋州。"这是苏轼后来对自己一生经历的感叹。苏轼一生颠沛流离，幸好有朝云患难相随，朝夕相伴。世事翻云覆雨，正因为懂得你的难处，方能与你并肩而行，风雨无悔。而最好的关系，是因为欣赏彼此的好，懂得彼此的苦，所以一生一世，不离不弃。他们不仅是同舟共济的伴侣，更是精神契合的知音。

苏轼四十三岁那年，因乌台诗案被贬黄州团练副使，薪俸微薄，入不敷出。幸好太守徐君猷惜才，将城东一片坡地拨给他，于是苏轼带着全家垦荒种地，维持生计，且自号"东坡居士"。吃不起羊肉，只能买回廉价肥猪肉，手巧的朝云以微火慢炖，炮制出香糯滑软、肥而不腻的肉块，供苏轼与友人佐餐，这就是后来闻名遐迩的"东坡肉"。同时，苏轼写下诸如前后《赤壁赋》《猪肉颂》《寒食帖》等千古名作。

苏轼被贬惠州时，已经五十九岁了。惠州当时是蛮荒之地，路途遥远，黄沙漫天，苏轼决定孤身前往，然朝云执意生死相随。苏轼很感动，为朝云写了首诗，最后一句说："丹成逐我三山去，不作巫山云雨仙。"意思是说哪天练好仙丹了，就和朝云一起去做神仙眷侣。

朝云和苏轼一样，平时都爱吟诗作词，而且他们还深爱佛学，早年就一起跟着高僧研习《金刚经》。秋日寒风四起，落木萧萧，二人院中闲坐，苏轼对朝云说唱首词吧，就唱那首《蝶恋花》：

花褪残红青杏小，燕子飞时，绿水人家绕。枝上柳绵吹又少，天涯何处无芳草。

墙里秋千墙外道，墙外行人，墙里佳人笑。笑渐不闻声渐悄，多情却被无情恼。

可是朝云歌喉将啭，即满眼噙泪，苏轼忙问其故，朝云答曰："奴家只要唱到'枝上柳绵吹又少，天涯何处无芳草'，就唱不下去。"朝云这柔情的泪水，打湿了千年的书卷，也打湿了每个有心的读书人。

从"花褪残红青杏小"，到"枝上柳绵吹又少"，再到"天涯何处无芳草"，既写了衰亡，也写了新生，残红褪尽，青杏初长，柳绵渐少，芳草葳蕤，虽说这本是自然界的新陈代谢，但总给人几许春光流逝的忧伤。花落絮飞，芳草无涯，最易撩人愁绪，在命运的奔波辗转中，即使心性旷达的苏轼，也难免有几多伤春之感、惜春之情，几许无常之悲、流年之叹，善解人意的朝云，又岂能不感同身受呢？

无奈南方瘴疠横生、气候恶劣，朝云体质本就柔弱，后来更是每况愈下，不久又染上瘟疫，每天做得最多的事就是熬药，终因无法治愈不幸去世，时年三十四岁。朝云临终前握着苏轼的手，念着《金刚经》之句："一切有为法，如梦幻泡影，如露亦如电，应作如是观。"意思是说，人的一生就像一场大梦，虚无缥缈，稍纵即逝，劝慰苏轼不必在意，不要难过。

苏轼怎能不难过，一个最懂他的人，一个灵魂伴侣，二十三年间无怨无悔，始终如一、生死相随，如今，就这样带着对他无尽的牵挂离开了。他满怀悲痛，泪湿衣襟，将朝云妥善安葬于栖禅寺边，并在墓边立碑两块，亲手题写一副楹联：

不合时宜，唯有朝云能识我；
独弹古调，每逢暮雨倍思卿。

"人生到处知何似，应似飞鸿踏雪泥。"浮屠是瞻，伽蓝是依，如汝宿心，惟佛之归。由于朝云临终时念着《金刚经》"六如偈"而逝，后来栖禅寺僧人就在墓边建"六如亭"作纪念，同时题写一副楹联：

如梦如幻如泡如影如露如电；

不生不灭不垢不净不增不减。

“人似秋鸿来有信，事如春梦了无痕。”当年美丽的朝云来到苏轼身边，和他相识相知一场，如今又梦一般杳然离去。此后，苏轼又被贬到更远的儋州，在他孤独的余生中，再也没有如朝云一般懂他、爱惜他的人了。

自朝云病逝后，他总是郁郁寡欢，且终其一生，再也不听那首伤心断肠词《蝶恋花》。在他的心里，朝云既非侍女，也非侍妾，而是他永远永远的心上人。

第二卷　且将新火试新茶

我们需要看日出日落，
听雨打芭蕉，
以松花酿酒，
取春水煎茶，
通过一朵朵花开，
一缕缕茶香，
一次次回归内心的自然。

秦观：漠漠轻寒上小楼

从立春到雨水，从惊蛰到春分，尽管花事渐渐婉转，天气却是阴晴不定。间或霏霏细雨，几天几夜的绵绵不绝，远山近水，尽在一片如烟的湿润里，天地之间，总飘拂着一种清冷的气息。

如此春寒料峭的日子，年年都会如期而至。这清冷的气息，是清愁的气息，宋词的气息，又或是一种寂寞挥之不去，一种等待空阔无边，令人怅然若失。如斯情景，不如读书，不如临帖，写一首秦观《浣溪沙》，最是契合心境，亦最消遣心怀：

漠漠轻寒上小楼，晓阴无赖似穷秋。淡烟流水画屏幽。

自在飞花轻似梦，无边丝雨细如愁。宝帘闲挂小银钩。

风一直萧瑟着，雨一直迷蒙着，独立于小楼之上，即使清晨的天色，竟也阴沉得和深秋一样，让人兴味索然。只有那轻寒一样冷漠的感受，晓阴一样黯淡的思绪，飞花一样迷离的梦境，丝雨一样细微的忧愁，从早到晚一直氤氲在心头，别是一番无言的滋味。

是的，春天的来临总是缓慢的，一切都是乍暖还寒，一切都是旧时模样。怎好用三杯两盏淡酒，将新桐初引，将梅心惊破，又怎好用这无题的平仄，轻抚前世遗落的声声叹？

一句“漠漠轻寒上小楼”，直教人想起《红楼梦》第五回里那句“嫩寒锁梦因春冷”。何谓“嫩寒”，应是春水一样的轻寒，更是心灵层面的轻寒吧。

那日，宝玉随贾母在宁国府花园内赏花游玩，一时宝玉倦怠，欲睡中觉，随秦可卿来至秦氏房中，刚至房门，便有一股细细的甜香袭人而来，宝玉觉得眼饧骨软，连说：“好香!”入房向壁上看时，有唐伯虎画的《海棠春睡图》，两边有宋学士秦太虚写的一副对联，其联云：“嫩寒锁梦因春冷，芳气袭人是酒香。”——宝玉含笑连说：“这里好!”于是在这里沉酣入睡，恍惚之间进入太虚幻境，做了一场开辟鸿蒙的警幻之梦。

这里的宋学士秦太虚，自是秦观无疑了。想来《浣溪沙》里的“漠漠轻寒”，给人一种缠绵悱恻的婉约，而《红楼梦》里的“嫩寒锁梦”，则多了一份风流缱绻的意蕴。

因为春寒的缘故，所以百无聊赖，尽是一身闲愁，所以阵阵酒香，愈发芬芳袭人。像一颗孤独的心，像一枕温暖的梦，梦里一方幽微灵秀地，梦外一片无可奈何天，多少春梦随云散去，多少飞花逐水而流。叹人间，美中不足今方信，到底都是枉凝眉，都是终身误。

正如《金刚经》所云："一切有为法，如梦幻泡影，如露亦如电，应作如是观。"那太虚幻境里的一切，扑朔迷离，难辨真假，看似离奇荒唐，实则寓意深远。人生如梦，众生八苦，这是一场关乎心灵的修行。从那天开始，宝玉有了一种长大的感觉。他似乎呼吸和领会到一种命运的轻寒，也生了一份无常的感悟。

谁的人生，没有这样的轻寒时分呢？

宝玉有，黛玉一样有。殊不知，她本就是轻寒的底子，从前世灵河岸边，到今生潇湘馆里，她只为还泪而来。她只以诗词为心，以花月为魂，以爱情为生命，一生与诗书做了闺中伴，与笔墨结成骨肉亲。她的诗词，总是那么玲珑有致、凄美入骨，透着一份轻寒的惆怅。"花谢花飞飞满天，红消香断有谁怜"，是轻寒的；"憔悴花遮憔悴人，花飞人倦易黄昏"，是轻寒的；"偷来梨蕊三分白，借得梅花一缕魂"，一样是轻寒的……

是的，自在飞花轻似梦，无边丝雨细如愁，人生总有这样的轻寒。

如果迎着这样的细雨，这样的轻寒，走在深深的雨巷，分明就是走在戴望舒的诗里："撑着油纸伞，独自彷徨在悠长、悠长又寂寥的雨巷，我希望逢着一个丁香一样的，结着愁怨的姑娘。她是有丁香一样的颜色，丁香一样的芬芳，丁香一样的忧愁，在雨中哀怨，哀怨又彷徨。”

有一种轻寒，是诗，是画，是梦，是一种清婉无边的春愁，一种朦胧又幽深的情境。

只是还有一种轻寒，是我已无诗，无梦，世间也再无飞花，无细雨；是我可以锁住笔，为什么却锁不住爱和忧伤，在长长的一生里，为什么欢乐总是乍现就凋落，走得最急的，为什么都是最美的时光？

抑或还有一种轻寒，是恍惚花开花落，春去秋来；是惊觉流年如水，小半生过去；是在心的远景里，在灵魂的深处，只有海底一般深藏的思念、蓓蕾一般默默的等待，只是一具独弦琴拨动檐雨的念珠、一双到不了彼岸的桨橹……

历经风霜雨雪，走过漠漠轻寒，一个人含泪立在春光下，除了惆怅，便是深情。所以，当沁芳闸边落红成阵之时，宝玉会遇见葬花的黛玉，那是一个美得令人发愁的故事，是流泪眼望流泪眼，痴心人对痴心人。

所以，秦观会在词里写道：“轻寒细雨情何限，不道春难管。为君沉醉又何妨，只怕酒醒时候，断人肠。”他还写道：“春光还是旧春光，桃花香，李花香，浅白深红，一一斗新妆。惆怅惜花人不见，歌一阕，泪千行。”

一个人，只有感知几回这样的轻寒，大抵才会懂得，在春暖花开的时节，与一棵树默默相对，与一朵花深情相拥。一个人，只有经过这样的轻寒时分，才会更加珍惜春光明媚的温暖，全心体悟一路走来所有的美好。

此时，窗外仍落着细细的雨。我依然读书，依然临帖，依然活在这珍贵的人间。

雨在下，一直在下。此刻窗外，仍有一棵棵开花的树，静静立在轻寒的烟雨中。那浅紫，那柔粉，还有那雪一样的白，在时光里慢慢点染，淡淡晕开，像一幅佚名的宋画，生出一抹久违的诗意。

人间是如此珍贵，有山川草木、小桥流水，有稻菽麦黍、阴晴冷暖，有花开花落、云卷云舒。我来到这个世上，是带着欢喜之心的——这珍贵的人间啊，每一个温暖的春天，都值得用心等待。

黄庭坚：春归何处，寂寞无行路

春风浩荡，春分在即，应是昨夜的风，带来最美的花信。一端还是春寒料峭，那一端却是花开半亩了。我看见一枝最美的桃花，从《诗经》里蓦然醒来，其华灼灼，开在前世三月的村庄，直开成一幅动人的画卷。

那应是一条梦里的河流，流淌着与生俱来的乡愁。在匆匆的流水之上，我该如何还原一个村庄的春天呢?

还是诗人说得好："春风先发苑中梅，樱杏桃梨次第开。荠花榆荚深村里，亦道春风为我来。"温柔的春风，深情款款地吹拂着，轻轻吹过我的脸庞，软软拂过你的衣裳。小桥流水醒了，烟树人家醒了，一路的桃花红、李花白、菜花黄，一路的莺儿啼、燕儿舞、蝶儿忙。村旁的榆荚，无不带着甜蜜的清新；溪头的荠花，无不透着泥土的芬芳。

在二十四番花信风中，惊蛰节气的花信风是：一候桃花，二候棣棠，三候蔷薇；春分节气的花信风是：一候海棠，二候梨花，三候木兰。

春回大地，陌上花开，在季节轮转的路上，每一种花，都不会错过自己的花信风。在诗人词客的眼里，每一朵花，都不会辜负自己的美景良辰。一旦盛开，便是万千风雅，只要遇见，便是赏心乐事。

也许只要沿着一朵花的指引，我们就会邂逅宋词里的春天。不经意间，就会遇见春日的黄庭坚，在其一阕《水调歌头》里，相逢一幅清丽明艳的古典画卷：

瑶草一何碧，春入武陵溪。溪上桃花无数，枝上有黄鹂。我欲穿花寻路，直入白云深处，浩气展虹霓。只恐花深里，红露湿人衣。

坐玉石，欹玉枕，拂金徽。谪仙何处？无人伴我白螺杯。我为灵芝仙草，不为朱唇丹脸，长啸亦何为？醉舞下山去，明月逐人归。

且看词人眼里的春天，宛若世外桃源，分明最美的人间仙境，让人陶醉、流连其中，忘却尘世纷纷扰扰。春天来到武陵溪，瑶草何其碧绿，桃花何其鲜艳，溪水淙淙，落花随水而流，黄鹂声声，唱腔婉转悦耳，想要穿过花丛寻找出路，却走到了白云的深处。一句“红露湿人衣”，化用王维诗句“山路元无雨，空翠湿人衣”，天衣无缝，浑然一体，呈现出耐人寻味的美感。

真是不入园林，怎知春色如许？不临山水，怎知天地之宽？柳色郊原翠，春风草木柔。春水已绿，春花正好，看过武陵溪桃花，还没回过神来，那一株株樱花，一枝枝海棠，一树树梨花，也已千娇百媚地开在春日里，直开成心头最美的牵挂。此时的我，一心只想去看花，一春无事只为花忙。

喜欢在百花盛开的春日，去野外踏青，走进山水田园的怀抱，站在春水汤汤、遍地繁花的地方，抬头望一望蔚蓝的天空，俯身闻一闻青草的味道，任花香盈袖，任诗心徜徉；或是在乡间朴素的小院，听听民谣，晒晒太阳，看门前春草染绿池塘，屋后春蔬肆意生长，与清风细语，与明月谈心，感受慢生活的烟火日常。

且让阳光再暖一点，日子再慢一点。在鸟鸣婉转的清晨，洒扫庭除，栽花种草，任露水打湿小径，任繁花爬满篱笆，一年四季，每天都有花开的消息；抑或在温煦晴好的午后，做一个慵懒的梦，醒来以后你尚年少，我仍未老。

尽管春光烂漫，花事纷繁，可内心依旧素简。尽管触目横斜千万朵，赏心只有两三枝，且梦入江南烟水路，只素心花对素心人。像一位佚名的诗人，或一位行走的词客，走进唐诗宋词的最深处，任朝露打湿衣裳，春风吹老年华，身后一地无涯的落花。

点点春雨飘洒为墨，片片飞花落地成诗。暮春时节，一个人在寻常巷陌里流连，看见一架蔷薇摇曳在风中，花影婆娑，清香四溢，花瓣纷纷扬扬。这一刻时光很美，很静。在这样的暮春，只要沿着一朵落花的方向，我们依然能遇见黄庭坚，在其一阕《清平乐》里，感知一份蕴藉深远的诗意情怀：

春归何处，寂寞无行路。若有人知春去处，唤取归来同住。

春无踪迹谁知，除非问取黄鹂。百啭无人能解，因风飞过蔷薇。

且看在词人眼里，黄鹂是无处不在的，那是一个曲径通幽、鸟语花香的世界。春来是“溪上桃花无数，枝上有黄鹂”，春归是“春无踪迹谁知，除非问取黄鹂”，处处见惜春之心，时时问春归何处，只是嘤嘤鸟语，谁人能解？到蔷薇，春已堪怜，转眼绿树成荫，青梅如豆——春光到底是梢纵即逝啊！

只因光阴徘徊，春色终要三分，那水一样的乡愁啊，一分留给了春水碧如天，一分留给了画船听雨眠。还有一分，是颗古典的朱砂痣，一年年长在思念的心口上。只因春风浩荡过后，一半落花成泥，一半落花成冢。

说来就是这样的了。春未透，花枝瘦，正是愁时候。花开之时，是桃李春风一杯酒；花落之后，是江湖夜雨十年灯。当二十四番花信风吹遍，最是撩人的春色，转眼已是春意阑珊，呈现一派暮春光景了。

说来就是这样的了。当花季来临，当华枝春满，我喜欢静静地做个看花人，不必太缠绵，也不必太激动。且保持一段恰好的距离，不早也不迟，不远也不近。且不负韶光，且缓缓归去，以一朵花的精气神，把心安顿好，以喜欢的方式过一生，也不失为一件美事。

且以花序为诗，以松花酿酒，以春水煎茶。到底是，一春无事为花忙，一生看花相思老。流年婉转，花信番番，穿行在宋词的时光里，每个诗酒琴茶的刹那，都仿佛一回前世今生。

苏轼：且将新火试新茶，诗酒趁年华

漫步诗词的河畔，走进古典的时光，我感觉人生是一场雅集，可以遇见琴棋书画的美好，也会邂逅诗酒茶花的风华。

既是雅集，必须有雅人，有雅事，还要有雅兴。在古代文人雅集中，最著名的有两次，一次是兰亭雅集，一次是西园雅集。

兰亭雅集的时空坐标，在东晋的山阴。那是晋永和九年（353）三月初三上巳节，王羲之与谢安召集一批文人名士，于山阴兰亭修禊，曲水流觞，饮酒赋诗，观山赏水，畅叙幽情。那场旷世的风云际会，群贤毕至，少长咸集，一册《兰亭集》，是永远的翰墨诗卷、别样的魏晋风流。一篇《兰亭集序》，更是独领风骚、千载流芳，被誉为“天下第一行书”。

西园雅集的时空坐标，则在北宋的汴京。西园，是北宋驸马都尉王诜的宅第，当时文人墨客多雅集于此。王诜多才多艺，诗文书画无所不通，因而与很多高人雅士私交甚好。宋元祐元年（1086）春天，王诜面对满园春色，心情颇佳，邀请苏轼、苏辙、黄庭坚、李公麟、米芾、秦观、张耒、李之仪、晁补之等十六人游园，众人在园内写诗作画，弹琴品茗，打坐问禅，座中多是青年俊彦，文采斐然，好一派风雅景象。

借着宴游之兴，李公麟创作《西园雅集图》。同时米芾书写《西园雅集图记》，其中说道：“自东坡而下，凡十有六人，以文章议论，博学辨识，英辞妙墨，好古多闻，雄豪绝俗之资，高僧羽流之杰，卓然高致，名动四夷，后之览者，不独图画之可观，亦足仿佛其人耳！”

就像兰亭雅集的灵魂人物是王羲之一样，虽然西园雅集的东道主是王诜，但苏轼才是西园雅集的灵魂人物。作为元祐年间文坛盟主，苏轼以他强大的号召力，让西园雅集名家荟萃，俊采星驰，堪称宋代文坛的一大盛事。从某种意义上来说，西园雅集与兰亭雅集，一脉相承，令人神往，几乎成了中国文人的心灵归宿，可谓风流雅士的精神家园。

如果可以，我愿意在春天，去赴一场从前的雅集。与曾经的美好，欣喜相逢。品鉴一幅宋画，把自己安顿在深情的岁月里，邂逅一阕宋词，相遇所有欢喜的时光。

在宋时文人生活中，有四件雅事：焚香、点茶、挂画、插花。这就是中国式雅致生活，这就是宋人的闲雅日常，闲时约三五知己，到绿郊山野，松风竹月之间，或焚香抚琴、烹泉煮茗，或松下对弈、对月赏花，或围炉博古、丹青抒怀……人间清旷之乐，不过如此。

一寸光阴一壶酒，一纸诗书一年华。也许真正美好的人生，无须浓墨重彩，几笔轻描淡写，便可尽得风流。想来人间最有味的清欢，不是琴棋书画，就是诗酒茶花。一直以来，我对苏轼这首《望江南·超然台作》，有着发内自心的喜欢：

春未老，风细柳斜斜。试上超然台上望，半壕春水一城花，烟雨暗千家。

寒食后，酒醒却咨嗟。休对故人思故国，且将新火试新茶，诗酒趁年华。

苏轼半生颠沛流离，却能活得诗情画意，既可与一壶老酒相濡以沫，也可就一杯新茶且歌且吟。那是宋熙宁七年（1074），苏轼由杭州移守密州，次年他命人修葺城北旧台，并由其弟苏辙题名“超然”，取《老子》“虽有荣观，燕处超然”之义。

转眼又是一年暮春，苏轼登上超然台远眺烟雨春色，只见城外春水汤汤，满目春花烂漫，满城风光，尽收眼底，即兴写下这首千古佳作——是的，春光易虚度，不如早早相逢，休对故人思故国，且将新火试新茶，莫负好时光，诗酒趁年华啊！

是的，我爱这美好的人间，人生如梦，我投入的却是真情。而与美好的事物在一起，以喜欢的方式过一生，这是一种生活方式，亦是一种生活美学。

在这个繁芜的世界，有一种热爱与真情，是等一朵花开，只记花开不记年；是任红尘万千繁华，我自闲适超然；是清晨将旧陶罐盛上清水，插上初绽的桃花枝；是在一朵花的开放里，来一场触及灵魂的雅集，从而见自己、见天地、见众生。

人生是一场雅集，一场与自然万物的雅集："暮春者，春服既成，冠者五六人，童子六七人，浴乎沂，风乎舞雩，咏而归。"

人生是一场雅集，一场与星辰大海的雅集："东临碣石，以观沧海。水何澹澹，山岛竦峙。树木丛生，百草丰茂。秋风萧瑟，洪波涌起。日月之行，若出其中。星汉灿烂，若出其里。幸甚至哉，歌以咏志。"

人生是一场雅集，一场与烟火日常的雅集："细雨斜风作晓寒，淡烟疏柳媚晴滩，入淮清洛渐漫漫。雪沫乳花浮午盏，蓼茸蒿笋试春盘，人间有味是清欢。"

人生是一场雅集，一场与岁月山河的雅集："闲来静处，且将诗酒猖狂，唱一曲归来未晚，歌一调湖海茫茫。逢时遇景，拾翠寻芳，约几个知心密友，到野外溪旁，或琴棋适性，或曲水流觞，或说些善因果报，或论些今古兴亡。看花枝堆锦绣，听鸟语弄笙簧。一任他人情反复，世态炎凉。优游闲岁月，潇洒度时光。”

周作人说过：“我们于日用必需的东西以外，必须还有一点无用的游戏与享乐，生活才觉得有意思。我们看夕阳，看秋河，看花，听雨，闻香，喝不求解渴的酒，吃不求饱的点心，都是生活上必要的——虽然是无用的装点，而且是愈精炼愈好。”

人生的本质是一首诗，人应该诗意地栖居在大地上。我们需要看日出日落，听雨打芭蕉，以松花酿酒，取春水煎茶，通过一朵朵花开，一缕缕茶香，一次次回归内心的自然。这些无用的装点，从琴棋书画，到笔墨纸砚，从日月星辰，到诗酒茶花，无不是一种情趣，一种风雅，一种心灵的惬意。

你来人间一趟，你要发光发亮，不要辜负美好的年华。一个心有诗意的人，人生就是一场又一场的雅集——与三五知己雅集，与天地众生雅集，与最美的自然雅集，与最好的年华雅集。如此生活明朗，万物可爱；如此千般自在，一生丰盈。

王雱：海棠经雨胭脂透

春意盎然的午后，我最喜欢的事情，就是去看花。最好一个人去，与那株从前的海棠久别重逢。只痴痴一个人，海棠花里寻往昔。那往昔，是初见的怦然心动，也是水远山长的光阴。

只痴痴一个人，遇见一树盛开的海棠。那旖旎的花朵，一如既往的惊艳，如胭脂点点，芬芳了心情，又如一抹云霞，映红了天空。无论远看，还是近观，都似绸缎一般柔软，美人一样窈窕，在春风里婆娑而舞，还是旧年模样。

是这般痴痴一个人，仰视鲜妍的花枝，花姿绰约，花开似锦。一个人独坐在花下，任花影落满衣襟。风在吹，云在徜徉，这一刻繁花满枝，时光恰好。

春色正浓，花事正盛。这种精致的独处，是一期一会，是寂静欢喜，是当下的自己，也是记忆的重温。

海棠花下醉芳菲，春事三分属海棠，说得真是没错的。海棠开在春日里，这般妩媚动人，天生一种娇俏的美。那一抹天然的胭脂色，仿佛宋词里佳人的笑颜，让人朝思暮想，一见倾城。不必寻寻觅觅，只需一个转身，即可独享一份古典情怀，来一场浪漫的相逢。

据《群芳谱》载，海棠有四品：西府海棠、垂丝海棠、贴梗海棠、木瓜海棠。海棠花开娇艳动人，但一般的海棠无香，只有西府海棠既香且艳，是海棠中的上品。

《诗经》曰："投我以木瓜，报之以琼琚。匪报也，永以为好也。"此中木瓜，即是木瓜海棠。是谁在三千年前，就以海棠为爱情信物，传递相思了呢——你赠给我海棠鲜果，我回报以无价美玉，并不是为了答谢你，而是期盼珍重情意，永久相惜相好呀！

《红楼梦》中，贾宝玉的怡红院，一入门两边都是游廊相接，院中点衬几块山石，一边种着数株芭蕉，另一边是西府海棠，其势若伞，绿垂碧缕，葩吐丹砂。大观园是女儿国，处处莺莺燕燕，翠翠红红，好一派怡红快绿的景致。海棠为女儿花，是水做的骨肉，是凭栏垂绛袖，是红妆夜未眠，是朝朝暮暮的风雨清愁。

想来喜欢海棠的人，自有一颗怜香惜玉的心。风雨之前，海棠是恰好的红颜，有如晴雯粲然动人的笑。风雨之后，海棠是心灵的知己，仿若黛玉诗中的一声叹息。

当然打开一卷宋词，那清雅的书页间，更是开满了海棠。我发现有种风流婉转，叫“春似酒杯浓，醉得海棠无力”；有种诗意美好，叫“海棠珠缀一重重，清晓近帘栊”；有种楚楚可怜，叫“半怯春寒，半宜晴色，养得胭脂透”；有种惆怅心怀，叫“海棠开后春谁主，日日催花雨”。

在宋词里漫步，只见海棠纷纷扬扬，心事平平仄仄。不说“昨夜雨疏风骤，浓睡不消残酒。试问卷帘人，却道海棠依旧。知否，知否，应是绿肥红瘦”，也不说“更能消，几番风雨，匆匆春又归去，惜春长怕花开早，何况落红无数”……

只想说在明媚的春日，可以错过百树千花，却不能错过一树盛开的海棠；只想说在宋词里徜徉，错过一枝海棠，就是错过一段美丽的爱情。只要用心凝视或想象，那枝最美的海棠，蓦然间就鲜活过来，照亮了人的眼眸。譬如辛弃疾有阙《临江仙》，若细细读来，即是无法绕过的柔情：

金谷无烟宫树绿，嫩寒生怕春风，博山微透暖薰笼。小楼春色里，幽梦雨声中。

别浦鲤鱼何日到，锦书封恨重重，海棠花下去年逢。也应随分瘦，忍泪觅残红。

我感觉，稼轩居士有真正的侠骨柔情，他既有壮志豪情的一面，也有婉约深曲的一面。他也曾在深浓的春色里，与伊人花前月下对坐，或品茗赏景，或焚香抚琴；也曾与伊人相拥于小楼上，一起听轻柔的雨声，做着温馨又甜蜜的梦。那场美丽的相逢，是在去年的海棠花下，只是如今天涯两隔，因了相思的折磨，伊人一定日渐消瘦。也许此刻她正泪眼婆娑，独自在寻找那片片残红吧。这怎能不让稼轩心疼——不知伊人姓甚名谁，就让她像一树盛开的海棠，永远住在稼轩的心头，深藏在稼轩的梦里。

而在陆游的生命里，一朵海棠花，亦深藏着一份刻骨铭心的爱。当年陆游与唐琬伉俪情深，何其恩爱，陆母却棒打鸳鸯，逼迫两人分开，一段美满姻缘就这样被活活拆散。离别时，唐琬送陆游一盆海棠。此后陆游独爱海棠，因而有了“海棠癫”的雅号。且看他在《菩萨蛮》中如此写道：

小院蚕眠春欲老，新巢燕乳花如扫。幽梦锦城西，海棠如旧时。

当年真草草，一棹还吴草。题罢惜春诗，镜中添鬓丝。

为爱名花抵死狂，只愁春日损红芳，海棠依旧，佳人何处？不忍说一怀愁绪，几年离索，山盟虽在，锦书难托，俱是错错错；更不忍说欲笺心事，独语斜阑，怕人寻问，咽泪装欢，从此瞒瞒瞒……

无人会得东风意，春色都将付海棠。海棠花里寻往昔，那纷纷开落的海棠，是解语花，亦是断肠草，更是相思红，分明是一个人心中无尽的离愁。就像有次闲读宋词，不经意间被王雱这阕《眼儿媚》所深深打动，莫名生出一段惆怅：

杨柳丝丝弄轻柔，烟缕织成愁。海棠未雨，梨花先雪，一半春休。

而今往事难重省，归梦绕秦楼。相思只在，丁香枝上，豆蔻梢头。

王雱是王安石之子，年少有为，才高志远，因而很快在众人中脱颖而出，颇受器重，却不幸身染疾患，缠绵病榻久治不愈，只好与妻子庞氏分居，让她单独住在楼上。王安石看到儿子病情始终不见好转，为了不耽误儿媳，于是做主让王雱与庞氏和离，并亲自为庞氏重择佳婿。

王雱在妻子改嫁之后，纵有万般思念，也唯有将一腔情意深深藏在心底。窗外春光大好，杨柳青了，海棠红了，梨花白了，可身体虚弱的他，只能怅然独卧，凝视着妻子住过的闺楼。于他而言，愈是花开满枝，愈是触目生愁，生出韶华易逝、往事成空的感喟。那刻骨的相思，满怀的忧伤，如今只在那芬芳的丁香枝上，那美丽的豆蔻梢头。

浮生长恨欢娱少，何况年年衰病减韶华。落花依旧，流水依旧，诉不完内心的缱绻，道不尽无边的春愁。王雱还有一阕《倦寻芳慢》，读来也是别有一番滋味：

露晞向晚，帘幕风轻，小院闲昼。翠径莺来，惊下乱红铺绣。倚危墙，登高榭，海棠经雨胭脂透。算韶华，又因循过了，清明时候。

倦游燕、风光满目，好景良辰，谁共携手？恨被榆钱，买断两眉长斗。忆高阳，人散后，落花流水仍依旧。这情怀，对东风、尽成消瘦。

喜欢这句“海棠经雨胭脂透”，写出了海棠的娇媚，翠径落红，海棠着雨，那唯美而动人的境地，如胭脂一般的惊艳。可春光稍纵即逝，堪叹好景良辰，谁共携手？到底是辜负了花朝月夕，空付了满腹柔情。

殊不知，人间聚散总无凭，千般美好，万般伤怀，都如那经雨的西府海棠，静寂地立在向晚时分。几经夜雨香犹在，染尽胭脂画不成，春如旧，人空瘦，面容是消瘦的，相思是消瘦的，情怀也是消瘦的。

不由得一声轻叹，自今意思和谁说，一片春心付海棠。知否，知否，海棠经雨胭脂透，是花下去年的相逢，是绿肥红瘦的光阴，是一颗落满相思的心啊！

李清照：新桐初引，多少游春意

记忆里，清明时节落过几场雨，故乡山野里的桐花，倏然间便开满枝头。一束束浅紫或粉白的花朵，擎在高高的树干上，繁盛而清美，好一幅绚烂至极的春深图，映衬着青色的苍穹，格外沉静、素雅。

桐花是开在民间的花朵，是清明的节气之花。“清明之日桐始华，一候桐花，二候麦花，三候柳花。”春风起，春意浓，一树一树盛开的桐花，是烂漫绰约的水边之景，是春日原野上最朴素动人的诗意。

桐花初放，让我想起从前的春日，想起遥远的年少。在年少的记忆里，总有一条条开满桐花的小路。记得去往外婆家的小路上，有桐花；上学时经过的山坡下，有桐花；我家附近的池塘边，那一棵棵开花的树，也是桐花。

一枝初放的桐花，让我相信所有的美好，都是恰逢其时。

比如《世说新语》里的这句：“于时清露晨流，新桐初引。”字字明亮清朗，读来怎能不怦然心动？一个“引”字，生动，饱满，清灵，透着一种新鲜蓬勃的生机，一种序幕初启的张力，与万物生长的美好。

这仿佛《诗经》一般的意境了。在那样的清晨，有风轻拂，有绿初长，清露在晨光中涓涓而下，新发的桐叶微微散着青气。一片春和景明、春光旖旎的景象，使每一个人的心都变得纯洁灵明起来——我们的易安居士也不例外，不由得心生欢喜，诗情盎然，直接将之写进她的《念奴娇·春情》：

萧条庭院，又斜风细雨，重门须闭。宠柳娇花寒食近，种种恼人天气。险韵诗成，扶头酒醒，别是闲滋味。征鸿过尽，万千心事难寄。

楼上几日春寒，帘垂四面，玉阑干慵倚。被冷香消新梦觉，不许愁人不起。清露晨流，新桐初引，多少游春意。日高烟敛，更看今日晴未。

一颗晶莹剔透的露珠，从六朝闪烁到北宋，总是泛着诗意的光芒；一叶新桐，更是清雅脱俗，引出初生的好，初心的美，引来多少游春意，多少花消息。

虽说陌上花枝俏，双燕正呢喃，可天气总是乍暖还寒，庭院里冷冷清清，空空落落的。那一树葱茏如烟的绿柳，令人神思恍惚，心生怜意；那点点绽放的繁花，分外娇媚可爱，真是春事婉转啊！只是天公不作美，总是阴雨连绵，雾霭沉沉，外出游赏不成，只好深闭重门，只好借饮酒赋诗，来消遣种种闲愁，等待天气放晴的时刻。

江南江北的春水在涨，巷陌人家的桃花在落，雨中万物静默，芳草绿遍天涯，转眼之间，便是临近寒食节的暮春了。那远行的鸿雁早已过尽，那恼人的春雨一直在下，满腹才情的她，对夫君的思念，对离别的感怀，直如春水一般渐宽，渐绸缪。一个人深坐楼中，终是万千心事难寄，有着挥之不去的惆怅。

几番斜风细雨，更添料峭春寒。一句“日高烟敛，更看今日晴未”，让人发现一些期盼的美好，又如何恰逢其时呢？

只期盼天气放晴，从此春暖花开。只等待他远行归来，为他拂去风尘辛苦，与他赌书泼茶。从此，心似双丝网，结结复依依；从此，桐花万里路，连朝语不息。

桐花盛开的时节，我喜欢重读席慕蓉的《桐花》。她以日记的方式，以沉静的笔触，为生命里的一个初夏结绳记事。从四月桐花初放，写到五月桐花落尽。那是一条长长的路，一脉绵延着的山岗，林间洁净清新，山峦安静沉稳，整个世界就覆盖在雪白的花荫下。那是不期而至的邂逅与相逢，即将来临的盛放与欢喜，莫可名状的离散与凋零，以及对生命的追忆与感悟。

她说："这样一个开满了白花的下午，总觉得似曾相识，总觉得是一场可以放进任何一种时空里的聚合。可以放进诗经，可以放进楚辞，可以放进古典主义，同时也可以放进后期印象派的笔端——在人类任何一段美丽的记载里，都应该有过这样的一个下午，这样的一季初夏。"

一树盛开的桐花，让我相信所有的美好，都似曾相识。

想来确实是这样的，那盛开的桐花、雪白的花荫与曲折的小径，总会在很多个春天、很多的诗里画里反复出现；所有的光影与所有的悲欢，在很多人的枕边也分明梦见；今日所盛开的花朵，都是从前秋天落下的种子；一生中所坚持的爱，更是千年前书里早就写过的故事……

每年春天回老家，我总能在乡间路上遇见桐花。那一树簇簇粉白的花朵，直如一条流动的江河，总是一边盛开如锦，一边纷纷飘落。开在我的眼底，呈现一种细碎的美好；落在我的心上，又仿佛一种透明的哀伤。

总是有这样的春日，乡间陌上种着新茶，开着麦花，池塘边青萍初生，柳絮轻扬。一个身着长裙的女子，姗姗走过青绿的田野，微风吹起她的衣裙和发梢。这时候，云在青天，一如草生堤堰；这时候，乡愁清澈，一如世事从容；这时候，身边有初放的桐花，一朵一朵安静地开，一朵一朵轻柔地落，簌簌落满一地，落满无声的流年。

我曾经在一首诗里这样写道："喜欢一辈子，住在自己的河边，做一个结绳记事的女子。三百篇温暖的水声，生长在五月寂静的路上。是这般行到水穷，坐看云起，是这般乡关万里，桐花无声。”

那时清露晨流，新桐初引，如今桐花落尽，绿静春深。窗外又是一场暮春的雨，绵绵密密下着，一切都是那么静谧而寻常，或远或近的城郭乡村，记忆里的山川草木，尽在一片水墨世界里。隔着二十多年的光阴，回想年少时那开满桐花的小路，我心中不由得生起一种“却顾所来径，苍苍横翠微”的感觉。

在光阴长长的路上，你听到桐花盛开和飘落的声音了吗？

李重元：雨打梨花深闭门

花朝节一过，天气渐渐和暖。从春分到清明，处处草长莺飞，日日都有花开，陌上尽是花事。在这场盛大的春宴里，所有姹紫嫣红的花儿，都要如期而至，粉墨登场了。

但见一番风来，一种花开，一候海棠，二候梨花，三候木兰。这边是春满花枝，桐花万里路，连朝语不息；那边是柳絮轻扬，圆荷浮小叶，细麦落轻花。真是风有信，花不误，春风十里，春花烂漫，漫山遍野都是花讯——只觉得眼里是花，心里是花，梦里梦外都是花影，一路走来尽是花香。

想来梅花宜雪，杏花宜雨，菜花宜暖，蔷薇宜风，兰花宜深谷，桃花宜溪水，海棠宜晴日，而梨花则宜月下。

我眼里的海棠，总是娇媚动人的，那一片绕不过去的嫣红，天生有种惊艳的美，宜在风日晴朗之时邂逅相逢。而记忆里的梨花，总是素颜如玉的，那一抹遗世独立的皎洁，从来都是纤尘不染，自带一种清风明月的韵致。

梨花一旦盛开，便被春风吹作了雪，那一笔优雅的留白，诗词一般美而寂静。

一卷唐风宋雅之间，梨花有时是美人的清泪：“玉容寂寞泪阑干，梨花一枝春带雨。”有时是寥落的春怨：“寂寞空庭春欲晚，梨花满地不开门。”有时是莫名的感伤：“惆怅东栏一株雪，人生看得几清明。”有时是风雅的闲情：“梨花院落溶溶月，柳絮池塘淡淡风。”

喜欢晏殊的《破阵子·春景》，分明一幅情趣盎然的生活画卷。那春天的美好，自然的芬芳，一幕幕扑面而来；那陌上的倩影，动人的笑靥，刹那间映入心底：

燕子来时新社，梨花落后清明。池上碧苔三四点，叶底黄鹂一两声，日长飞絮轻。

巧笑东邻女伴，采桑径里逢迎。疑怪昨宵春梦好，元是今朝斗草赢，笑从双脸生。

清明时节，从山村到乡野，海棠、梨花刚刚落过，柳絮又开始飞花。春社将近，田间陌上，已见燕子双双归来，正穿梭于和风细雨间，衔泥筑巢，剪出一幅人间春色。几片碧苔点缀着池中清水，在茂密的枝叶深处，时时传来黄鹂清脆的啼鸣。在采桑的小径里，遇见可爱的邻家女孩，她为何笑得灿烂如花，莫非昨夜做了个春宵美梦？原来是今天斗草获胜，所以一脸的明媚嫣然。

斗草，又称斗百草，是中国民间流行的一种游戏，历代文人作品对此多有描述。比如“闲来斗百草，度日不成妆”，再如“弄尘或斗草，尽日乐嬉嬉”，又如“青枝满地花狼藉，知是儿孙斗草来”等等，比比皆是，不胜枚举。

记得初识斗草，是在《红楼梦》里：那天宝玉生日，众姐妹们忙着安席饮酒射覆，各屋丫头也满园中取乐，只见香菱和芳官、蕊官、藕官、荳官等人坐在花草堆中斗草。这个说我有观音柳，那个说我有罗汉松，那个又说我有君子竹，这个又说我有美人蕉，一个说我有星星翠，一个说我有月月红，一个说我有《牡丹亭》上的牡丹花，一个说我有《琵琶记》里的枇杷果。荳官便说我有姐妹花，众人没了，香菱便说我有夫妻蕙……众丫鬟嬉戏笑骂，好不热闹。

“元是今朝斗草赢，笑从双脸生。”再回想晏殊词中赢得斗草的女孩，双颊绯红，眼波流转，一路笑意盈盈而来，画风何其灵动，那笑声点亮了四面的风，芬芳了春日的心情，但见片片梨花，有如春雪一般婆娑而开，落满阡陌人家，时光美得动人心魄。

正如《小窗幽记》有言：“陌上繁华，两岸春风轻柳絮；闺中寂寞，一窗夜雨瘦梨花。芳草归迟，青骢别易；多情成恋，薄命何嗟。要亦人各有心，非关女德善怨。”原来并非女子天生就喜欢抱怨，而是那心上的人儿迟迟不归，马上的情郎轻易就别离，只因人各有心，情各有属，因眷恋而生生不舍，而声声嗟叹罢了。

梨花开时春带雨，梨花落后春入泥，一树梨花一溪月，不知今夜属何人？原来梨花开于月下，也注定落在雨中。且看同样是春天，同样是梨花，在秦观的笔下，又是另外一番情境：

枝上流莺和泪闻，新啼痕间旧啼痕。一春鱼鸟无消息，千里关山劳梦魂。

无一语，对芳樽。安排肠断到黄昏。甫能炙得灯儿了，雨打梨花深闭门。

初识这句“雨打梨花深闭门”，一样是在《红楼梦》里。有回宝玉和冯紫英、蒋玉菡等人一起行酒令，要说“悲愁喜乐”四字，且要说出“女儿”来，还要注明这四字缘故云云。当宝玉唱过《红豆曲》，接着拈起一片梨来，说道：“雨打梨花深闭门。”

斯时宝玉心中的女儿，睡里梦里也忘不了的女儿，除了林妹妹，还是林妹妹吧。否则他怎会深情而唱：“滴不尽相思血泪抛红豆，开不完春柳春花满画楼。睡不稳纱窗风雨黄昏后，忘不了新愁与旧愁……”只有他的林妹妹，会埋香冢泣残红，独自葬花归来，将自己藏于潇湘馆的深闺，独对半窗清寂的风雨，将一切都关在门外。只有他，懂得林妹妹的欢喜悲愁，他们是永远的知心人，更是三生石上旧精魂。

原来姹紫嫣红开遍，似这般都瘦成一地月白。但见月下的梨花，恬淡如画，雨中的梨花，清绝如诗——那片片飘落的梨花，清雅如诗如梦，有种让人叹惋的美。

只是明月难存，梨花难寄，谁人可与梨花同梦？那一片梨花月，有时是闲雅日常，有时是离人思绪：“一别如斯，落尽梨花月又西。”而那一砚梨花雨，与其说是惆怅难言，不如说是千千心结：“梦回人远许多愁，只在梨花风雨处。”

宋朝还有位词人李重元，曾以“雨打梨花深闭门”入词，写下《忆王孙》四首，分别以春雨梨花、夏风荷花、秋月荻花、冬雪梅花，来展现四时景致，仿如嵌在光阴深处的四季条屏，别有境界，别具风情：

萋萋芳草忆王孙，柳外楼高空断魂。杜宇声声不忍闻。欲黄昏，雨打梨花深闭门。

风蒲猎猎小池塘，过雨荷花满院香。沉李浮瓜冰雪凉。竹方床，针线慵拈午梦长。

飕飕风冷荻花秋，明月斜侵独倚楼。十二珠帘不上钩。黯凝眸，一点渔灯古渡头。

彤云风扫雪初晴，天外孤鸿三两声。独拥寒衾不忍听。

月笼明，窗外梅花瘦影横。

为何词人如此钟爱这句“雨打梨花深闭门”，愿与梨花同梦呢——梨花风起正清明，是否将门紧闭，风雨就会小些，梨花就会落得慢些？是否枕花入梦，春天也就会走得晚些？且看明人唐寅亦以此句入词《一剪梅》：

雨打梨花深闭门，忘了青春，误了青春。
赏心乐事共谁论，花下销魂，月下销魂。
愁聚眉峰尽日颦，千点啼痕，万点啼痕。
晓看天色暮看云，行也思君，坐也思君。

尘世聚散纷繁，流年风雨依旧，梨花一直寂静在开，寂静在落。我在每一朵梨花里，都看到了旧梦与相思的模样。欲知别后相思意，回看罗衣积泪痕，无论梨花春雨掩重门，抑或雨打梨花深闭门，皆为无尽的春恨，俱是寂寞的离愁。

岁月悠悠如水，浮生百转千回，多少相思成疾，多少落花无痕，春光匆匆易逝，一如青春容颜易老。那沉默的经年往事啊，一如深闭的门扉，独向黄昏，无人来叩。窗外的那场梨花雨，像雪一样白，像梦一样轻，落在谁人的心上，湿了谁人的衣襟？

欧阳修：把酒祝东风，且共从容

也许每位文人的生命中，都有一道心灵的山水长廊，或逶迤动人，或壮观辽阔，或云山万重，或碧水千里。李白自号“青莲居士”，五岳寻仙不辞远，一生好入名山游；苏轼自号“东坡居士”，九死南荒吾不恨，兹游奇绝冠平生；欧阳修自号“六一居士”，醉翁之意不在酒，在乎山水之间也。

如果说，杭州西湖因苏轼而名，欲把西湖比西子，淡妆浓抹总相宜，那么颍州西湖，则因欧阳修而名，都将二十四桥月，换得西湖十顷秋。在一代文宗欧阳修看来，他愿将扬州瘦西湖的二十四桥明月夜，来换取颍州西湖这十顷迷人的秋色。

颍州西湖，位于安徽阜阳，与杭州西湖、惠州西湖和扬州瘦西湖，并称为“中国四大西湖”。当年，苏轼也曾在诗中将杭州西湖与颍州西湖相媲美：“大千起灭一尘里，未觉杭颍谁雌雄。”可见，颍州西湖在古代确实闻名遐迩。可惜后来由于黄河泛滥，颍州西湖被泥沙填平，那“绿水逶迤，芳草长堤，隐隐笙歌处处随”的昔日美景，那“载酒来时，不用旌旗，前后红幢绿盖随”的满目繁华，都已不复存在。

欧阳修一生与颍州有缘，甚爱颍州西湖风光。曾先后八次来到颍州西湖，并且最后定居终老于此。在湖光山色之间，留下许多轶闻佳话，写下有关颍州西湖的诗文一百多篇。最著名的有《采桑子》十三首，其中十首开篇都是“西湖好”。能够把一个词牌写得这么彻底，将一片湖水写得如此动人，只能说他用情太深。且录三首如下：

画船载酒西湖好，急管繁弦。玉盏催传，稳泛平波任醉眠。

行云却在行舟下，空水澄鲜。俯仰留连，疑是湖中别有天。

群芳过后西湖好，狼藉残红。飞絮濛濛，垂柳阑干尽日风。

笙歌散尽游人去，始觉春空。垂下帘栊，双燕归来细雨中。

何人解赏西湖好，佳景无时。飞盖相追，贪向花间醉玉卮。

谁知闲凭阑干处，芳草斜晖。水远烟微，一点沧州白鹭飞。

宋皇祐元年（1049），欧阳修由扬州知州改任颍州知州。他从扬州乘船溯流而上，昼夜兼程，来到朝思暮想的颍州西湖。平湖十里碧琉璃，疑是湖中别有天，湖中有岛，岛中有潭，芳菲夹道，花木扶疏，宛如一幅淡雅的山水画，让人流连其间，从此他深深地爱上了这里。

“平生为爱西湖好，来拥朱轮，富贵浮云，俯仰流年二十春。”后来及至晚年，欧阳修便退居颍州，多年夙愿得偿，让他很是心满意足。放下功名利禄、远离宦海浮沉的他，或结伴同游，或乘兴独往，每日徜徉于画船洲渚间，饱览颍州西湖的天容水色与四时佳景，可谓鬓华虽改心无改，人在舟中便是仙。

欧阳修曾在《六一居士传》中这样写道：“六一居士初谪滁山，自号醉翁。既老而衰且病，将退休于颍水之上，则又更号六一居士。客有问曰：‘六一，何谓也？’居士曰：‘吾家藏书一万卷，集录三代以来金石遗文一千卷，有琴一张，有棋一局，而常置酒一壶。’客曰：‘是为五一尔，奈何？’居士曰：‘以吾一翁，老于此五物之间，是岂不为六一乎？’”

藏书一万卷，金石遗文一千卷，琴一张，棋一局，酒一壶，醉翁一个，如此便是“六一居士”。从此左手一壶美酒，右手一卷诗书，窗前一片湖水，笙歌散尽游人去，屋后一片桃林，双燕归来细雨中。

作为唐宋八大家之一，一代文宗，文坛巨擘，欧阳修才学渊博，负有盛名，一生桃李满天下。古代文人士子，历来以文载道，以诗言志，以词传情，且普遍看重诗文，作载道之文，写言志之诗时，都是一本正经，呕心沥血。而填词对文人来说，不过是宴饮游乐的风雅，茶余饭后的消遣，类似于今天的流行歌曲。诗降而为词，词者，诗之余也，又名长短句，词是诗的余绪，诗的延续。

有宋一代，骚人墨客皆好填词。唯长短句能遣兴，是真才子自风流。他们多爱行吟山水，或以诗词相和，抒发平生意气；或以诗词慰心，感叹生命流年。欧阳修也不例外，且读其一首《踏莎行》，寓情于景，情景无限，诗画意象，妙不可言：

候馆梅残，溪桥柳细，草薰风暖摇征辔。离愁渐远渐无穷，迢迢不断如春水。

寸寸柔肠，盈盈粉泪，楼高莫近危阑倚。平芜尽处是春山，行人更在春山外。

那春日原野的尽头，是隐隐迢迢的春山，所思念的行人，更远在春山之外。而绵绵的思念，正越过春山的阻隔，伴随着行人直到天涯。透过词句，我们不仅想象到居者登高怀远，眼前是无垠的春色，心底是不舍的柔情，而且能感觉到，那永无止境的情丝，恰似芳草一样葳蕤，一直深入到行者的心灵深处。如此的情意深长，如此的哀婉离愁，亦如眼前的山水一般，迢迢不断，无穷无尽。

人生就是这样，短暂的相逢，长久的思念。面对聚散分别，苏轼把酒问青天，直道人有悲欢离合，月有阴晴圆缺，此事古难全。欧阳修则把酒祝东风，期望能与友人年年携手同游，从容地赏柳看花，且看他在《浪淘沙》里如是感慨：

把酒祝东风，且共从容。垂杨紫陌洛城东，总是当年携手处，游遍芳丛。

聚散苦匆匆，此恨无穷。今年花胜去年红，可惜明年花更好，知与谁同？

作为欧阳修的得意门生，苏轼对恩师的感情颇为深挚。当欧阳修离世后，苏轼曾写下一阕《西江月》，表达对恩师的无尽缅怀，句句肺腑，念念衷肠：

三过平山堂下，半生弹指声中。十年不见老仙翁，壁上龙蛇飞动。

欲吊文章太守，仍歌杨柳春风。休言万事转头空，未转头时皆梦。

平山堂，位于扬州西北郊大明寺内，始建于宋庆历八年（1048）。时任扬州知府的欧阳修，爱极了这里的清幽古朴，地势高朗，于此筑堂。人在堂中，凭栏远眺，江南诸山历历在目，似与堂平，故名平山堂，是文人士大夫吟诗作赋、驰目骋怀的好地方。

宋元丰二年（1079）四月，苏轼自徐州调知湖州，第三次经过扬州平山堂。这时距两人最后一次见面已有十年，而欧阳修也已逝世八年。此前苏轼两次途经扬州，都曾来平山堂凭吊恩师。如今再次来此抚今追昔，睹物思人，这怎能不让他感慨万千。

可叹半生弹指，岁月蹉跎，人生如梦，万事皆空。“十年不见老仙翁，壁上龙蛇飞动”，是说十年前曾师生欢聚，不料那次聚会竟成永诀，如今恩师早已仙去，但堂壁上恩师的手迹仍历历在目。那是欧阳修当年亲书的一首《朝中措·送刘仲原甫出守维扬》，句句风流宛在，字字风骨依然：

平山栏槛倚晴空，山色有无中。手种堂前垂柳，别来几度春风？

文章太守，挥毫万字，一饮千钟。行乐直须年少，樽前看取衰翁。

千年前，苏轼一声叹息，休言万事转头空，未转头时皆梦。千年后，斯人皆若彩虹，文采风流总依旧，年年杨柳春风。

第三卷　锦瑟华年谁与度

在一个人的生命里，
总有一段曾经的时光，
见证着青春的等待，
珍藏着过往的纯粹，
记录着你的芳华正好，
我的锦瑟流年。

蒋捷：流光容易把人抛

帘外春雨潺潺，庭前花开花落，不问春深几许，抑或春归何处，只觉天地之间，一片山遥水阔的湿润。南窗下的不远处，独有一架蔷薇，摇曳在重重雨幕里，虽繁花万朵，却朴素安静，那梦一般的粉红，看上去有种特别的淡雅。

喜欢在这样的雨天，独坐饮春茶，室内茶香沁人心脾，人书俱静。这样的安静从容，孤独也有美意。且只闻花香，不谈悲喜，且打开一卷宋词，一任雨声缠绵在耳，如诗行平平仄仄，漫上心头的，是旧画一般的光阴。

喜欢在这样的雨天，听一曲《皂罗袍》，是那般软糯的水磨腔，在耳边幽然而唱："原来姹紫嫣红开遍，似这般都付与断井颓垣。良辰美景奈何天，赏心乐事谁家院？朝飞暮卷，云霞翠轩，雨丝风片，烟波画船。锦屏人忒看的这韶光贱……”

一句“锦屏人忒看的这韶光贱”，直听得人惊了心，惊了梦，陷入一种古典的寂寥里。窗外一帘细雨，愈发绵绵密密起来，千丝万缕地落下，织出一帘别样的幽静。

想那戏里青春正好的杜丽娘，缘何声声叹，说来都是韶光贱啊——才乍现一点“袅晴丝吹来闲庭院，摇漾春如线”，没几天过后，遍青山啼红了杜鹃，瓶插映山紫，炉添沉水香。是这般姹紫嫣红开遍，则为你如花美眷，怎敌这似水流年？

想起那位南宋词人蒋捷，漂泊在遥远的异乡，满怀羁旅不定的春愁，风尘仆仆的疲惫，又何尝不心生一种“韶光贱”的感叹呢？当舟过吴江，更是风雨绸缪，思归心切的他，看到岸上酒帘飘拂，便产生了借酒浇愁的愿望。那份光阴似水、岁月如流的慨叹，尽在这阕《一剪梅》里：

一片春愁待酒浇，江上舟摇，楼上帘招。秋娘渡与泰娘桥，风又飘飘，雨又潇潇。

何日归家洗客袍，银字笙调，心字香烧。流光容易把人抛，红了樱桃，绿了芭蕉。

少年时候读宋词，爱极这句“红了樱桃，绿了芭蕉”。这么多年，一直深印在心底，怎么也忘不掉。这八个字，宛如画境一般清新雅致，透着温润如玉、鲜明莹洁的美，让人沉浸其中，几多留连。

时光荏苒，花开花谢，时光总是这般稍纵即逝，一年年红了樱桃，一回回绿了芭蕉。繁花易落，春光易老，总是这般辜负了好光阴，一年年虚度了好华年，一回回轻贱了好韶光。如果说读宋词，读的是一份永远的初心，那么岁月流转过后，还有多少情怀，一如少年时？

流光容易把人抛，又是人间四月天，只有雨一直在下，下在清明谷雨时节，也下在曾经的宋朝岁月里。沿着雨声的平仄逆流而上，想来时光彼岸的蒋捷，也曾这样一回回听雨吧：

少年听雨歌楼上，红烛昏罗帐，壮年听雨客舟中，江阔云低，断雁叫西风。

而今听雨僧庐下，鬓已星星也。悲欢离合总无情，一任阶前，点滴到天明。

北宋天下承平，南宋风雨飘摇。生于南宋末期的蒋捷，一生大多在颠沛流离中度过。如果说一阕《一剪梅》，写尽了光阴和离愁，那么一阕《虞美人》，则写尽了人生和悲情。

这是蒋捷一生的真实写照。一生的悲欢离合，一生的酸甜苦辣，尽在听雨的过程里，一遍遍显现。一次次听雨，于落寞的愁苦中，寄寓一片深情的感伤。从少年欢乐，到壮年愁苦，再到老年沧桑，三个时期，三种心境，如此迥然不同，形成鲜明的对比，像一幕幕电影镜头，令人有身临其境之感。

几番辗转起伏，几回旧梦浮生，当所有的过往，都被雨打风吹去，只有一颗听雨的心永远醒着。几多世事起伏，几度命运变幻，那些遥远的往事，那些斑驳的记忆，夜雨似的连绵不绝，云烟一般氤氲开来……

想那年少的时候，总是放荡不羁，不识愁滋味，听雨也要找个浪漫的地方，只与自己喜欢的人，只做自己喜欢的事。那时是无忧无虑的，没有经历人生风雨，即使有愁，那也是清浅如水的闲愁，不过为赋新词强说愁罢了。

只是青春是本太仓促的书，转眼翻至壮年，壮年的客舟，是一幅江阔云低、西风断雁的烟雨图画，是一程辽阔的旅愁了。在兵荒马乱的岁月里，在风雨如晦的路途中，那只失群的孤雁，何尝不是萍踪浪迹、飘零四方的自己呢？

再后来江山易主，国破家亡，一个鬓已星星的老人，独自在僧庐下听雨，一任阶前点滴到天明——那种山河易色、无处容身的悲哀，那种人生浮沉、岁月不居的况味，几多萧索，几多苍凉，何须赘述。

雨，还是一样的雨，一样教人清醒无眠，而内心早历经一遍遍沧海桑田；雨，已经不只是雨，它是命运与灵魂的一部分，是这漫漫路途上，三种截然不同的人生境地。

当年江南烟雨的背景，不是秋娘渡与泰娘桥，就是歌楼舞榭与红烛昏罗帐，是水墨写意的浪漫；等到听雨客舟中，俨然一幅泼墨山水的留白，西风猎猎，雁鸣如霜；及至听雨僧庐下，则应是一幅枯笔山水了，几笔淡墨的空寂，让人想起苦瓜和尚，还有八大山人。

所以诗人说："雨是悲欢离合，雨是一生的过错。"从前如斯，当下亦然。

在前世今生的江湖上，在万水千山的旅程中，不再见听雨歌楼上的少年，不再见听雨客舟中的壮年，也不再见听雨僧庐下的老者。而曾经的红烛昏罗帐，在那里；一个人的江阔云低，在那里；生命的残山剩水，在那里；阶前的点点滴滴，在那里。

窗外依旧风又飘飘，雨又潇潇，光阴依旧红了樱桃，绿了芭蕉。且轻掩一卷宋词，独坐饮春茶，做个听雨的人，天地一片寂静，孤独也有美意。

张先：云破月来花弄影

王国维在《人间词话》中说："词以境界为最上。有境界则自成高格，自有名句。五代北宋之词，所以独绝者在此……'红杏枝头春意闹'，著一'闹'字，而境界全出。'云破月来花弄影'，著一'影'字，而境界全出矣。"

由此可见，境界是一阕词的生命。有境界的词，自然就有很高的格调，也自然就有动人的名句。至于决定境界的那个字，即是词眼，可谓一字千金，起到了画龙点睛的妙用。这就是名句的独绝之处，它取决于词人填词的功底，也反映出词人本身的境界。我们知道，"红杏枝头春意闹"，出自北宋词人宋祁的《玉楼春》：

东城渐觉风光好，縠皱波纹迎客棹。绿杨烟外晓寒轻，红杏枝头春意闹。

浮生长恨欢娱少，肯爱千金轻一笑。为君持酒劝斜阳，且向花间留晚照。

而“云破月来花弄影”，则出自北宋词人张先的《天仙子》：

《水调》数声持酒听，午醉醒来愁未醒。送春春去几时回？临晚镜，伤流景，往事后期空记省。

沙上并禽池上暝，云破月来花弄影。重重帘幕密遮灯。风不定，人初静，明日落红应满径。

在词坛掌故轶闻中，宋祁雅号“春意闹尚书”，而张先则雅号“花弄影郎中”。这其中还有个风趣的故事：话说工部尚书宋祁，非常喜欢都官郎中张先的才气文采。当他得知张先来到京城开封，不由得兴奋异常。尽管张先官衔比他低，按规矩应该是张先去拜访他，但他还是坚持先去拜访张先。

到得张先居所，他特别嘱咐门童如是通报：尚书想见“云破月来花弄影”郎中。张先在里屋听到后哈哈大笑：一定是“红杏枝头春意闹”尚书吧？言毕，立即起身相迎，并置酒畅饮。可想而知，二人相见恨晚，相知默契到何等程度。如此高山流水的情谊，何其美妙风雅，堪称一桩赏心乐事，亦是一种人生境界。

张先（990—1078），字子野，乌程（今浙江吴兴）人。官至都官郎中，与柳永齐名。张先除了雅号“花弄影郎中”之外，还被人称为“张三中”和“张三影”。据李颀《古今诗话》载：“有客谓子野曰：‘人皆谓公张三中，即心中事、眼中泪、意中人也。’子野曰：‘何不曰之为张三影？’客不晓。公曰：‘云破月来花弄影’‘娇柔懒起，帘幕卷花影’‘柳径无人，堕絮飞无影’，此余生平所得意也。”

是说张先因其《行香子》中有“心中事，眼中泪，意中人”之句，人称“张三中”。原词如下：

舞雪歌云，闲淡妆匀。蓝溪水，深染轻裙。酒香醺脸，粉色生春。更巧谈话，美情性，好精神。

江空无畔，凌波何处？月桥边，青柳朱门。断钟残角，又送黄昏。奈心中事，眼中泪，意中人。

张先则说，既然称我“张三中”，为何不称我为“张三影”呢？于是他自举平生所得意三句：《天仙子》之“云破月来花弄影”，《归朝欢》之“娇柔懒起，帘幕卷花影”，《剪牡丹》之“柔柳摇摇，堕轻絮无影”，都各有一个“影”字。世人遂称之为“张三影”。

由此可见，张先以爱用“影”字而著名，擅长以工巧之笔，表现一种朦胧的美。一生热衷填词，至老不衰。“才不大而情有余，别于秦、柳、晏、欧诸家，独开妙境，词坛中不可无此一家。”其词意象繁复，内在凝练，恬淡悠远，在两宋婉约词史上影响巨大。张先和柳永一样，都是北宋时期较早大量制作慢词的词人。在词由小令转向慢词的进程中，两人都是不可忽视的功臣。

张先一生安享富贵，生活闲适，诗酒风流之余，颇多轶事佳话。其好友苏轼的赠诗“诗人老去莺莺在，公子归来燕燕忙”，可谓其生活写照。传说张先年轻时，曾与一女子相好，但家人不允，将之关在池塘小岛的阁楼。张先为了与之相见，每当夜深人静便偷偷划船过去，女子悄悄放下梯子，让张先上楼相会。后二人被迫分手，临别时张先不胜眷恋，于是写下《一丛花令》寄意：

伤高怀远几时穷，无物似情浓。离愁正引千丝乱，更东陌、飞絮濛濛。嘶骑渐遥，征尘不断，何处认郎踪？

双鸳池沼水溶溶，南北小桡通。梯横画阁黄昏后，又还是斜月帘栊。沉恨细思，不如桃杏，犹解嫁东风。

因为此词，张先又得个雅号“桃杏嫁东风郎中”。此雅号为欧阳修所赠，欧阳修是一代文坛巨擘，能得到他的极口称赞，足见其词在当时影响之大。范公偁《过庭录》记载：“子野郎中《一丛花令》，一时盛传。欧阳永叔（欧阳修）尤爱之，恨未识其人。子野家南地，以故至都谒永叔，阍者以通，永叔倒屣迎之，曰：‘此乃桃杏嫁东风郎中。’”

在北宋词坛，张先算是高寿词人，老年寓居杭州，年近九十而终。一生醉卧花丛，过着风流蕴藉、情韵深浓的生活。八十岁时，仍娶十八岁美女为妾。一次家宴上，苏轼与众词友问老前辈，得此美眷有何感想时，张先春风得意赋诗一首："我年八十卿十八，卿是红颜我白发。与卿颠倒本同庚，只隔中间一花甲。"苏轼也即兴戏赠张先一首："十八新娘八十郎，苍苍白发对红妆。鸳鸯被里成双夜，一树梨花压海棠。"

且后来的八年当中，此妾还为张先生下两男两女。张先一生共有十子两女，长子和幼女相差六十岁，中间亦隔一花甲。好个"云破月来花弄影"郎中，如此吟风弄月、花影相随的一生，可谓"花不尽，月无穷，两心同，愿作杨柳千丝，绊惹春风"。

人生无物比多情，江水不深山不重。若仍以张先自己的词来形容，则是"天不老，情难绝。心似双丝网，中有千千结"也可，"双蝶绣罗裙，东池宴，初相见。朱粉不深匀，闲花淡淡春"也可，"楼头画角风吹醒，入夜重门静。那堪更被明月，隔墙送过秋千影"也可。

苏轼：不是杨花，点点是离人泪

过了谷雨，立夏便近了，倏然间春已阑珊。清晨醒来，只见阳台上落花簌簌，而窗外已是满城飞絮，仿佛一场轻舞飞扬的雪，弥漫在大街小巷之间。午后闲读，有风自南而来，撩起窗帘，吹动书页，我寂然而坐，静静体会这晚春的况味。

在阳光的照耀下，在熏风的催促里，每一株杨柳，都吟出一则则白茫茫、虚飘飘的飞絮。有人说每一丝飞絮，都是一株杨柳的分号，我说每一朵杨花，都是一株杨柳对春天的情愫。这份情愫，犹如一缕落花的魂，天涯海角，无可寻觅；又仿佛一个婉约的梦，岁岁年年，朦胧未醒。

也许每个人心中，都有一朵落花，每个人眼里，也都有一朵飞絮。在一卷宋词当中，吟咏杨花柳絮的翘楚之作，当数苏轼《水龙吟·次韵章质夫杨花词》：

似花还似非花，也无人惜从教坠。抛家傍路，思量却是，无情有思。萦损柔肠，困酣娇眼，欲开还闭。梦随风万里，寻郎去处，又还被、莺呼起。

不恨此花飞尽，恨西园、落红难缀。晓来雨过，遗踪何在？一池萍碎。春色三分，二分尘土，一分流水。细看来，不是杨花，点点是离人泪。

苏词向以豪放著称，但也不乏婉约之作。比如这阕《水龙吟》缠绵幽怨，蕴藉空灵，“直是言情，非复赋物”，堪称苏轼婉约词佳作之一，甚至被评为“千古咏物第一”。故此和词一出，力压章质夫原作。王国维《人间词话》尝云：“东坡杨花词，和韵而似原唱；章质夫词原唱而似和韵。”

章质夫，是苏轼的同僚与好友，两人交往频繁。话说当年词人章质夫曾在一个晚春时节新作一首《水龙吟·杨花》，以敏捷才思与细腻笔触，将杨花写得形神兼备，轻盈生动，达到了很高的艺术水平。因此该词受到当时文人的推崇赞誉，从而盛传一时：

燕忙莺懒芳残，正堤上杨花飘坠。轻飞乱舞，点画青林，全无才思。闲趁游丝，静临深院，日长门闭。傍珠帘散漫，垂垂欲下，依前被、风扶起。

兰帐玉人睡觉，怪青衣、雪沾琼缀。绣床旋满，香球无数，才圆却碎。时见蜂儿，仰粘轻粉，鱼吞池水。望章台路杳，金鞍游荡，有盈盈泪。

彼时苏轼因“乌台诗案”被贬谪居黄州，当他看到章质夫此词，很是爱赏，于是相和一阕《水龙吟》，并致信章质夫：“《杨花》词妙绝，使来者何以措词。本不敢继作，又思公正杨花飞时出巡按，坐想四子，闭门愁断，故写其意，次韵一首寄云，亦告以不示人也。”苏轼在信中特意叮嘱，不要将此和词给别人看。可章质夫慧眼识珠，击节赞叹之余，也顾不得许多，连忙送给他人欣赏，所幸这首佳词妙作，方才得以传世。

两阕《水龙吟》，一唱一和，与其说是在吟咏杨花，不如说是在吟咏伤春的女子。细看来，那住在词中的女子，多是孤寂无欢的，不是“望章台路杳，金鞍游荡，有盈盈泪”，就是“寻郎去处，又还被莺呼起”。晚春之际，燕忙莺懒，繁花芳残，深深的庭院里，杨花粘满了闺中女子的春衣，像飞雪一般黏附，像琼玉一般轻缀。而那满腹相思，一地离愁，却是无可相寄，无以排遣。

真是芳心向春尽，所得是沾衣。唯见此花飞尽，落红难缀。唯见一池萍碎，春色三分。终是二分尘土，一分流水。终是点点离人泪，幽幽闺怨情。

细看来，那杨花和柳絮，全无才思也好，无情有思也罢，终究似花非花，似雾非雾，却是漫天作雪飞，梦随风万里。这就是杨花和柳絮，像离愁，像宿命，天生若即若离的姿态，注定飘忽不定的际遇。让人想起多情的林妹妹，想起那声声发自心灵的叹息：“游丝软系飘春榭，落絮轻沾扑绣帘。闺中女儿惜春暮，愁绪满怀无释处……”

且看《红楼梦》里，住在大观园中的女儿们，从宝钗到黛玉，从探春到湘云，个个都有咏絮之才。第七十回《林黛玉重建桃花社，史湘云偶填柳絮词》里写道：“时值暮春之际，史湘云无聊，因见柳花飘舞，便偶成一小令，调寄《如梦令》，其词曰：‘岂是绣绒残吐，卷起半帘香雾。纤手自拈来，空使鹃啼燕妒。且住，且住，莫放春光别去。’”

就像之前大家一起咏白海棠、咏菊花、咏红梅一般，有了这首柳絮词作引，姐妹们又岂能不顿生雅兴呢？于是众人以柳絮为题，限出几个调来，写了绾在壁上，然后拈阄即兴纷纷填词。一支梦甜香尚未烬，已是佳作频出，令人目不暇接。

只见探春才填得半首《南柯子》：“空挂纤纤缕，徒垂络络丝。也难绾系也难羁，一任东西南北各分离。”宝玉便提笔续道：“落去君休惜，飞来我自知。莺愁蝶倦晚芳时，纵是明春再见隔年期。”

宝琴填的是《西江月》：

汉苑零星有限，隋堤点缀无穷。三春事业付东风，明月梅花一梦。

几处落红庭院，谁家香雪帘栊。江南江北一般同，偏是离人恨重。

黛玉填的是《唐多令》：

粉堕百花洲，香残燕子楼。一团团逐对成毬。飘泊亦如人命薄，空缱绻，说风流。

草木也知愁，韶华竟白头。叹今生谁拾谁收。嫁与东风春不管，凭尔去，忍淹留？

而在宝钗看来，柳絮原是一件轻薄无根无绊的东西，依她的主意，偏要把它说好了，才不落套，于是填了一阕《临江仙》。一时间众人拍案叫绝，都说果然翻得好气力，自然是这首为尊：

白玉堂前春解舞，东风卷得均匀。蜂团蝶阵乱纷纷，几曾随逝水，岂必委芳尘？

万缕千丝终不改，任他随聚随分。韶华休笑本无根，好风凭借力，送我上青云。

且看如许佳词丽句，从枕霞旧友到潇湘妃子，从蕉下客到蘅芜君，或情致妩媚，或缠绵悲戚，或意境悠远，或声调铿锵。每每读来，但觉新鲜有趣。

然而每阕词里的柳絮，竟是如此不同。一朵柳絮仿佛一面镜子，映照出各各不同的性情。原来在诗词里，在故事中，在梦里梦外，那落花飞絮，细看来分明就是每个人的内心。

是从何时起，开始发现花开必有花落，絮长必有絮飞，年年如此，岁岁依然；是从何时起，开始明白和感知，花落与絮飞，不必因为风吹雨打，而是它已进入生命的时序；是从何时起，开始体会和懂得，不雨花犹落，无风絮自飞，也是一种深妙的禅意。

当空中落叶飘零，当眼前秋风凝霜，有人问禅师："此情此景，如何感悟人生？"禅师淡淡地说："不雨花犹落，无风絮自飞。"

因为懂得，所以慈悲。我坐在窗前，在一杯谷雨茶的清香里，遇见一种恰好的寂静与欢喜。

贺铸：锦瑟华年谁与度

喜欢在这样的初夏，带着一份别样的情怀，行走在江南古镇上。只慢慢走着，像素年昔时一样慢慢走着。走过古色古香的楼台，走过小桥流水的人家，走过曾经的绿树浓荫，走过当下的夏花灿烂。

此时的江南，桃红蕉绿，长夏未央。身边是旧时的粉墙黛瓦，曲折的寻常巷陌，心底是如梦的婆娑记忆，似水的光阴流年。在如诗如画的江南，我有一个临水而居的梦，一直根植于心底，一年年苏醒。就像在这个装满光阴的古镇，我会与一些记忆里的故事，转角遇见，乍然重逢。

从小满到芒种，江南的栀子、茉莉，像从前一样如期盛放，温润的月白，沁人的香气，丝绸一般此起彼伏，一如既往的熟稔。从花开到花谢，韶华如烟、如水、如风絮，但见江南风物总依旧，雨后又见枇杷黄了，梅子熟了，草木深了。我感觉这样缓慢的行走，有如徜徉在一阕贺铸的《青玉案》里：

凌波不过横塘路，但目送，芳尘去。锦瑟华年谁与度，月桥花院，琐窗朱户，只有春知处。

飞云冉冉蘅皋暮，彩笔新题断肠句。试问闲愁都几许，一川烟草，满城风絮，梅子黄时雨。

词牌《青玉案》，取自汉人张衡《四愁诗》："美人赠我锦绣缎，何以报之青玉案。"是说佳人赠我华美的刺绣，我拿什么来报答呢，干脆送个青玉的几案吧——直将那撩人心魄的爱情，那两心相许的甜蜜，表达得恰如其分。从而这种古典优雅的美好，美人香草的寓意，也都蕴含在此词牌当中了。

不知当年贺铸闲居于苏州横塘，与心仪的女子有过怎样美丽的邂逅，以致他多年后仍念念在心，为那种失之交臂的遗憾，而闲愁万种。只知这位渐渐远去的佳人，有凌波仙子一样的美。那份动人的相遇，魂牵梦绕也好，遗世独立也好，缥缈空灵也好，足以让他一见倾心，情根深种。

在一个人的生命里，总有一段曾经的时光，见证着青春的等待，珍藏着过往的纯粹，记录着你的芳华正好，我的锦瑟流年。但有一种相逢，注定只能擦肩而过，他只能远远地立在原地，目送着佳人轻盈的倩影，像芳尘一样飘去，一去不复返，从此相思成疾。

其实对这首千古名作的解读，历来众说纷纭，莫衷一是。有人认为这是贺铸年少时的一次艳遇，也许仅是一面之缘，不过惊鸿一瞥，但却永生难忘；也有人认为这并非萍水相逢的艳遇，而是贺铸沿袭屈原“香草美人”的写法，用男女爱情来比拟君臣之情，寄托人生理想；还有人认为，这是贺铸为悼念爱妻赵氏而作，将身世感怀和无限悲哀融合在一起，是他辗转半生、痛失至爱的心情写照。

“试问闲愁都几许，一川烟草，满城风絮，梅子黄时雨”，好一幅古典缠绵的烟雨图画，仿佛一纸如梦似幻的心灵水墨，也许岁月有多长，它便遗落了多久。只要慢慢走进，一切就近在眼前，从未远离，只要你蓦然回首，就会遇见从前的江南，重逢一个别样的贺铸。

作为名人之后、皇族近亲的北宋词人贺铸，自号庆湖遗老，是位个性和词风都颇为鲜明奇特的人物，有着与众不同的身份标签。他既是贺知章的后人，又是宋太祖贺皇后族孙，因为出身贵族，所娶亦是家世显赫的宗室之女赵氏；他为人豪爽精悍，如武侠剑客，“少时侠气盖一座，驰马走狗，饮酒如长鲸”，却又博闻强记，于书无所不读，家藏书万卷，并且手自校雠，无一字误，“反如寒苦一书生”；因为长相奇丑，身高七尺，面色青黑如铁，眉目耸拔，以致人称“贺鬼头”；因为写有名句“梅子黄时雨”，又得了个雅号“贺梅子”。

但是贺铸却不认为自己相貌不佳，反而甚是骄傲：“当年笔漫投，说剑气横秋。自负虎头相，谁封龙额侯。”你说我很丑，可是我很温柔。你说我很丑，可是我很有才。我自认为我这虎头燕额，可是拜将封侯的好面相呢！

生而为人，与其千篇一律，不如与众不同。有趣的灵魂就是这样，一身书生意气，满是任侠风骨，喜好交结五都雄，总是立谈中，死生同，一诺千金重。让人想起金庸武侠小说里的那些角色，外貌奇特，行为乖张，却心有鲲鹏之志，是为国为民的侠之大者，为了远大的理想抱负，可以赴汤蹈火、出生入死、肝脑涂地亦在所不惜。

词人大多是儿女情长，英雄气短，能够英雄豪气与侠骨柔情并存的人，最是难得。在东坡之词旷、稼轩之词豪之外，贺铸兼有豪放、婉约二派之长，是当之无愧的一个。因而词学家们一致认为，是豪爽之气、侠客之风、狂士之态，构筑了贺铸的精神主体，于温柔缱绻之外，复有奇崛壮浪之姿。

贺铸少年时，就怀有“金印锦衣耀闾里”的雄心壮志，渴望戍边卫国，建立军功。由于耿介豪侠，入仕后喜论世事，不肯为权贵屈节，因而人到中年，仍怀才不遇，无所建树。尽管官职卑微，但却始终关心国事，英雄豪侠不为世用，直让他生出“不请长缨，系取天骄种，剑吼西风”的悲壮情怀。

这就是贺铸，虽是皇族后裔，可家世早已没落；尽管其貌不扬，但文采飞扬；哪怕一生沉沦，郁郁不得志，可侠肝义胆；纵是辗转江湖，却始终钟情一人，此人便是妻子赵氏。赵氏端庄大方，勤劳贤惠，为宋宗室济国公赵克彰之女。贺铸曾有诗《问内》，描写赵氏冒酷暑为他缝补冬衣的情景，夫妻俩同甘共苦，感情很深。

如果说《青玉案》更多的是一种诗意浪漫的笔触，是对一份美好往事的追忆，那么《半死桐》则是字字深情，句句悲恸，如泣如诉，凄绝入骨，令人唏嘘感慨，不忍卒读：

重过阊门万事非，同来何事不同归？梧桐半死清霜后，头白鸳鸯失伴飞。

原上草，露初晞，旧栖新垅两依依。空床卧听南窗雨，谁复挑灯夜补衣？

这首《半死桐》，情真意切，哀美动人，极具悲剧情怀，历来与苏轼的《江城子》（十年生死两茫茫）并提，被誉为“北宋悼亡词当中的双绝”。

一个人在漫长的人生中，生离死别，聚散悲欢，何以能免？至亲至爱的离去，世事无常的变幻，总是教人痛不欲生，令人伤感思念。苏轼如此，贺铸亦如此。

风光旖旎、吴侬软语的苏州，注定是贺铸一生难舍难分的情结。贺铸年近五十时，曾客居苏州三年，其时他正为母亲守丧，不料与他相濡以沫近三十年的妻子赵氏又猝然而逝。母亲与妻子相继离世，让贺铸的心情跌入生命低谷。那日他重过苏州阊门，前一次是与妻子携手同游，如今却是孤身一人，这种物是人非之痛，让他不禁百感交集，对亡妻的思念之情汹涌而来。

琴瑟和鸣，白头偕老，从来都是世间恩爱夫妻的共同夙愿。可贺铸与赵氏有缘结缡半生，却不能锦瑟华年，相伴终老。这种“同来何事不同归”的深情，这种“梧桐半死，鸳鸯失伴”的悲哀，让他在一个个漫漫长夜里，总是难以入眠。

妻子中途离世，留给他无尽的孤独、缅怀和思念。比如他在《小重山》里，亦以一种深情细腻的笔触，追忆从前种种，寄托无尽哀思：“楚梦冷沉踪，一双金缕枕，半床空。画桥临水凤城东，楼前柳，憔悴几秋风。”

独守着孤灯空床，卧听窗外雨声淅沥，灯下再也不见妻子替他缝补衣裳的身影，身边再也没有妻子温暖柔美的气息了。曾经患难与共的时光，苦乐相随的温馨场景，再也不复重来，叫他如何不遗憾，如何不伤悲？

木心在《动情时刻》里写道：“爱情，亦三种境界耳。少年出乎好奇，青年在于审美，中年归向求知。老之将至，义无反顾。”

生命里注定有一些动情时刻，令人永生难忘。从晨钟暮鼓，到长亭短亭，有一种爱不曾经历，怎会深深懂得；从青丝红颜，到风雨沧桑，有一种情只要发生，终究痛彻心扉。

所以“万头攒动、火树银花之处不必找我。如欲相见，我在各种悲喜交集处，能做的只是长途跋涉，归真返璞”。

所以总有一些深情的人，在时间彼岸，以温柔之笔，细诉人生的曼妙与丰盈，书写岁月的深美与孤意。用直抵灵魂的诗词，抑或说用一生的心血，为我们记录下那些动情时刻。

从“试问闲愁都几许，一川烟草，满城风絮，梅子黄时雨”的惆怅，到“重过阊门万事非，同来何事不同归”的断肠，这是贺铸一生的心路历程，亦是古典爱情的般般境界。

从“空床卧听南窗雨，谁复挑灯夜补衣”的酸楚，到“画桥临水凤城东，楼前柳，憔悴几秋风”的苍凉，这是贺铸心底的悲欣交集，更是关乎生命的种种情怀。

李清照：误入藕花深处

想来旧时闺阁女子，日常生活真是雅致，直把日子过成了诗。旖旎春日可庭前赏花，曲池荡千；浓荫夏日可池亭赏鱼，荷塘采莲；宁静秋日可桐荫乞巧，琼台赏月；漫长冬日可围炉博古，踏雪寻梅……从春花秋月到似水流年，那般般良辰美景，种种赏心乐事，着实令人痴迷。

春日里除了赏花，也要买花，还要簪花。那年春暖花开，李清照与赵明诚新婚燕尔，那种蜜里调油的幸福，有如梦令的浪漫，亦有醉花阴的美好。两人携手游春归来，遇见串街走巷的卖花担子，于是买下最美的那枝：

卖花担上，买得一枝春欲放。泪染轻匀，犹带彤霞晓露痕。

怕郎猜道，奴面不如花面好。云鬓斜簪，徒要教郎比并看。

北宋市井繁华，生活雅致，种花赏花之风，极为盛行。春花灿烂时，街头巷尾常有卖花担子。勤劳的花贩们，天还未亮就挑一肩春色出门，从早到晚，四处叫卖，一路的韶华斗丽，芬芳宜人。《东京梦华录》中即载有当时汴京的花市盛况："是月季春，万花烂漫，牡丹芍药，棣棠木香，种种上市。卖花者以马头竹篮铺排，歌叫之声，清奇可听。"

在卖花人的担子上，买得一枝含苞待放的春花。那彤红的晨曦和晶莹的露珠，与花色交相辉映，让花愈发楚楚动人。在心爱的人面前，李清照竟和花吃起醋，担心花夺去了自己的光彩，怕丈夫看了花之后犯猜疑，认为她的容颜不如花的好看。于是将花斜簪在云鬓间，让花与脸庞并列，使要赵明诚评评，到底哪个更漂亮。

才女一旦傲娇起来，真能融化掉所有男儿的心。那一脸的娇羞，让人不由得莞尔。而那份爱的甜美，恰似一朵花的盛开，妩媚了心情，浪漫了时光。

连雨不知春去，一晴方觉夏深。想来夏天最美的地方，当是十里荷塘，抑或溪亭之畔。在李清照的少女时代，就有一段快乐的游玩时光。她与闺友们置舟备酒，畅游于清溪，因沉酣竟不知日之夕矣。于是兴奋地划着船，你追我赶，急着回家，脸颊上直泛起红晕……那众荷深处的喧哗，那贪玩活泼的天性，以及流连忘返的情致，无不是明丽动人的回忆：

常记溪亭日暮，沉醉不知归路。兴尽晚回舟，误入藕花深处。争渡，争渡，惊起一滩鸥鹭。

记得我与宋词初次邂逅，正是缘于这首《如梦令》。那时我正值豆蔻年华，日日与书香为伴，尤其热爱古典文学。读惯五言七言、整齐规范的唐诗，蓦然间遇见这参差有致的长短句，甚觉新颖别致，心底竟是莫名的欢喜。于是反复吟诵，那种爱不释手的沉醉，亦是“误入藕花深处”。

我想像她们在荡漾的小船上，发出银铃般的笑声，以致惊动一群栖息的鹭鸟，纷纷展翅高飞……如此青春俏丽的风采，如此不事雕琢的自然，以及被美景陶醉的欢愉，仿佛一坛千年的女儿红，永远芬芳四溢，呈现出一种绝美的情境。

长夏当窗，午后风静日闲，重读李清照《金石录后序》，思绪于这样一段文字间留连：“余性偶强记，每饭罢，坐归来堂烹茶，指堆积书史，言某事在某书、某卷、第几页、第几行，以中否角胜负，为饮茶先后。中即举杯大笑，至茶倾覆怀中，反不得饮而起。甘心老是乡矣。”

原来有一种才情，叫腹有诗书气自华；有一种快乐，叫赌书消得泼茶香。这样的才情与快乐，婉约了世界，窈窕了人间；这般美眷如花的从前，丰盈了日月，惊艳了流年。

琴棋书画诗酒花，当年样样不离它。琴棋书画是才情，是修养，有酒有花是生活，是惬意，种种才情与生活，最终都成了诗。

把日子过成诗的女子，都有一颗七窍玲珑心。总感觉，世间美妙温婉的事物，都与女子相关。她们爱美，爱真，灵秀天然，像一朵清水芙蓉，盛开在尘世与光阴的彼岸，最是妩媚可人，永远静好如初。

就像每读《浮生六记》，我常沉醉于这样的记述里："夏月荷花初开时，晚含而晓放。芸用小纱囊撮茶叶少许，置花心。明早取出，烹天泉水泡之，香韵尤绝。"

此情此景，莫不历历如绘，一字一句，让人口角噙香。原来我们所向往的诗意生活，不过是旧时女子的烟火日常。试想从前的夏日，年轻的芸娘与三白，闲居在姑苏沧浪亭边，一边欣赏着江南园林的美景，一边喝着这样的荷花茶，或莳花弄草，或品诗论词，那样的画面该有多美。

原来有一种爱的境界，是"愿生生世世为夫妇"。有一种幸福的愿景，是"他年当与君卜筑于此，买绕屋菜园十亩，课仆妪植瓜蔬，君画我绣，以为诗酒之需。布衣菜饭可乐终身，不必做远游计也"。

这是何其缠绵的古典情怀，何其动人的诗意写照。每每展读书页，那一幕幕江南风光，一番番唯美意境，给人的印象，总是新鲜无比的。浮生若梦，为欢几何，得此良辰美景，有此赏心乐事，也算不枉此生了。

每逢盛夏时节，我喜欢去植物园看荷，间或在回来的路上，买一把苍绿的莲蓬。与一朵荷初见或重逢，我有时会忆起李清照，有时会想到芸娘。总觉得这样的时光，是淡雅而幽然的，心情也如一枚饱满的莲蓬，有种清新洁净的诗意。

曾几何时，我也在诗里如此写道：“我需要，凭借一朵荷的清香，慢慢送走这内心的三伏天；我更需要，凭借一朵荷的映照，慢慢走过这一路的水复山重。我愿意和你，到一朵荷的面前，认一认我们山长水远的前生。从此，在每一个清澈的日子里，借一朵花的芬芳，从容生活，借一朵花的佛性，早悟兰因。”

想来有一种诗意的生活，是室内有香，墙上有画，案边有琴有茶；有一种静好的流年，是庭前有花，窗外有云，手中有诗书，心里有世界。那些闲雅的日常，那些精致的细节，从焚香点茶，到插花挂画，从翰墨丹青，到抚琴弈棋，无不是中国式生活美学，最是滋润心灵，教人沉浸其中。

我感觉，在前世今生的梦境里，我也曾有过这样的生活。我梦见，在从前的绿窗下，我玩的是西江月，忆的是少年游，采的是陌上桑，折的是故园柳。在原乡之上，会遇见所有人的原乡；在流年之外，会遇见更清澈的流年。

如果可以，我愿与你重回故园，回到那时光与梦的旧址。在南山下种豆，在水深处种菱，再种一朵荷花，不枝不蔓，清水无尘，一生拥有一颗莲子的传说。就这样让薰风入弦，让芰荷送香，且铺一纸素宣，且一念归心，写一回簪花帖，写一回手心的流水今日，写一回梦里的明月前身。

如果可以，我愿意回到旧时，做一回闺阁女子。生于寻常人家，居于江南巷陌，得遇素心之人，邂逅有趣之事。一起春煮新茶，夏至赏荷，秋着布衣，冬来踏雪。就这样四时蔬食，一生欢喜；就这样岁月静好，一世清欢。

辛弃疾：稻花香里说丰年

每逢万物生长的夏季，行走在故乡的田间陌上，你有没有闻到稻花所散发的香气？是的，如果你见过了“竹外桃花三两枝”的红，赏过了“万条垂下绿丝绦”的美，那么，也要记得到广阔的田野里走一走，去看看一畦春韭绿，来嗅嗅十里稻花香。

相较于桃花垂柳的美，稻花的模样，实在普通平凡，貌不惊人；相较于梅花桂子的香，稻花的香气，也实在乏善可陈。当然一棵稻子，一朵稻花，着实是不值一提的，但是从春到夏万物生长，风吹稻田碧波千顷，那就是一个天然的绿色世界，一幅迷人的田园风光了。

十几岁求学的年纪，每天清晨总要背着书包去往西边的学校，沿途皆是一片片稻田，不消说那满眼露水泠泠的绿，是最寻常不过的风景，只是有时候走着走着，不经意间便闻到一缕悠悠的花香，清清的，淡淡的，格外沁人心脾。

是什么花的香气呢？我用目光四处寻找，这一望无垠的远畈平畴，除了正在扬花的水稻，和一些蔬菜瓜果之类的农作物，再没有什么盛开的花了。这清淡的香气随着阵阵微风，一路相随，我再次望向四周碧绿的稻田，每一块田里，那青青的稻禾，长得都是密不透风，每一束挺立的稻穗，随风轻摇，全都吐露出粉白细小的花蕊。

乡民在耕作，水稻在扬花，我突然间明白过来，原来这是稻花的香气呀！

从此，我记住了这独特的稻花香。后来，我还渐渐发现，麦花也是香的，豆花也是香的，很多的农作物，都是有一种香气的。它们的外形一点都不显眼，它们的香气也都是隐藏着的，隐在春风和夏雨里，藏在乡间的阳光里，总是那么朴素平凡，带着泥土般的气息，与丰收的美好、田园的景象浑然一体，与乡亲们年年如是的辛勤劳作，密不可分。

正所谓："绿遍山原白满川，子规声里雨如烟。乡村四月闲人少，才了蚕桑又插田。"一分子规声里的耕耘，一分如期而至的收获。等到了秋天，金色的稻浪随风起伏，在阳光下发出明亮温暖的光芒，远远望去，像一幅波澜壮阔的画卷，拂面而来的，都是丰收的色彩，丰收的喜悦。

所以每当诵读辛弃疾《西江月·夜行黄沙道中》时，

我总是感觉特别亲切，有一种莫名的喜欢，深刻地感受到一种恬静的生活美，一种山村乡野特有的情趣：

明月别枝惊鹊，清风半夜鸣蝉。稻花香里说丰年，听取蛙声一片。

七八个星天外，两三点雨山前。旧时茅店社林边，路转溪桥忽见。

此词，是辛弃疾当年闲居江西上饶时所作。全词散发着浓郁的生活气息，语言没有任何雕饰，没有一个晦涩的典故，完全是顺其自然，信手拈来。只以简约精准的笔调，淳厚朴实的感情，从视觉、听觉和嗅觉三方面，吟咏出一幅美妙的自然风光，描写了一个静谧的山村夏夜。可谓情景生动交融，让人如临其境，仿佛跟随着词人的身影，亲自也去了一回。

且看一路行来，有清风明月、疏星稀雨，有鹊惊蝉鸣、稻花飘香，有茅店社林、蛙声一片，走得久了，忽然在转角的溪桥边，看到那家熟悉的小店，可以进去歇歇脚，一时愉悦之情油然而生。这正是一个人忘怀于大自然所得到的快乐，也让我们领略到稼轩词，于雄浑豪迈之外的另一种境界。

每读《红楼梦》，总感觉稻香村是大观园里一个与众不同的地方，曾引得贾政有“归农之意”。因为稻香村和大观园内那些富丽华贵的建筑是截然相反的，看似天然，却愈见匠心。此处青山斜阻，转过山怀中，便是田园农舍，一派郊野气色，隐隐露出一带黄泥墙，墙头皆用稻茎掩护。有几百株杏花，如喷火蒸霞一般。里面数楹茅屋，外面却是桑、榆、槿、柘、各色树稚新条，随其曲折，编就两溜青篱。篱外山坡之下，有一土井，旁有桔槔辘轳之属。下面分畦列亩，佳蔬菜花，一望无际。

在大观园试才题对额，荣国府归省庆元宵时，贾宝玉因旧诗“红杏梢头挂酒旗”，题为“杏帘在望”，并题联为“新涨绿添浣葛处，好云香护采芹人”。元妃游幸之后，将“杏帘在望”赐名“浣葛山庄”。因黛玉代替宝玉所作诗《杏帘在望》，甚得元妃之心，取其诗句“十里稻花香”之意，改“浣葛山庄”为“稻香村”。此处后来是李纨的居所，有次探春起海棠诗社，定了稻香村作为诗社，李纨做了社长，且自号“稻香老农”。

突然想起在我所生活的城市合肥，有家稻香楼宾馆，说来也是一处风景秀丽、环境幽雅的地方。每次经过这里，只觉得湖光潋滟，市廛咫尺尘远，视野里平添了几分难得的朴实、沉稳与安静之气。看到“稻香楼”一词，不由得联想起“稻花香里说丰年，听取蛙声一片”的句子，也令人联想起《红楼梦》里那个别具一格的稻香村。想当年那位“稻香楼宾馆”的命名者，其忽然的灵感，其独特的取意，也定是源于诗书里这种古典意象了。

想来这一缕稻香，是普通平凡的，也是生生不息的，是古典诗意的，更是美丽丰饶的。这是粮食的香气，是丰收的香气，是幸福生活的香气，是天地间最醇美厚重的香气，是生命里最本真朴实的香气。

我好想重返十几岁的时光，重新走在那熟悉的田野上，在露水泠泠的早晨，在初升的缕缕阳光里，再好好看一回田野的绿，走过一畦春韭绿，又是遍野禾苗的绿；再细细地呼吸一回田野的香气，闻过麦花豆花香，又是十里稻花香。

第四卷　只愿君心似我心

如果世间一切，
都是遇见，
那么聚散皆是缘，
离合总关情。
遇见一个人，
你的命运因他而改变；
遇见一个故事，
也可感悟自己的人生。

苏轼：微雨过，小荷翻，榴花开欲燃

倏忽仲夏时节，窗外俨然一片铺天盖地的深绿了。南风日复一日吹拂着，正是榴花盛开的时候。一枝红艳艳的榴花，掩映于万绿丛中，像极了一匹流光溢彩的锦，有着动人心魄的艳，一发不可收拾的美。

我第一次被榴花所吸引，是在小区往北的环城河边。那时夏日傍晚从书店回来，总会邂逅一丛丛盛开的榴花。不管是远远地望见，还是走近了欣赏，都有一种惊心的繁盛。这时候所有的绿，已经绿到了极致，该开的花，也已经开到了荼蘼，只有榴花如火如荼，点缀在大片蓊郁的翠绿里，那份鲜艳夺目，有如云蒸霞蔚一般。

附近的省委党校，是我前些年常去的一个地方。那里也有一片茂盛的石榴树，立夏一过，便其叶蓁蓁，其花灼灼，那一抹抹摇曳在风中的娇媚，再次将我吸引。开始还是点点红玛瑙，没几天就变成无数的小金钟，一朵朵花萼红里透绿，如珠似宝，细润光滑，且紧密厚实。如绸的花瓣一层一层舒展开来，绽放出迷人的笑靥，无不透着团团的喜气。

最是忘不了的，是一场风雨过后，那一地重重叠叠的落花，又是别有一番景致。那样极致的绚烂，那样奢侈的殷红，真是美丽不可方物，格外惹人注目。如寸寸碎了的锦，厚厚铺满一地，简直有种一意孤行的痴绝。一下子红到了人的心底，透着怎么也忘不了的妖娆与惊艳。

直教人想起唐诗里的《榴花》："五月榴花照眼明，枝间时见子初成。可怜此地无车马，颠倒苍苔落绛英。"榴花如火似霞，耀眼生辉，有的花已结子，隐约枝头。可巧的是没有车马来碾压、践踏，唯有苍苔斑驳，落英缤纷。那落红满地的景色，一任它堆积着，铺陈着，该是一种怎样的清幽境地？

甚是喜欢苏轼笔下的榴花，早年读到这阙《阮郎归·初夏》，尤喜这句"微雨过，小荷翻，榴花开欲燃"，与"红了樱桃，绿了芭蕉"有异曲同工之妙，一样的如诗如画，令人过目不忘，给人一种韶光易逝、岁月如流之感：

绿槐高柳咽新蝉，薰风初入弦。碧纱窗下水沉烟，棋声惊昼眠。

微雨过，小荷翻，榴花开欲燃。玉盆纤手弄清泉，琼珠碎却圆。

更有《贺新郎·夏景》也是极好，里面有这样的句子："石榴半吐红巾蹙。待浮花、浪蕊都尽，伴君幽独。秾艳一枝细看取，芳心千重似束。又恐被、西风惊绿。若待得君来向此，花前对酒不忍触。共粉泪，两簌簌。"好一个"待浮花浪蕊都尽，伴君幽独"，字字风流蕴藉，又赏心自如，别样的婉转缠绵，情深意重，怎一个爱字了得？

至于《南歌子·暮春》："紫陌寻春去，红尘拂面来。无人不道看花回。惟见石榴新蕊、一枝开。冰簟堆云髻，金樽滟玉醅。绿阴青子莫相催。留取红巾千点、照池台。"写的又是另一番山重水复、柳暗花明的景象。

红艳艳的榴花，极易让人联想到美丽的石榴裙，有关石榴裙的传说，可谓是别树一帜。当年杨贵妃爱赏榴花，爱吃石榴，特别爱穿绣满石榴花的红裙，唐明皇爱之宠之，下令所有文官武将，见了贵妃一律跪拜，否则以欺君之罪严惩。众臣无奈，凡见到杨玉环身着石榴裙走来，无不纷纷而跪，于是便有了"拜倒在石榴裙下"的典故。

一代女皇武则天，当年曾在感业寺为尼，在人生最失意的时候，写下了她最有名的诗歌《如意娘》："看朱成碧思纷纷，憔悴支离为忆君。不信比来长下泪，开箱验取石榴裙。"人生如梦，因果相循，世事多变，祸兮福兮。没想到当年的媚娘因相思过度，恍惚迷离之中，竟然看朱成碧，凭斑斑泪痕感动了高宗，得以被风风光光地接回了宫，从此扭转乾坤苦尽甘来，威风凛凛叱咤风云，改写了自身的命运，进而改写了大唐的历史。

《红楼梦》里也有关于石榴裙的情节。如第六十二回“憨湘云醉眠芍药裀，呆香菱情解石榴裙”，文中主要写了宝玉生日宴会后发生的两个小故事：一幕是湘云吃多了酒，竟醉眠于芍药裀边的石凳上，香梦沉酣之余，仍憨态可掬地行着酒令的情景；另一幕是香菱在园中和丫头们玩“斗草”游戏，不料打闹时滚到泥水里，弄脏了身上的石榴裙。因这裙子是宝琴送的，宝钗和香菱一人一件，刚刚穿上就被弄脏，香菱心中很不自在。宝玉体贴香菱的难处，说袭人有件一模一样的，于是让袭人把她的石榴裙给香菱悄悄换上了。

繁华富丽的大观园中，花红柳绿，莺莺燕燕，有几条石榴裙点缀其中，则更显妩媚动人，风姿绰约。同时，宝玉对所有女孩们的一片纯粹赤诚之爱，一份温柔体贴之心，那种来自生命与灵魂深处的美好，从这些生活的细微之处，也足见一斑。

四月芳菲尽，五月榴花红。榴花，是典雅锦绣之花，石榴，乃吉祥如意之果。去徽州看古民居，那些深宅大院里，多种植有石榴。老房子的门楣窗棂上，房梁四壁间，也多雕刻有石榴。

诸如石榴多子、瓜瓞绵绵、缠枝莲花、喜上眉梢、年年有余之类，那些美轮美奂的雕刻，都是随处可见的风雅。那些对幸福生活的美好祝愿和殷切期盼，无不蕴藉沉淀其中，精雕细镂其上。几百年过去，那份古色古香之美，仍如榴花照眼，多彩多姿，别有一番动人意境。

岳飞：欲将心事付瑶琴

行走在杭州西湖之畔，徜徉在水色山光之中，你会遇见一座古朴雄伟的建筑——岳王庙，这里是南宋抗金名将、一代民族英雄岳飞的长眠之地。与四周的秀美景色相比，岳王庙两边红墙高耸，气势巍峨，古柏参天，庄重肃穆，碑碣林立，景致深幽，透出历史的厚重与凛然的正气。西湖也因此于江南的婉约之余，平添了几分阳刚之美。

那年盛夏去往岳王庙，站在"碧血丹心"石坊前默默追思，心头涌起一种无尽的敬仰之情。一条石铺甬道，一直通达忠烈祠，大殿内的岳飞坐像高达数米，头戴红缨帅盔，身穿紫色蟒袍，右手握拳，左手按剑，双目炯炯，英气勃勃，令人肃然起敬。在坐像上端，悬挂着岳飞亲笔手书的"还我河山"横匾。长长的碑廊上，镌刻有一首首岳飞诗词，最引人注目的，当是其代表词作《满江红》：

怒发冲冠，凭栏处、潇潇雨歇。抬望眼，仰天长啸，壮怀激烈。三十功名尘与土，八千里路云和月。莫等闲，白了少年头，空悲切！

靖康耻，犹未雪；臣子恨，何时灭？驾长车踏破，贺兰山缺。壮志饥餐胡虏肉，笑谈渴饮匈奴血。待从头、收拾旧山河，朝天阙！

好一首千古绝唱，好一首灵魂之作。字字奋笔疾书，气势磅礴，句句一腔热血，气盖山河，淋漓尽致地抒发了岳飞强烈的爱国情怀和渴望恢复中原的雄心壮志。那慷慨悲壮的吟唱，铿锵有力，响遏行云，千百年来总回荡在人们耳边。

关于岳飞抗金的故事，千古流传，老少皆知。他三次投戎，四度北伐，率领岳家军浴血沙场，同金军进行了数百次战斗，不为一丝功名利禄，只渴望可以收拾旧山河，拯救天下苍生。他短暂而悲壮的一生，赤胆忠心，荡气回肠，留下了太多可歌可泣的传奇。

走近岳飞，与一颗精忠报国的灵魂相逢，体会一种英雄情结，感受不一样的英雄气概。遥想当年，应该有这样一番惊天动地的情景：苍茫的天地间，十面埋伏杀声震天，战马之上的岳飞，率领着岳家军，像一道驰骋的闪电，从古老而泛黄的南宋向我们奔腾而来。一身铠甲虎虎生威，令对手溃不成军，一声长啸气壮山河，可胜却雄兵百万。他将生命交给千里疆场，交给家国天下，不怕粉身碎骨，马革裹尸，只想荡清敌寇，扫尽狼烟。

《宋史·岳飞传》载："西汉而下，若韩、彭、绛、灌之为将，代不乏人，求其文武全器、仁智并施如宋岳飞者，一代岂多见哉。史称关云长通《春秋左氏》学，然未尝见其文章。飞北伐，军至汴梁之朱仙镇，有诏班师，飞自为表答诏，忠义之言，流出肺腑，真有诸葛孔明之风，而卒死于秦桧之手。盖飞与桧势不两立，使飞得志，则金仇可复，宋耻可雪；桧得志，则飞有死而已。昔刘宋杀檀道济，道济下狱，嗔目曰：'自坏汝万里长城！'高宗忍自弃其中原，故忍杀飞，呜呼冤哉！呜呼冤哉！"

三十功名尘与土，八千里路云和月。多少岁月倥偬，多少险象环生。"撼山易，撼岳家军难"，这是敌军对他的畏惧；"其事体，莫须有"，这是昏君奸臣对他施的诡计；"青山有幸埋忠骨"，绵延的青山，埋得了英雄的肉身，却埋不了人间的万千爱憎；"白铁无辜铸佞臣"，刺眼的白铁，浇铸下佞臣的罪证，也浇铸出一位英雄的悲剧。

人人都能讲述一段关于岳飞的故事，可谁能拨开千年的风尘，解开历史的真相？

也许岳飞的悲剧，正是那个时代的悲剧。身为抗金名将，纵有运筹帷幄的韬略与所向披靡的锐气，却敌不过南宋朝廷的软弱无能，那些达官贵族也是苟且偷安，贪图享受，根本无心收复失地。风云时事的变幻，让人无法预测，帝王之心的虚实，更是不可揣摩。当岳飞通过南征北战收复大片国土，决心挥师北伐直捣黄龙、迎回徽钦二帝之际，偏安江南，守着半壁江山的宋高宗害怕了。

宋钦宗乃是在位之时被掳，若钦宗还朝，那高宗何去何从？尽管雪洗靖康之耻，还复河山，这是民族大义与民心所向，可卧榻之侧，岂容他人鼾睡，所以高宗必然不想岳飞北伐，只想与金兵议和。于是一日之内连下十二道金牌，强令远在边关的岳飞，即刻班师回朝，并将他调离军队，到临安枢密院供职。

当年怒发冲冠，仰天长啸，该是何等的气魄与胸襟；如今十年之功，毁于一旦，又该是何等的愤懑与无奈。出生入死壮志未酬，胜利在望却被迫收兵，于岳飞而言，此时那种英勇悲壮的心情，无法言表，那份孤立无援的痛苦，可想而知。

遥想当年，也必然有这样一个秋风萧瑟的深夜，身在临安的岳飞，因牵挂着千里之外的战场，和转瞬即逝的战机，以致夜半辗转难眠，独自焦虑徘徊。他仰望着天上的冷月，心中不再似《满江红》那样豪情万丈，而是倍感孤独凄凉。四周万籁俱寂，唯有寒蛩声声，松涛阵阵，呼应着内心那深沉无言的呐喊。回首金戈铁马的征程，梦一样排山倒海而来，人生岂能待从头，他志在收拾旧山河，然而现实却如此残酷，唯有一声长叹。彼时征战半生、心有不甘的他，感慨而吟一首《小重山》：

昨夜寒蛩不住鸣，惊回千里梦，已三更。起来独自绕阶行，人悄悄，帘外月胧明。

白首为功名，旧山松竹老，阻归程。欲将心事付瑶琴，知音少，弦断有谁听？

岳飞虽是行伍出身，但喜好读书，爱与文人士子交往。他文采飞扬，且书法颇佳，颇有儒将风范，所流传下来的数十首诗词与珍贵的手书，足见其剑胆琴心。他是孤独的英雄，满腔抱负无人赏识，除了将万千心事，诉于一张瑶琴，还有谁能慰藉他平生的寂寥呢？

正所谓“主忧臣辱，主辱臣死”，这时奸臣秦桧、张俊等人看出高宗一意求和之心，于是四处罗织“莫须有”的罪名，谗害忠良，结果岳飞蒙冤下狱，惨遭杀害，成了一种必然。南宋绍兴十一年腊月廿九（1142 年 1 月 27 日），岳飞遇难，年仅三十九岁。

让我们记住这个小除夕，记住所有的壮怀激烈，记住所有的雨恨云愁。

“莫须有，何以服天下？”英雄折戟沉沙，历史沉默如谜，只有一声忿然的质问，久久回荡在天地之间。三十九岁，正是人生的黄金时期。从而立到不惑，回首三十功名尘与土，走过八千里路云和月，欲将心事付瑶琴，知音少，弦断有谁听？在风雨飘摇的南宋，英雄的生命戛然而止，在历史时空的深处，英雄的气概千古浩然。

“天日昭昭，天日昭昭”，武能平天下，文能抒其志，这是民族的精魂，这是英雄的风骨；功业要刊燕石上，归林终伴赤松游，这是一份从未完成的心愿，一个热血男儿的终极理想。

潇潇雨歇，山河依旧，松竹已老，知音难觅。放眼望天地苍茫，青山千里，我看见岳飞与他的战马，总是眼含热泪，迎着猎猎西风，一直奔腾在风起云涌的路上。

李之仪：只愿君心似我心

我发现与一条江河相遇，是生命里最有诗意的事，也是生命里最为动人的事。

作为生在长江之滨的儿女，我们从小就与江河结下了不解之缘，无不是饮着江水，吹着江风长大的。无论远行，还是归家，我们人生所有的路程，总是沿着长江蔓延开来。“我家门外长江水，江水之南山万重”，江水浩浩汤汤，亦沉静亦波澜，两岸青山逶迤，或苍翠或妩媚，一如思念如影随形，一如旅愁生生不息。

在我小半生的行走里，曾经多次遇见长江。于我而言，长江是一份遥远的记忆，一种成长的映照。或者说悠悠流淌的江水，俨然是生命的一部分，永远珍贵的一部分，见证着过往的悲欢离合，淘洗着曾经的岁月流年。

多年前的那个初秋，我第一次离家远行，母亲送我从安庆乘车去往屯溪。那时八百里皖江还没有长江大桥，坐班车去皖南必须过渡。清晨的渡口，没有杨柳依依，只有薄雾轻轻弥漫，没有热闹繁华，只有汽笛声声发紧。一辆辆车排着队摇摇晃晃开进渡船，我和母亲坐在客车上，安静地不说话，视线里唯有一片茫茫江水。随着渡船缓缓行进，江北的阡陌村庄渐渐远了，江南的烟树人家渐渐近了，我和母亲，也从此岸渐渐到达彼岸。此时晨雾依稀散去，而一天的行程才刚刚开始。

那年我十七岁，从此我背上青春的行囊，开始年复一年的漂泊。

犹记得那年寒冬腊月，一个雨雪霏霏的日子，我和同乡校友结伴而行，搭火车从屯溪至芜湖，再从芜湖乘船连夜返乡。抵达家乡枞阳码头时，晨光熹微，天色渐亮。尽管离家还有三十里地，可已经呼吸到家乡的空气了。只见江水宽阔而舒展，如母亲温暖的臂弯，环绕着生我养我的家园。堤岸上升腾着家乡袅袅的炊烟，耳畔传来无比熟悉的黄梅乡音，归心似箭的人啊，霎时热泪盈眶。

接下来的时光里，我曾经一次次从故乡出发，去往长江两岸很多地方。人生如逆旅，我亦是行人——我该如何用这一练江水，为青春结绳记事呢？只知道，我曾把早年的辛酸际遇丢失于华北平原，北国的瑟瑟秋风，日日风干了我的青涩；我曾把大好的青春年华遗落在江南水乡，江南的杏花春雨，年年打湿了我的忧伤；我曾把流年的美丽哀愁托付给南国小城，南国的寻常巷陌，时时生长着我的惆怅……江南江北，春水一样的碧绿，花开花落，岁月一样的变幻，我用自己的方式，追忆着似水年华，我用自己的方式，深深地爱着长江。

二十多年光阴恍惚而过，也许我们的青春都一样，孤独又彷徨。

想起前两年去安庆，傍晚站在振风塔上远眺长江，只见江水浩浩荡荡而来，又依依不舍而去。江上船只往来穿梭，白浪层层叠叠，江边平林漠漠如织，暮色如烟四起。再望向苍茫的远处，视线便一片朦胧了，俨然一幅“江流天地外，山色有无中”的水墨画卷。任凭我站得再高，看得再远，可我再也找不到当年的那个渡口了。十七岁的我，早已下落不明。这些年里所经历的出发归来，所遭遇的辗转起伏，所体验的爱恨离愁，也都在记忆里渐行渐远，江水留白了我的梦，也洗白了我的年华。秋天的长江很静，很美，月光仿佛静止了一般。

木心说：“日光之下皆覆辙，月光之下皆旧梦。”那么江水之上呢，皆是浮生吧。

想来正是这样了，滚滚长江东逝水，浪花淘尽英雄，也淘尽浮生。你我皆尘世过客，来去只在弹指之间，但见江水奔腾浩渺，游子远在天涯。河流一旦选择了远方，就注定风雨兼程，人生又何尝不是如此。

如果你是个有梦想的人，一定会与长江不期而遇；如果你是个有诗心的人，一定会与长江魂梦相依。那一江春水向东流去，从上古洪荒到亿万斯年，永远的逝者如斯，不舍昼夜，永远的波澜壮阔，源远流长，难免不让人心生“寄蜉蝣于天地，渺沧海之一粟”之感，抑或“哀吾生之须臾，羡长江之无穷”之叹。

试想一卷唐诗宋词，如果抽去了长江，那就是抽走了最浩瀚、最灵气的部分。如果没有了长江，唐诗的慷慨浪漫，该如何落笔？宋词的豪放婉约，该何去何从？古往今来那颗漂泊的诗心，又往何处安放？那缕激荡的诗魂，又将何所归依？

所幸长江一直在那里，江岸一直在那里，江南江北一直在那里。依旧的青山绿水，永远的秋月春风。

李白是长江的游子，他眼里的长江是“孤帆远影碧空尽，惟见长江天际流”；杜甫是长江的游子，他心中的长江是“无边落木萧萧下，不尽长江滚滚来”；张若虚是长江的游子，他笔下的长江是“春江潮水连海平，海上明月共潮生”；辛弃疾是长江的游子，他说“千古兴亡多少事？悠悠，不尽长江滚滚流”；苏东坡是长江的游子，他说“大江东去，浪淘尽，千古风流人物……江山如画，一时多少豪杰”。

当然长江有其汪洋恣肆、澎湃磅礴的一面，也有其清澈见底、温柔缠绵的一面：

我住长江头，君住长江尾。日日思君不见君，共饮长江水。

此水几时休，此恨何时已，只愿君心似我心，定不负，相思意。

这样古典的长江，这样深切的相思，又是多么清新动人。想来如果用这一练江水，为相思结绳记事，那么李之仪这阕《卜算子》，最是浓淡相宜，耐人寻味。

当年李之仪被贬到太平州，可谓仕途不顺，家人连遭不幸，可谓祸不单行，孑然一身的他，俨然跌落到了人生的谷底。唯一值得欣慰的是，他遇到一位琴色绝佳，且很有正义感的奇女子，当地的著名歌伎杨姝。

早年黄庭坚被贬当涂，年仅十三岁的杨姝，就曾弹奏一首古曲《履霜操》为黄庭坚的遭遇而抱不平。彼时，杨姝与李之仪天涯相逢，善解人意的她，不由得又弹起《履霜操》，琴音如泣如诉，霎时触动李之仪心中的痛处。李之仪对杨姝一见倾心，视她为人生知音，两人琴诗互动，从而结下一段相知相惜的情缘。想来那年秋天，李之仪携杨姝来到长江边，面对知冷知热、心心相印的红颜知己，面对滚滚东逝、奔流不息的江水，心中怎能不涌起千种感怀，万般柔情呢？

是的，我住在长江之头，君住在长江之尾。天天思念你，却总是见不到你，却共同饮着这一练长江之水。这江水，何时不再这般流动，这离恨，何时才能停止消失——只愿君心似我心，定不负，一生情，定不负，相思意。

是的，无论时光如何流转，想来与一条江河相遇，都是生命里一件很有意义的事。想来用诗词为长江结绳记事，发现长江古典之美，也应是一件十分自然的事。打开记忆的闸门，那些沉淀在心底的句子，流水一样纷至沓来。无论江天一色无纤尘，还是半江瑟瑟半江红，云水之上，每一道闪烁的波光，都是时间的写意，都是岁月的墨痕。江天之间，每一朵涌动的浪花，都是诗的涟漪，都是梦的潮声。

我们走向远方，在地理上与长江相遇；我们走向岁月，在精神上与长江相通；我们走向诗词，在灵魂上与长江相亲。我们都是光阴的游子，都是长江的子民。站在这条诗意的水系边，我们找到了永恒的知己。

从少年时的初相见，到中年时的喜相逢，也许有一种生命感悟，需要岁月加持，才能够真正懂得。有一种心灵成长，是在诗的天地山河间，归去来兮，明心见性，可与岁月渔樵问答，也可与流水共话浮沉。

光阴总是那么深，远方总是那么远，而一生临水而居，用三江源头的一滴水写诗，又是一件多么慈悲的事。诗人樱樱曾在诗里写道：

它在东去，一条中年渐至的河流
绕过它湍急的波涛
我截取中下游的一部分生活
耕种，打扫，日出而作，日落而息
允许泥沙俱下

允许自己不再打破寂静
允许美得倏然转身
接应着缓缓来到的一切
——这是岁月的模样

她是位依江水而生的才情女子，有草木一样古典的沉静，有江水一样洗练的诗心。她说："大江辽阔，苍穹高远。长的花，短的草，神在远方，反复歌唱。"她说："水就住在江上，雪就留在山顶，尘世的爱就在身边。"她说："请在我的理想里再多添一些沧桑，请在这个夜晚让我独自一人，怀抱一盏灯光行路。面对人生，我要学会像一条大河一样的宽容，必须学会多一些的忍耐和它的云淡风轻。你看，一只白蝴蝶停在路边的小径上。简单，细小的快乐，正好抵达我。"

是的，我喜欢这样的诗性之美，这样的深情之美。身为长江之滨的儿女，我也愿意像她一样，截取中下游的一部分生活，接应缓缓来到的一切。且用一首深情的诗，向江水致敬，拥抱生活的柴米油盐，抵达记忆的静水流深。我们都一样执着地相信："时间的记忆，总会停留在一些真正值得抚慰的事物之中。像一个人内心的大河涛涛，永远流淌。像一盏胆怯的灯火，却永不熄灭。"

也许人生的旅途，从来都是孤独的，但我们可以不孤单。因为江水一直在那里，滋润着我们的灵魂，给予我们最有远意的陪伴。哪怕生活的河床泥沙俱下，转眼已是小半生，可年年春来，江水依旧碧绿如蓝。岸边就是我们的家园，有四季更迭，有人间烟火，有晴耕雨读。从立春到冬至，我们可以沿着长满杨柳、菖蒲与芦苇的江岸，走上一遍又一遍。

不再逆流而上，不再兜兜转转，千万里归来，此心安处是吾乡。

那么就幽居在这份远意里，饮江水，食江鲜，看江花，用江水梳妆，撷一朵路过长江的云，慎重地簪在发间。只以江水为生命的底色，以节气为光阴的册页，过朴素却动人的日子，活出一份独有的静谧，一份辽阔的深情。

王安石：可惜风流总闲却

在每个人的生命中，有一些动情时刻，也有一些无奈时候。

人生有一种无奈，是“如花美眷，似水流年”；人生有一种无奈，是“风流总被雨打风吹去”。在暮春，李煜曾一声长叹：“林花谢了春红，太匆匆。无奈朝来寒雨晚来风。”在深秋，王安石也曾莫名感怀：“无奈被些名利缚，无奈被他情担阁，可惜风流总闲却。”

如此平静的秋日午后，时光最是散淡，且沏一杯清茶，展一张素笺，临摹王安石《千秋岁引·秋景》，任思绪久久徘徊其间：

别馆寒砧，孤城画角，一派秋声入寥廓。东归燕从海上去，南来雁向沙头落。楚台风，庾楼月，宛如昨。

无奈被些名利缚，无奈被他情担阁，可惜风流总闲却。当初漫留华表语，而今误我秦楼约。梦阑时，酒醒后，思量着。

我常常固执地认为，诗词千万卷，动心唯几行。好一个“无奈被些名利缚，无奈被他情担阁，可惜风流总闲却”，不曾想大名鼎鼎的“拗相公”，也会有缠绵悱恻的一面。想来当他落笔至此，定是动情时刻，也是无奈时候，因为字字发自肺腑，所以句句打动人心。

接连两个“无奈”，是并列，也是递进。这样的无奈，关乎青春岁月，切近灵魂生命，在时光的河流里，每个人都曾经无奈过，无可避免，无以言说。

漫漫人生，何以无奈复无奈？总是被一些微不足道的名利所羁缚，又被一些难以割舍的情感所耽搁。那些鲜衣怒马的时光，那些年少轻狂的风流啊，可惜早就被白白抛在一边了。当初许下多少海誓山盟的诺言，然而终究还是耽误了年华，辜负了红颜，未能兑现当时的期约。每当午夜酒醒梦回，细细思量这一切，心中总是波澜起伏，感慨万千。

有人说，时间带走了青春，带走了纯真，带走了很多很多。只留下两样，一个成熟，一个孤单。正如诗人北岛所言：“那时我们有梦，关于文学，关于爱情，关于穿越世界的旅行。如今我们深夜饮酒，杯子碰到一起，都是梦破碎的声音。”

犹记得，当年许巍在《曾经的你》中唱道：“曾梦想仗剑走天涯，看一看世界的繁华。年少的心总有些轻狂，如今你四海为家。曾让你心疼的姑娘，如今已悄然无踪影……每一次难过的时候，就独自看一看大海。总想起身边走在路上的朋友，有多少正在醒来。”

风景年年依旧，岁月沧海桑田，人生的无奈有谁能懂？那些握不住的流年，回不去的远方，那些坎坷曲折的路程，物是人非的变幻，不知深藏着多少曾经的无奈。或尘封已久，或挥之不去，一次次与我们的内心狭路相逢。

也许再春风得意的人生，也难逃人生八苦的樊篱。生老病死，求不得，怨憎会，爱别离……哪一种苦，不是一种大写的无奈呢？

“自我来黄州，已过三寒食。年年欲惜春，春去不容惜。”想当年苏轼谪居黄州，在暮春的凄风苦雨之中，写下动情之作《寒食帖》，那“小屋如渔舟，濛濛水云里”的萧瑟，那“空庖煮寒菜，破灶烧湿苇”的辛酸，个中千般无奈，万般艰难，尽是人生如寄的况味。

有一种无奈，是会令人脱胎换骨的。在黄州，从前年轻气盛的苏轼，蜕变成后来潇洒旷达的东坡居士。在江宁，罢相后的王安石，也从当年著名的拗相公，转换成朴素冲淡的布衣老者。当年在朝中，两人因政见不同而锋芒相对，不计个人得失，只为天下苍生。后来化干戈为玉帛，握手言和，以致渡尽劫波，性命相见。

不畏浮云遮望眼，自缘身在最高层。这就是君子谋道不谋食，这就是君子和而不同。两颗坦荡荡的灵魂，在时空的坐标上，两相交汇成一束永远的光芒。

值得一提的是，当苏轼因“乌台诗案”落难时，已经罢相的王安石，不顾个人安危，挺身而出，上书神宗，力保苏轼，营救自己多年的政敌。他说：“安有圣世而杀才士乎?”这种不计个人恩怨的做法，充分体现出一代风云人物的博大胸怀。黄庭坚曾这样评价王安石：“余尝观其风度，真视富贵如浮云，不溺于财利酒色，一世之伟人也。”

就像我总被后来的东坡所打动一样，晚年罢相后的王安石，也更容易让人走近。当初他有棱有角，无所畏惧，顶住一切压力，排除一切阻力，致力于变法大业，一意孤行，无怨无悔。一番宦海沉浮，且不论功过得失，相传他告老还乡时，沿途所见所闻，都是百姓对变法的不满和怨愤，因此他当时的心情，很是抑郁悔恨。兼济天下的理想破灭了，功成身退的愿景虚无了，从前那个拗相公，在无奈的现实面前，一下子如梦初醒，幡然反悟。

可惜风流总闲却，可叹往者已不及。待行至暮年，他开始变得性情温和，平易近人。且看这首山水词《渔家傲》，正是王安石推行新法失败，退居江宁时所作，借景抒情，情真意美，呈现一种动人的清扬格调，也反映了清高的人格情趣：

平岸小桥千嶂抱，柔蓝一水萦花草。茅屋数间窗窈窕，尘不到，时时自有春风扫。

午枕觉来闻语鸟，欹眠似听朝鸡早。忽忆故人今总老，贪梦好，茫然忘了邯郸道。

他不再年轻的身影，慢慢行走在平岸小桥之间，只与草木为伍，与春风为邻。看淡了名利，从而超脱，放下了是非，自然平静。此时他的心中，没有《桂枝香》中“登临送目，正故国晚秋，天气初肃。千里澄江似练，翠峰如簇”的豪雄慷慨，也没有《浪淘沙令》里“汤武偶相逢，风虎云龙，兴王只在笑谈中”的踌躇满志，而是“午枕觉来闻语鸟”的闲适日常，抑或“忽忆故人今总老”的浮生感怀。

都说人字有两笔，一笔写前半生，一笔写后半生。前半生生根，发芽，开花；后半生结果，收获，储藏。人生就像赶路，山一程，水一程，一路风雨兼程，一路披荆斩棘，往前看，人生仿佛遥不可及，往后看，却又咫尺可量。年轻的时候，不让自己去历经春夏的繁华，你就亏欠了生活。年纪大了，不让自己恢复到简单的样子，你就可能亏欠了生命。

所以，人生总是从天真纯粹，走向繁复热烈，再到返璞归真，人人都走在这条路上。当你经历过一些风风雨雨，你会发现，当初面对的种种无奈，都是自己独一无二的成长。这些生命里的无奈时候，也是生命里的动情时刻，是不可或缺的回忆，是最可珍贵的时光。

秦观：两情若是久长时

在我的内心深处，对七夕总有一种古典的牵挂。

小时候，每逢这样的夜晚，奶奶总要轻摇蒲扇，讲起牛郎织女鹊桥相会的传说。我们姐妹几人倚在露天的凉床上，一边仰头看夏夜的银河，一边听奶奶将故事娓娓道来。一直听到夜深人静，我们仍没有睡意。

彼时天幕梦一般幽蓝，满天星子仿佛触手可及。月光下的我们，久久沉浸在古老的神话中，一双双童年的眸子里，充盈了太多丰富的想象。只见星河宽广无垠，云很淡，风很轻，奶奶举起蒲扇，一遍遍教我们指认牛郎织女双星。那是两颗极亮的星，永远镶嵌在银河两岸，人间天上，年复一年，牵牛织女遥遥相望，站成永恒无期的距离。

后来读神话传说，诵古典诗词，也总是邂逅牛郎织女，与七夕不期而遇。《荆楚岁时记》曾载："天河之东，有织女，天帝之子也。年年织杼役，织成云锦天衣。天帝怜其独处，许嫁河西牵牛郎。嫁后遂废织纴。天帝怒，责令归河东。唯每年七月七日夜，渡河一会。"

其实早在《诗经》里，就有关于牵牛、织女星宿的记载，一直以来，被视作牛郎织女传说的萌芽和胚胎："维天有汉，监亦有光。跂彼织女，终日七襄。虽则七襄，不成报章。睆彼牵牛，不以服箱。"

再如《古诗十九首》之十："迢迢牵牛星，皎皎河汉女。纤纤擢素手，札札弄机杼。终日不成章，涕泣零如雨。河汉清且浅，相去复几许。盈盈一水间，脉脉不得语。"借天上牵牛织女双星的故事，写人间的离别之苦，抒发浓浓的相思之情。

到了唐朝，白居易曾写七夕："烟霄微月澹长空，银汉秋期万古同。几许欢情与离恨，年年并在此宵中。"杜牧也曾写道："银烛秋光冷画屏，轻罗小扇扑流萤。天阶夜色凉如水，坐看牵牛织女星。"

七夕，又称乞巧节、女儿节。七夕坐看牵牛织女星，是民间久远的习俗。是夜牛郎织女鹊桥相会，旧时凡间女子，便在这个浪漫的晚上，遥对着迢迢银河，摆上时令瓜果，朝天祭拜。乞求天上的织女，能赐予她们聪慧的心灵，灵巧的双手，从而让自己的女工技法娴熟。当然在夜深人静之时，也少不了默默对着星空，祈祷一份美满的姻缘。

关于七夕，那种古典的牵挂，是古老浪漫的，是清凉忧伤的，也是诗意绵长的。千百年来，秦观的一阕《鹊桥仙》，写出了爱的悲欢缱绻，道尽了情的美好缠绵，让无数痴男怨女反复吟哦之际，心生万千涟漪：

纤云弄巧，飞星传恨，银汉迢迢暗度。金风玉露一相逢，便胜却人间无数。

柔情似水，佳期如梦，忍顾鹊桥归路。两情若是久长时，又岂在朝朝暮暮。

七夕之夜，一年一度的鹊桥会，是人间天上的良辰美景，更是生生世世的长相思。世人写七夕，大多描写牛郎织女相会，颂扬他们对爱情的执着追求，讴歌他们对爱情的至死不渝。这佳期如梦的相会，这金风玉露的相逢，让他们的爱愈发刻骨铭心，自然胜却人间无数。

因而秦观给这样的爱情赋予了一种永恒的意义：“两情若是久长时，又岂在朝朝暮暮。”隔着一道亘古的银河，无论世事如何变迁，仿佛这样的愿景，便是地老天荒的美好，天长地久的诺言。所以，曾有多少有情人，借以秦观这首《鹊桥仙》传情达意，向心仪之人表白心迹。

有人说，是神话的传奇色彩演绎了爱情的浪漫永恒，让人渐渐忽略牛郎织女的故事，到底是爱情喜剧，还是爱情悲剧。或许在世人眼里，既然他们注定不得真正的团圆，那么一年一次的鹊桥相会，如斯结局也令人满意了。然而千百年来，还是有人提出自己的质问，此人就是南宋女词人朱淑真，且看她有首《鹊桥仙·七夕》这般写道：

巧云妆晚，西风罢暑，小雨翻空月坠。牵牛织女几经秋，尚多少、离肠恨泪。

微凉入袂，幽欢生座，天上人间满意。何如暮暮与朝朝，更改却、年年岁岁。

我们知道，爱情的幻灭和婚姻的不幸，是朱淑真一生的断肠之痛。她通过牛郎织女的悲欢，来观照自身的遭遇。她认为，爱是有情人的一生厮守，是花前月下的脉脉情话，是一生一世的永不分离。而牛郎织女年年岁岁的相思，日日夜夜的眼泪，怎及烟火人间的温暖，朝朝暮暮的相随？

想来中国四大民间传说，从牛郎织女到孟姜女，从梁祝到白蛇传，都没有大团圆的结局，无不是永离分的宿命。那一场场因缘，一幕幕悲欢，亦浪漫，亦感伤，看似神话故事，实则红尘众生。

如果世间一切，都是遇见，那么聚散皆是缘，离合总关情。遇见一个人，你的命运因他而改变；遇见一个故事，也可感悟自己的人生。所以无论时光更迭，抑或斗转星移，总有一个夜晚，令人怦然心动，总有一份柔情，教人朝思暮想。

犹记得，那年那月那夜，因为对爱情的美好向往，对诗词的古典牵挂，在牛郎织女鹊桥相会之际，我曾展开一张素笺，以一份素心素意，写下一首《七夕帖》：

只需要一个寂静的夜就够了
让我们打开一个古老的传说
重温一场美好的相遇
天上人间，迢迢何止千万里
只有这座名叫鹊桥的地方
写满了经年的相思和别离

让我们记住这个浪漫的日子
记住这份圣洁的爱情
古往今来，多少沧海成桑田
只有这个寂静又清凉的夜晚
只有这条悬在天上的河流
打湿了东方人的前世今生

让我们想象一回相思之美
想象爱情最质朴的模样
让我们坐在初生的月光下
看满天星子，都化作相思的星座
看山盟海誓，在碧波深处闪闪发光

在天愿作比翼鸟，在地愿为连理枝
七月七日，让我们一同见证
谁是那个地老天荒的爱人
谁来成全这段海枯石烂的恋情

相见时难别亦难，东风无力百花残
爱是一件多么缠绵悱恻的事
说不尽，那天上的阴晴圆缺
也道不完，这人间的悲欢离合

情不知何所起，一往而深
爱又是一件多么纯粹简单的事
唯愿今生与君两情相悦
来世与君朝朝夕夕

晏殊：金风细细，叶叶梧桐坠

倘若春暖花开，是一份年年如斯的小欢喜，那么凉风有信，亦是一件如期而至的惬意事。所谓“春秋多佳日”，春来宜看花，宜远行；秋至宜赏月，宜登高。不问春花秋月何时了，只从容淡定过生活，素心以对，随遇而安，那么在柴米油盐的小世界里，也能活出自己的小辽阔。

花开花落，云卷云舒，日日是好日，时时当珍惜。插花、刺绣、听曲、赏画、临帖、品茶、读书、写诗……这是我喜欢的慢生活，这是属于我的好光阴。只要春花秋月在，那么世界就在，你我就在，诗与远方就在，欢喜与自由就在。

譬如清晨走在上班路上，秋光乍好，有风迎面而来，轻拂着人的肌肤，宛如时光新织的绸缎，分外的柔软舒适，一天的好心情便不请自来。譬如午后不再骄阳似火，这时去往花市，但觉林荫道间，平添了几许清丽的光影。夏花的娉婷芳踪，日渐稀疏了去，随处可见一盆盆秋菊，正成了时令新宠。那初开的模样，别样的恬静淡然，恰是初秋的气息。

特别夜晚时分，窗外是清凉的夜色，如水的寂静，室内是日常的温馨，柔和的灯光。此时宜静坐，宜读宋词，宜三分回忆，七分悠闲。那字里行间的秋思情怀，一阕阕信手拈来，无不是一帧帧绝美的图画。感觉以一份恰好的心情，行走在宋词的秋天里，是一件十分美妙的事：

金风细细，叶叶梧桐坠。绿酒初尝人易醉，一枕小窗浓睡。

紫薇朱槿花残，斜阳却照阑干。双燕欲归时节，银屏昨夜微寒。

喜欢晏殊这阕《清平乐》，俨然一幅暖色的工笔画卷，向我们徐徐展开，透着来自时光深处的闲雅。在词人眼里，初秋的色彩是那样斑斓多姿，明媚动人。相较于姹紫嫣红的春天，是毫不逊色，且别具一格的。哪怕是一枕昨夜的微寒，一缕淡淡的忧伤，也满是金风梧桐、绿酒初尝的清贵气，抑或紫薇朱槿、双燕银屏的雍容风。

我们知道一年四季，风各有名："春天为和风，夏天为熏风，秋天为金风，冬天为朔风。"和熏金朔四风，分别与四时相对，西方为秋而主金，故秋风曰金风也。“金风细细，叶叶梧桐坠”，想来那个秋日极为晴朗，一切皆明亮如诗，清爽如词。一枕小窗浓睡醒来，斜阳映照在阑干上，亦呈现出秋天独有的光芒。

晏殊擅长小令和中调，《浣溪沙》《蝶恋花》《清平乐》等，都是他常填的词牌。比如他还有三阕《清平乐》，写得也是很好，一样的秋景秋怀，一样的诗情画意，一样的云淡风轻：

春去秋来，往事知何处。燕子归飞兰泣露，光景千留不住。

酒阑人散忡忡，闲阶独倚梧桐。记得去年今日，依前黄叶西风。

春花秋草，只是催人老。总把千山眉黛扫，未抵别愁多少。

劝君绿酒金杯，莫嫌丝管声催。兔走乌飞不住，人生几度三台。

秋光向晚，小阁初开宴。林叶殷红犹未遍，雨后青苔满院。

萧娘劝我金卮，殷勤更唱新词。暮去朝来即老，人生不饮何为。

品读晏殊的秋词，没有多少“无可奈何花落去”的惆怅，尽是“似曾相识燕归来”的释然。春花之凋落，时光之流逝，都是永恒不变的自然规律，尽管惋惜流连，也是无济于事。但生活不会因消逝而一片虚无，一些美好的事物消逝了，同时又有一些美好的事物出现了。这流年更替、光阴交织之中，所蕴含的生活美学和生命哲理，启人心智，耐人寻味。

人生是一场心灵的修行，与其伤春悲秋，不如欢喜随缘，保持清明的觉性，珍惜当下的美好。任年年如是的风，慢慢吹过塞北江南，也匆匆吹过我们的年华。我们在风中走过四季，走过世界，也走过我们的内心。

正如宋朝无门慧开禅师所云：“春有百花秋有月，夏有凉风冬有雪。若无闲事挂心头，便是人间好时节。”这首禅诗可谓广为传诵，慰藉人心。一年四季，每个季节都各有其美，只要没有忧思缠绕，没有闲俗烦心，那么日日是好日，时时是佳时。只要放下无明挂碍，便能拥有人间好时节。

是的，万物静观皆自得，四时佳兴与人同。每一年的春暖花开，是小欢喜；每一年的瓜果飘香，是小欢喜；每一年的凉风有信，是小欢喜；每一年的雪花飞扬，亦是小欢喜。

是的，如此般般人间好时节，皆是足堪珍惜的小欢喜。每一日都有禅意，花开是禅，叶落是禅，禅是一种当下的恰好，也是一种随喜的境界。行也禅，坐也禅，语默动静体安然，禅是一种本心的清净，也是一种自然的富足。

这是生命本来的样子，这是随时间而来的禅意，这是来自灵魂深处的芬芳。

也许生命和年华，本就是这样。走过华枝春满的当年，走过生如夏花的灿烂，开始进入秋水长天的辽阔。当曾经鲜妍的时光，开始呈现满目苍绿，抑或几抹明黄，愿我们的内心，一样与万物同在，与万物知音，拥有一份优雅的从容，清平的快乐。

当一些前尘往事，如落花无言，愿后来的我们，能够清淡如菊，欢喜如常。能够以自己喜欢的方式，过一种清平乐的生活，回归自然的清简，抵达日常的美好。能够好好慢下来，以一种四时的明媚，一种随时间而来的禅意，与一朵初开的春花，与一枚静美的秋叶，来一次诗意的对话，来一次欢喜的对话。

因为春花与秋月同在，凉风与冬雪同在，诗与远方同在，我们与内心同在。一切无所住，万般皆自在，光阴浩荡，来日相逢，我们都可以遇见自己的小辽阔。

第五卷　枕上诗书闲处好

打开一卷婉约的宋词，
与曾经的美好，
初见抑或重逢。
看春日海棠的绿肥红瘦，
在夏日误入藕花深处，
到秋日，
索性就染一身桂枝的香气。

李清照：枕上诗书闲处好

人间最美是白露，最是清丽，也最有远意。如果岁月如画，那么白露，就是那幅最古典的水墨，倘若流年如书，那么白露，就是那页最动人的诗章。

从诗经的“蒹葭苍苍，白露为霜。所谓伊人，在水一方”，到楚辞的“朝饮木兰之坠露兮，夕餐秋菊之落英”；从魏晋的“秋风萧瑟天气凉，草木摇落露为霜”，到唐代的“露从今夜白，月是故乡明”……三千年来，白露一直那样美，美得晶莹剔透，让人痴迷，美得清凉入心，令人叹息。

早晨走在上班路上，经过几株桂树，忽然闻到一缕久违的香气。原来一夜之间，桂花已经初开，不过小小一簇，却教人怦然心动。一朵朵细密的小花，只向着明月清风，慎重地打开自己，月白里洇了一点明黄，是一片阳光灿烂的暖里，交织着几丝昨夜露水的微凉——感觉秋光霎时深厚、辽阔起来，顿生一种山长水远的意境，有了一抹唐风宋韵的雅致。

桂花和着白露而开，怎能不浸染有思念的月色呢，这样美好的诗情画意，尽在这首唐诗里，个中的静寂清凉，实在教人喜欢："中庭地白树栖鸦，冷露无声湿桂花。今夜月明人尽望，不知秋思落谁家。"

桂花，又名木犀花，是一种古典浪漫，且富有灵气的花。在宋朝的岁月里，想来最爱桂花的女子，非李清照莫属，且看她在《鹧鸪天》里如此深情而写，读来齿颊留香：

暗淡轻黄体性柔，情疏迹远只香留。何须浅碧深红色，自是花中第一流。

梅定妒，菊应羞，画阑开处冠中秋。骚人可煞无情思，何事当年不见收。

她说桂花色淡香浓，体态轻盈，看起来并不鲜艳，只于幽静之处，自然地生长，朴素地开放。从不需要浅碧深红之色，来装点自己，而在她的眼里，却是冠绝中秋，自是花中第一流。可惜屈原对桂花太没有情意了，他在《离骚》中赞美那么多奇花异草，为何偏偏没有提到桂花呢？

有一种挚爱，是深入骨子里的。无论花开花落，抑或云卷云舒，阴晴冷暖也好，欢喜悲愁也罢，那一枝古典的木犀花，分明早就成了易安居士的闺蜜知己，始终陪伴着她的似水流年。一年年从往昔的青梅豆蔻，到难忘的锦瑟年华，再到后来的美人迟暮。那份灵魂深处的香气，那份深沉含蓄的情意，那份岁岁如斯的慰藉，尽在这阕《摊破浣溪沙》里：

病起萧萧两鬓华，卧看残月上窗纱。豆蔻连梢煎熟水，莫分茶。

枕上诗书闲处好，门前风景雨来佳。终日向人多酝藉，木犀花。

从宋朝芳华，到今日当下，岁月俨然已经千载。从立秋处暑，到白露秋分，光阴总是倏忽而过。从枕上诗书，到门前风景，试问闲情还有几许？只记得，每年与桂花初见之时，便是与夏荷告别之际。秋凉了，露白了，荷谢了。夏去秋来，时序更迭，过去如是，现在如是，将来亦如是。

傍晚去往包河荷塘，一路秋风习习，凉意沁人，满目已是清秋景色。记得暮春时经过这里，小荷才露尖尖角，而微雨后的初夏，便是小荷初翻，榴花开欲燃了。及至仲夏有日来赏荷，俨然“水面清圆，一一风荷举”，而今朝再来看荷，满塘窈窕的荷花，几乎全结成了莲蓬。那夏日的鲜妍，无不换作了如墨的苍绿。分明已是秋雨残荷了，直教人想起易安居士的这阕《怨王孙》：

湖上风来波浩渺。秋已暮、红稀香少。水光山色与人亲，说不尽、无穷好。

莲子已成荷叶老。青露洗、苹花汀草。眠沙鸥鹭不回头，似也恨、人归早。

那是宋朝的清秋时节，也是宋时的水色山光。我们的易安居士，应是在一个白露为霜的日子，流连在秋水汤汤的湖边，为眼前的湖光山色所陶醉，迟迟不肯归去。彼时彼刻，她分明回想起《如梦令》里的欢乐时光："常记溪亭日暮。沉醉不知归路。兴尽晚回舟，误入藕花深处。争渡。争渡。惊起一滩鸥鹭。"所以她才说眠沙鸥鹭不回头，似也恨，人归早。

纵然秋已渐深，红稀香少，莲子已成荷叶老，但水光山色与人亲，那烟波清露，苹花汀草，也有说不尽的无穷好呀——只见风吹起她的衣袂，飘然如一枝婉约的秋荷，散发出一清如水的芬芳。隔着千年的时光往回看，一切都如梦似幻了，只有她在水一方，静好如初，犹如《诗经》里的那位伊人。

我愿意去往宋朝的时光，打开一卷婉约的宋词，与曾经的美好，初见抑或重逢。看春日海棠的绿肥红瘦，在夏日误入藕花深处，到秋日，索性就染一身桂枝的香气。抑或以一枚莲子的素心禅意，记取一段珍贵的从前，寻觅一种芬芳的记忆。且卖花担上，买得一枝春欲放；且沉醉不知归路，兴尽晚回舟；且东篱把酒黄昏后，有暗香盈袖；且轻解罗裳，独上兰舟，看雁字回时，月满西楼。

是的，这一刻，明月生于海上，桂子落在山中；这一刻，天涯注定咫尺，思念即是重逢；这一刻，是月之明，映照着前世的梦境；这一刻，是露之白，打湿了古典的衣襟。

多年前的初秋，我曾在《白露帖》里如此写道：“白露来临，万物这样安静，光阴里所有的美，都如期而至。一群去往秋天的人，总住在离诗经最近的地方。我也在秋天的一隅，细数我所遇见的，一些有限的美。我的南窗之南，是南飞的雁阵；我的北国之北，是漫天的雪花；我的千山之内，是萧萧的落叶；我的彼泽之陂，是苍苍的蒹葭。”

相信我所遇见的，这些有限的美，终是一种发自内心的清醒，终是三生石上的旧精魂。多少年在水之湄，溯洄从之，一些碎言碎语的梦，已被露水无声打湿，被记忆渐渐尘封，一如手心，长满了光阴的霜。一如曾经，那些兜兜转转的暖，因归于心底，而被月光默默还原。那些与秋天有关的愿景啊，是多少年莫失莫忘，不离不弃，在不曾展开的纸上。

今日白露，桂花初开，露水微凉，莲子已成，荷叶渐老。时光向来山一程水一程，而烟波浩渺的湖边，草在结它的种子，风在摇它的叶子——这个秋天自不用说，一切都那么美，一切都刚刚好。

苏轼：一点浩然气，千里快哉风

昨夜下过一场秋雨，晨起拉开窗帘，窗外秋光恰好，长空一碧。万物被洗却尘埃，有一种疏朗的透亮，清风拂面而过，送来满怀的湿润、久违的清凉。大自然打开秋天的一张琴，丝弦轻拨，信手而弹的，皆是深入灵魂的旷远之意、清远之音。

《菜根谭》有云："春日气象繁华，令人心神骀荡，不若秋时云白烟青，兰芳桂馥，水天一色，上下空明，使人神骨俱清也。"

想来春色最是撩人，繁花照眼，满目的姹紫嫣红，美得汪洋恣肆，像一片涨潮的海水，铺天盖地一般漫溢而来。而秋日沉静辽阔，总是月朗风清，一派山明水净，间或万山红遍，层林尽染，只要放眼望去，皆是赏心图画，淡妆浓抹总相宜。

值此秋景佳时，展读一首苏轼的《水调歌头·黄州快哉亭赠张偓佺》，着实深慰我心：

落日绣帘卷，亭下水连空。知君为我新作，窗户湿青红。长记平山堂上，攲枕江南烟雨，杳杳没孤鸿。认得醉翁语，山色有无中。

一千顷，都镜净，倒碧峰。忽然浪起，掀舞一叶白头翁。堪笑兰台公子，未解庄生天籁，刚道有雌雄。一点浩然气，千里快哉风。

此词乃苏轼豪放词代表作之一，作于宋元丰六年（1083），苏轼贬居黄州的第四年，是苏轼写给好友张偓佺的赠作。张偓佺，即张怀民，字梦得，是苏轼的好友。当时苏轼因“乌台诗案”，被贬至黄州任团练副使。而张怀民，也因反对新法被贬官至黄州，与苏轼相交甚笃。

快哉亭在黄州江边，乃张怀民修建。张怀民初时寓居承天寺，后筑亭于住所旁，以纵览江山胜概，苏轼名之为“快哉亭”。苏轼之弟苏辙，在《黄州快哉亭记》中曾有相关记载：“江出西陵，始得平地，其流奔放肆大。南合沅湘，北合汉沔，其势益张。至于赤壁之下，波流浸灌，与海相若。清河张君梦得谪居齐安，即其庐之西南为亭，以览观江流之胜，而余兄子瞻名之曰‘快哉’。”

在苏家兄弟两人心中，张怀民是位品格超逸、情怀浩然的人；是位心境相通、堪称知己的人。虽身处逆境，却无悲戚之容，胸襟坦荡，不以迁谪为患，而自放山水之间，在大自然中释放身心。总之是个难得的正人君子，淡泊名利，洁身自好，可谓一股清流，身上散发着与众不同的魅力。

同年秋天，苏轼还写过一篇短文《记承天寺夜游》，记叙与张怀民的日常交往："元丰六年十月十二日夜，解衣欲睡，月色入户，欣然起行。念无与为乐者，遂至承天寺寻张怀民。怀民亦未寝，相与步于中庭。庭下如积水空明，水中藻荇交横，盖竹柏影也。何夜无月？何处无竹柏？但少闲人如吾两人者耳。"

不禁想象近千年前那个月夜，月光朗照，一片清辉如水如银，洒落在承天寺的中庭，好似积水空潭一般。更妙的是，空明之中还有竹柏之影，仿佛藻荇参差，好一幅月光澄碧、幽静迷人的画面。

只是那个月明之夜，除了他与张怀民，还有谁能有闲情雅致，共此无限清景，同赏上好月色？人生漫漫，知音难觅，这样的相逢相知，最是慰人肝肠。有友如此，夫复何求？有月如此，自是无眠；有闲如此，岂不快哉?!

一个人即使失意，也不见悲伤憔悴，即使用蓬草编门，以破瓮当窗，都没有觉得不快乐，这就是他们的过人之处。更何况"濯长江之清流，揖西山之白云，穷耳目之胜以自适"，何其快哉！不然即使"连山绝壑，长林古木，振之以清风，照之以明月"，再好的美景放在眼前，也不会觉得畅快的。

好一个“何夜无月？何处无竹柏？但少闲人如吾两人者耳”，好一个“一点浩然气，千里快哉风”。无论承天寺夜游赏月，还是快哉亭临风抒怀，我们看到年轻的苏轼变成了可爱的东坡，圆融之中，不失通透；旷达之中，尽显风流。那胸中的浩然之气，闲逸之气，是千里快哉风，亦是千年快哉风。

且看东坡站在快哉亭上，秋水连空，碧峰千顷，蓦然就怀念起恩师欧阳修，想起扬州平山堂，因而他感慨道：“长记平山堂上，欹枕江南烟雨，杳杳没孤鸿。认得醉翁语，山色有无中。”

平山堂，位于扬州西北蜀岗大明寺内，乃欧阳修知扬州时所建。登堂远眺，江南诸山尽在眼前。史载每到盛夏公余之暇，欧阳修常与朋友在此饮酒赏景赋诗。他们饮酒方式颇为特别，让人从附近湖中取荷花千朵，分插百许盆，放在客人之间。然后让歌伎取　花传客，击鼓传花，依次摘其瓣，谁轮到最后一片，则饮酒一杯，赋诗一首，众人往往乘兴而来，载月而归。当然这样的诗酒雅集，自是少不了年轻的苏轼。

光阴倏忽，天地苍茫。一百余年后的秋天，南宋词人方岳，一路辗转来到平山堂，观赏江山胜景，缅怀欧、苏两位先贤。此时江山社稷，正处于内忧外患之中，他怅望江南，偏安一隅，放眼江北，沦于敌手，不禁百感交集，又无语可寄。遂步苏轼《水调歌头·黄州快哉亭》之韵，写下一首《水调歌头·平山堂用东坡韵》，与东坡居士隔空相和，发出盛年易逝、壮志未酬的慨叹：

秋雨一何碧，山色倚晴空。江南江北愁思，分付酒螺红。芦叶蓬舟千重，菰菜莼羹一梦，无语寄归鸿。醉眼渺河洛，遗恨夕阳中。

蘋洲外，山欲暝，敛眉峰。人间俯仰陈迹，叹息两仙翁。不见当时杨柳，只是从前烟雨，磨灭几英雄。天地一孤啸，匹马又西风。

秦观：高城望断，灯火已黄昏

白露过后，便是秋分时节。天气渐渐转凉，时光渐渐变慢，写字的速度，也渐渐慢下来。这时候，无须登高，也无须远行，只要去往郊野走走，只消看一眼苍翠的寒山，听一听秋水的潺湲，一任那阵阵秋风，迎面而来，就是满心满怀的秋意了。

诗人说，“秋色无远近，出门尽寒山”，我是非常认同的。秋深了，霜降了，树树皆秋色，山山唯落晖——这样的秋光，入眼皆画卷，漫山遍野的秋叶，辽阔无边的秋水，此起彼伏的秋声，是季节的写意，是时光的心语，是岁月的轮转，直幻化成一串触手可及的梦，扣人心弦，如影随形。

我常在这样的清秋之际，想起旧时故乡无垠的旷野，想起山水之间如诗的田园。田园之上，有小桥流水人家，有炊烟袅袅升起，有小牧童的一支短笛；田园之外，是枯藤老树昏鸦，是古道西风瘦马，是夕阳西下，断肠人在天涯。

秋山寂寂秋水清，深秋年年如是。当秋风过耳，萧萧远树疏林之外，是秋高气爽，一半秋山带夕阳——那秋色寒山，无论远近，总是美如乡愁，深如思念，栖居在一个人的灵魂深处。

傍晚时分读宋词，遇见秦观一阕《满庭芳》，恍惚间满纸的远意，满心的清凉。那云山烟霭，那斜阳流水，俨然一轴古雅的宋画徐徐展开：

山抹微云，天粘衰草，画角声断谯门。暂停征棹，聊共引离樽。多少蓬莱旧事，空回首、烟霭纷纷。斜阳外，寒鸦万点，流水绕孤村。

销魂，当此际，香囊暗解，罗带轻分。谩赢得、青楼薄幸名存。此去何时见也？襟袖上，空惹啼痕。伤情处，高城望断，灯火已黄昏。

作为北宋婉约派一代词宗，秦观年轻时曾客游汴京、扬州、会稽等繁华之地，和当地歌伎颇多往来，并为她们填下诸多旖旎艳情之词。此首慢词《满庭芳》抒情写景，一气呵成，笔法巧妙，即是个中翘楚之作。那是宋元丰二年（1079）五月，秦观往会稽访程公辟，停留期间，邂逅一名歌伎，与之词曲唱和，拥有了一段愉悦时光。年底返乡前，在离别的筵席上，秦观写下此词留别，从而传唱甚广，名噪一时，被誉为“婉约派十大金曲之一”。

秦观字少游，一字太虚，乃“苏门四学士”之一，是苏轼的得意门生。当年苏轼初见秦少游，便夸他有屈原宋玉之才。两人亦师亦友，经常一起切磋诗词文章。秦观一旦得了佳作，都会拿来给苏轼品鉴。

相传当苏轼读到《满庭芳》，甚是赞叹，特别喜欢开篇“山抹微云”四字，当即写下一联：“山抹微云秦学士，露花倒影柳屯田。”柳屯田，即词人柳永，当年柳永曾有一首慢词《破阵乐》，描绘汴京春日歌舞升平的繁盛景象，开篇便是：“露花倒影，烟芜蘸碧。”苏轼将秦观和柳永相提并论，是欣赏器重，也是善意的调侃，秦观也因此得了个“山抹微云君”的雅号。

王国维《人间词话》云：“夫古今人词之以意胜者，莫若欧阳公。以境胜者，莫若秦少游。”是说秦观善于造境写境，词句极富画面感。譬如“斜阳外，寒鸦万点，流水绕孤村”，此语一出，好评如潮，晁补之赞曰：“虽不识字，亦知是天生好言语。”秦观信手拈来隋炀帝杨广诗句“寒鸦飞数点，流水绕孤村”，将“寒鸦飞数点”化作“斜阳外，寒鸦万点”，渲染出苍凉空阔的背景，有点石成金之妙。

话说当年这阕《满庭芳》一时红极，传唱不衰。一次有人席间饮至半醉，击节唱道：“山抹微云，天粘衰草，画角声断斜阳……”是时旁边有伶人提醒道：“乃谯门，非斜阳也。”此人便问：“可改韵否?”伶人回答可以，随即唱来：

山抹微云，天粘衰草，画角声断斜阳。暂停征棹，聊共引离肠。多少蓬莱旧事，空回首、烟霭茫茫。荒村外，寒鸦万点，流水绕孤墙。

魂伤，当此际，轻分罗带，暗解香囊。谩赢得、青楼薄幸名狂。此去何时见也?襟袖上，空惹余香。伤情处，高城望断，灯火已昏黄。

这位伶人才思敏捷，当场改韵，还将原词意境完美保留，一曲唱罢，让人拍案叫绝。可见她诗词功底不浅，也足见她对秦观此词喜爱之深。若秦观知悉，当会心一笑，引为知己。可惜伶人身份低微，不曾留下芳名，而这段佳话却流传开来。

也许身为伶人，命运多是漂泊孤独的，平生最怕秋天，也最怕黄昏。常年萍踪浪迹，辗转天涯，难免心绪寥落惆怅。纵有三分繁华风景，也觉七分荒凉滋味，每至伤情处，最易悲秋。特别黄昏日落之时，倦鸟归巢，暮色四合，天地陷入一片宁静，万物众生皆有了归宿，而那漂泊疲惫的身心，却无所归依，最为孤独。

在茫茫人世间，有一种漂泊是“天涯旧恨，独自凄凉人不问”，有一种孤独是“困倚危楼，过尽飞鸿字字愁”，有一种寥落是“欲见回肠，断尽金炉小篆香”，有一种惆怅，是“黛蛾长敛，任是春风吹不展”。

而当伶人轻敲檀板，款按银筝，将一阕《满庭芳》悠悠唱响，一句“伤情处，高城望断，灯火已昏黄”，何其应情应景，契合心境，恰好慰藉了浮生如梦的寂寥，排遣了人在天涯的忧愁。

想象那时那刻，秋山秋水如画一般漫卷开来，映入她的眼帘心底，该是多么美好的一幕。尽管深秋的黄昏，总是烟霭茫茫，清凉入骨，令人心生忧伤。

吴文英：何处合成愁，离人心上秋

人间有多少美丽，便有多少哀愁。爱情，是美丽而哀愁的；思念，是美丽而哀愁的；回忆，是美丽而哀愁的……在岁月的彼岸，在灵魂的深处，哀愁如潮水一般无边无涯。

千百年来，无数人曾不住地发问：“为何美好的事物，终会悲哀地消逝？”最初的我们，都是“少年不识愁滋味，爱上层楼。爱上层楼，为赋新词强说愁”。到后来，识尽千般愁滋味，欲说还休，欲说还休，却道天凉好个秋。

此时秋风正凉凉地吹起，露水又打湿了衣裳。不知眼下的这个秋天，和从前的那些秋天，有多少相似，又有多少不同。当少年走远，青春老去，当岁月辗转，忽至中年，不知有多少情怀，已经莫可名状，无所归处；又有多少过往，让人蓦然回首，恍然一梦。

但总有一种情怀，是时光镌刻的印记，被岁月所深藏，永远不会消失。就像多年前所熟读的这阕《唐多令》，从来不需要想起，从来也不会忘记。每到这样的秋天，便不经意间浮上心头，像一滴旧时的秋雨，一抹旧时的月色，萦绕于怀，清凉入心：

何处合成愁？离人心上秋。纵芭蕉、不雨也飕飕。都道晚凉天气好，有明月、怕登楼。

年事梦中休，花空烟水流。燕辞归、客尚淹留。垂柳不萦裙带住，漫长是、系行舟。

在那个南宋的秋天，不知道吴文英有怎样的离愁别恨，是对心爱之人离去的惆怅，还是因远离故乡而伤感？也许两者兼而有之。但从最后一句“垂柳不萦裙带住，漫长是、系行舟”，可以想见，他思念的是一位佳人。

他说那芭蕉宽大的枝叶，即便没有下雨，但在秋风的拍打下，也飕飕有寒意；他说晚上凉意宜人，但他却害怕登楼望月，因为明月最易引起人的相思；他说往事像落花流水一般，一去不返难以重现，许多美好的回忆，亦像梦一样渐渐模糊不清；他说辞巢的燕子已经归来，而自己还羁旅在外，默默忍受这愁人的秋天；他说垂柳依依，却牵不住她离别时的衣襟，只系着行舟，使人难以追随而往，独留他一人淹留他乡……

吴文英，字君特，号梦窗，晚年又号觉翁。一生未第，游幕终身，有《梦窗词》一部，存词三百余首。在南宋词坛，其词作数量丰沃，除辛弃疾、张炎外鲜有人与之抗衡。梦窗之词，世人对其艺术风格褒贬不一。褒之者曾道："求词于吾宋者，前有清真，后有梦窗。""以空灵奇幻之笔，运沉博绝丽之才。"贬之者则是："梦窗词如七宝楼台，炫人眼目，碎拆下来，不成片段。"

有道是："词家之有吴文英，亦如诗家之有李商隐。"作为"词中李商隐"的吴文英，其词作主要师承周邦彦，重视格律与声情，讲究修辞，善于用典；其词风格雅致，含蓄不露，力求柔婉，反对狂放，多酬答、伤时与忆悼之作；其作词不愿墨守成规，只凭感觉，随心而动，故有"笺诗难，笺词尤难，笺梦窗之词难上加难"之说。

他才华横溢却无心仕途，于是布衣终生；他写词随心随性，于是活得潇洒尽兴，这大概就是梦窗的高妙之处。譬如《唐多令》，此词最大的特点，是开篇首句拆字析意，酿足了愁情，写尽了愁意，使人过目不忘，印象深刻。

"愁"是什么？愁是离别之人心上的秋意。一心一秋，正好合成愁，既道出愁的本质，又刻画出愁的深度，无不体现出吴文英敏捷过人的才思。

想来往事至美，却如过眼云烟；生命至美，却似草木一秋；深情至美，却是生死茫茫；因了人生的悲欢离合，抑或岁月的阴晴冷暖，一个人怎能不愁上心头？

人生是多愁的。愁是一种莫可名状的心情，很多愁是难以释怀的。从古到今，多少文人墨客，皆在说愁，多少诗词文章，只为言愁。门隔花深梦旧游，夕阳无语燕归愁，这是相思的闲愁；日暮乡关何处是，烟波江上使人愁，这是游子的乡愁；抽刀断水水更流，举杯销愁愁更愁，这是无法排遣的苦愁。

沈从文有句话说得好："美丽总令人哀愁，然而还受用。"

迟子建也说："也许因为我特殊的生活经历吧，我是那么的喜欢哀愁。我从来没有把哀愁看作颓废、腐朽的代名词。相反，真正的哀愁是一种悲天悯人的情怀，是可以让人生长智慧、增长力量的。"

因了世事的山重水复，以及命运的颠沛流离，一个人又怎能不愁向心生？但若没了哀愁，人们心中那诗意的美丽，也将无所依傍，甚至连梦想也没有了。所以，我格外欣赏那些散发着哀愁的诗词，那无尽的愁绪，与其说是种种难遣的愁怀，不如说是别样美丽的心境。

有时候，愁于眉尖心上，无计相回避："愁云淡淡雨潇潇，暮暮复朝朝。别来应是，眉峰翠减，腕玉香销。"

有时候，愁如影随形，挥之也不去："欲上高楼去避愁，愁还随我上高楼。经行几处江山改，多少亲朋尽白头。"

有时候，愁沉默在心，令人不成眠："愁肠已断无由醉，酒未到，先成泪。残灯明灭枕头欹，谙尽孤眠滋味。"

有时候，愁是无尽的江水："问君能有几多愁，恰似一江春水向东流。"有时候，愁是无边的海洋："春去也，飞红万点愁如海。”

有时候愁很轻，很细：“自在飞花轻似梦，无边丝雨细如愁。”有时候愁很重，很多：“只恐双溪舴艋舟，载不动许多愁。”

人间有千古风流，世上有万古愁心，繁华落尽处，是人生无尽的哀愁。这世事，怎一个“愁”字可解，这次第，怎一个“愁”字了得？

何处合成愁？离人心上秋。人间有多少美丽，便有多少哀愁。就像人间有多少芭蕉，就有多少雨声，有多少月色，就有多少清凉。哀愁之美，美到了骨子里，美得令人心碎，让人落泪。

人间最美丽的哀愁，是无风而自落的花，是花朵上稍纵即逝的露珠，是任谁也留不住的朱颜，是走在晚霞里被黄昏无限拉长的身影，是情到深处一声无奈的叹息。

人间最美丽的哀愁，是悠长又寂寥的雨巷，是撑着油纸伞的姑娘，有丁香一样的颜色，丁香一样的芬芳。是江南小小的寂寞的城，小小的窗扉紧掩，是东风不来，跫音不响，永远也等不来的归人。

刘过：欲买桂花同载酒，终不似，少年游

人生最美的年华，当是少年锦时。少年对酒当歌，意气风发；少年以梦为马，仗剑天涯。

少年有一张不谙世事的脸，少年的心灵，是一棵开满繁花的树。少年是一束恰到好处的光，少年的时光，如山冈上那轮静静的满月，在蓦然回首的刹那，总是那么美丽无瑕。

确实如此，人生里有一种美好，是恰同学少年，风华正茂。少年的理想，渴望指点江山，激扬文字；少年的豪情，自当书生意气，挥斥方遒。少年的你，如此美丽，心中有山海，眼里有星辰。

想那锦绣盛唐，少年的身影可谓无处不在。李白的少年行是："击筑饮美酒，剑歌易水湄。经过燕太子，结托并州儿。"杜甫的少年行是："马上谁家薄媚郎，临阶下马坐

人床。不通姓字粗豪甚，指点银瓶索酒尝。”王维的少年行是：“新丰美酒斗十千，咸阳游侠多少年。相逢意气为君饮，系马高楼垂柳边。”

走进宋朝时光，少年的气息一样扑面而来。苏轼说：“老夫聊发少年狂，左牵黄，右擎苍，锦帽貂裘，千骑卷平冈。”晏几道说：“金鞭美少年，去跃青骢马。牵系玉楼人，绣被春寒夜。”辛弃疾说：“少年不识愁滋味，爱上层楼。爱上层楼，为赋新词强说愁。”

一个人，随着时间的消逝，最忆鲜衣怒马少年时。年华似水一去不返，心里总要慨叹，少年子弟江湖老，红粉佳人两鬓斑。正如南宋词人刘过在《唐多令》里所写：

芦叶满汀洲，寒沙带浅流，二十年重过南楼。柳下系船犹未稳，能几日，又中秋。

黄鹤断矶头，故人今在否？旧江山浑是新愁。欲买桂花同载酒，终不似，少年游。

刘过，字改之，号龙洲道人。一生屡试不第，怀才不遇，流落江湖间，以布衣终身。但他曾多次上书朝廷，力主抗金，并陈述恢复中原方略，均不被采纳。词风狂逸俊致，与辛弃疾相近，多抒发抗金抱负。与陆游、辛弃疾、陈亮有交往。与刘克庄、刘辰翁享有“辛派三刘”之誉，又与刘仙伦合称为“庐陵二布衣”。有《龙洲集》《龙洲词》。

有学者评道，刘过词能够在辛派阵营中占据重要一席，并不仅仅是因为那些与辛弃疾豪纵恣肆之风相近的作品，还在于那些豪迈中颇显俊致的独特词风。正如刘熙载所言："刘改之词，狂逸之中自饶俊致，虽沉着不及稼轩，足以自成一家。"

特别喜欢这首《唐多令》，诉说着年华更迭的失落，道尽了多少人的心声，每每吟之，别是一番滋味在心头。词前有序云："安远楼小集，侑觞歌板之姬黄其姓者，乞词于龙洲道人，为赋此。同柳阜之、刘去非、石民瞻、周嘉仲、陈孟参、孟容，时八月五日也。"

安远楼，又称南楼，在武昌黄鹤山上，宋时为文人雅士游赏胜地。南楼初建之时，刘过曾漫游武昌，过了一段"黄鹤楼前识楚卿，彩云重叠拥娉婷"的豪纵生活。黄鹤断矶，即黄鹤矶，在武昌城西，上有黄鹤楼。断矶，是形容矶头荒凉，当时武昌是南宋和金人交战的前方。

二十年后的秋天，刘过来此旧地重游，在南楼与一帮朋友聚会。那天是阴历八月初五，他重登旧时南楼，放眼秋日黄鹤矶头，只见江北沦陷已久的中原故土，天地一片苍茫，使人倍增愁绪。只见满汀芦叶已老，一地寒沙如雪，白云悠悠千载，故人今在何方，唯有桂子飘香，还似当年气息。意欲买花载酒，与故人同游，尽一日之欢，然终不复少年时的豪情逸趣矣。是时，席间有位黄姓歌女请刘过当场填词来唱，回想往事如风，岁月如流，一切物是人非，刘过百感交集，随即赋此《唐多令》。此乃刘过的名作，被后人誉为“小令中之工品”。

“黄鹤断矶头，故人今在否？旧江山浑是新愁。”此愁，是年华远逝之愁，更是家国忧患之愁。柳下系船未稳，处处萧瑟的秋凉，又是中秋将至，人生能得几回团圆？面对着残缺的旧江山，刘过不由得一声长叹：“欲买桂花同载酒，终不似，少年游。”

少年游，多么动人的青春，多么美好的时光。少年喜爱远方，琴心剑胆浪迹天涯；少年喜登高楼，凭栏远眺放飞情怀；少年喜饮烈酒，纵情放歌快意恩仇；少年喜好交友，今朝别离明日相逢……

少年的心里，有壮志凌云，有一腔孤勇，有万丈豪情，都说心有江湖的人，永远都是少年。少年是人间的四月天，是桃李春风一杯酒，而人生却是长程复短程，江湖夜雨十年灯。柳永曾在《少年游》里如是感怀：

长安古道马迟迟，高柳乱蝉嘶。夕阳岛外，秋风原上，目断四天垂。

归云一去无踪迹，何处是前期？狎兴生疏，酒徒萧索，不似少年时。

记得有首老歌如此唱道：“青春少年是样样红，你是主人翁，要雨得雨，要风得风，鱼跃龙门就不同。青春少年是样样红，可是太匆匆，流金岁月，人去楼空，人生渺渺在其中。”

时光不复，青春不再，少年子弟江湖老，江山还似旧温柔，欲买桂花同载酒，多少情怀不似少年时，这是光阴的况味、年华的况味、人生的况味。卢祖皋在《江城子》里亦感慨道：

画楼帘幕卷新晴，掩银屏，晓寒轻。坠粉飘香，日日唤愁生。暗数十年湖上路，能几度，著娉婷。

年华空自感飘零，拥春酲，对谁醒，天阔云闲，无处觅箫声。载酒买花年少事，浑不似，旧心情。

每个人都有一段美好的少年时光，每个人心里都住着一个永远的少年。尽管写诗填词的少年老了，但住在诗词里的少年，却永远不会老去。我看见少年流浪在时光里，像风走了八千里，一生所寻不过爱与自由。我看见少年站在时光的深处，道一声别来无恙，少年便策马而来，重新回到我们心灵的旷野。

愿你历尽千帆，归来仍是少年，从此洗却风尘，马放南山，只闻花香，不谈悲喜。愿每一位少年，都能被岁月温柔相待，都能与梦想一路相逢，有从容的底气，有不改的初心。

辛弃疾：若道都齐无恙，云何渐渐如钩

一年一年总是这样，当满城丹桂飘香之时，中秋佳节便如期而至。一轮圆月耀天心，月到中秋分外明。想来那千万里的光华，映照着山河岁月，凝视着烟火人间，该是积了一年才有的亮度，也该是等了一年才有的圆满。

是的，总有一个美好的夜晚，属于一轮永远的明月。每一年的中秋月色，都是如此动人，那么清亮，却又这么清凉。

是的，再没有比秋月更远的思念，再没有比桂子更香的日子，那份辽阔无边的高远，让人心明如镜，那份纯正雅洁的芬芳，教人清醒无眠。

这一刻是如此与众不同，从前世到今生，从故乡到异乡，所有人的思念，都会在月亮下默默打开，所有人的记忆，都被月光慢慢还原。

如果时光可以穿越，我想去宋朝过中秋。一轮古典明月最懂人心，最寄深情。那时日子如秋桂一样细致，月色如秋水一般澄远。

遥想宋熙宁九年（1076）中秋之夜，满城欢饮达旦，万家共庆团圆，身在密州任上的苏轼，怀想与弟弟苏辙已阔别七年，当时苏辙远在济南任职，千山万水的离别，寒来暑往的牵挂，浮名虚利皆可抛开，唯有明月天涯相照，唯有思念无法放下。苏轼不由得触景生情，写下一首千古绝唱《水调歌头》，自此中秋词一出，余词尽废：

明月几时有？把酒问青天。不知天上宫阙，今夕是何年？我欲乘风归去，又恐琼楼玉宇，高处不胜寒。起舞弄清影，何似在人间。

转朱阁，低绮户，照无眠。不应有恨，何事长向别时圆？人有悲欢离合，月有阴晴圆缺，此事古难全。但愿人长久，千里共婵娟。

那个中秋之夜，苏轼独立于庭院之中，仰看一轮明月高悬，徒生无尽孤单。只是月圆人难圆，想起手足情深，却天各一方的弟弟，那份久别的思念，除了付诸诗词，何以释怀？在那个明月之夜，一首新作的诗词，就是一封温情的家书；一杯手心的酒，就是一份隔山隔水的问候；一腔推己及人的感怀，就是对普天下离人的良好祝愿。

岁月流转，而月光永恒。纵观古往今来，极目洪荒四海，大凡诗人词客，总是心意相通的。当那一轮明月，从北宋照到南宋，无论婉约清空，还是豪放飘逸，总有一幅清亮的画面，引人入胜，总有一种灵动的诗意，扣人心弦。

想当年辛弃疾闲居上饶带湖时，一个中秋之夜，一样也是饮酒将旦，对月浮想联翩，说前人诗词有赋待月，却无词送月，因而用《天问》体作《木兰花慢》，通篇设问，一问到底，读来一气贯注，势如破竹：

可怜今夕月，向何处，去悠悠？是别有人间，那边才见，光影东头？是天外、空汗漫，但长风、浩浩送中秋。飞镜无根谁系，姮娥不嫁谁留？

谓经海底问无由，恍惚使人愁。怕万里长鲸，纵横触破，玉殿琼楼。虾蟆故堪浴水，问云何、玉兔解沉浮？若道都齐无恙，云何渐渐如钩？

辛弃疾真是很有意思的，在那个中秋之夜，他不思乡怀人，不吊古伤今，只在黎明之际举杯送月，对月一连串地发问，像屈原那样驰骋想象的翅膀，把我们带入了一个富于浪漫色彩的神话世界。他不写人间的悲欢离合，只问月亮的阴晴圆缺，问得豪纵跌宕，横绝古今，问得异想天开，饶有兴味。

他说茫茫宇宙空阔无边，是长风将中秋明月一路吹远，他问月亮像面无根的宝镜，却不会掉下来，难道是谁用无形的长绳系住了吗，又是谁留住了月宫里的嫦娥，不让她嫁到人间？

听说月亮会游过海底，可又无从查问根由，怎能不教人发愁？月从海底经过，我怕海中的长鲸横冲直撞，触破了月宫的玉殿琼楼，会水的虾蟆不用担心，可是玉兔何曾学会游泳呢？如果这一切都安然无恙，为何圆月又会逐渐变成弯钩模样？

那一轮皎洁的明月，斜挂在天边，他一边饮酒，一边望月，天快亮了，而月亮会去哪里呢？月亮今夜从西边落下，明天又会在东边升起，是不是天外还有一个人间，那里的人刚刚看见月亮升起？他通过丰富而奇妙的想象，感悟月亮绕着地球转的真理，大胆猜测超越那个时代的宇宙奥秘，让我们从古典诗词中，看到了一缕与众不同的、神秘而新奇的月光。

因而王国维在《人间词话》中说，稼轩作词送月，通过想象直悟月轮绕地之理，与科学家不谋而合，可谓神悟。

王国维还有句话说得好："诗人对于宇宙人生，须入乎其内，又须出乎其外。入乎其内，故能写之；出乎其外，故能观之。入乎其内，故有生气；出乎其外，故有高致。"

入乎其内，是指诗人深入生活，对宇宙人生有深刻内在的观察和理解，用一份细致入微的心，体察一草一木的动静、一花一树的凋谢，心与物齐，物我合一，发现种种鲜活之气。

出乎其外，是指诗人要从现实人生中摆脱出来，不拘泥于具体事物，站在较高的角度，用超脱的目光看待世间万物，感悟悲欢人生，达到一种永恒之美。

这怎能不令人想到“苏辛”呢？正所谓“东坡词旷，稼轩词豪”，每读东坡、稼轩之词，便可呼吸到这种“入乎其内”的生气，同时领略到这种“出乎其外”的高致。

且看东坡和稼轩，一样的高才雅量，一样的气度风骨；一样的把酒问月，一样的对月联想；一样的观察入微，一样的感人肺腑；一样的思接千载，神游八荒；一样的雄放恣肆，别开天地。

当然也有不一样。“但愿人长久，千里共婵娟”，是一轮隽永的月亮，一腔饱满而旷达的深情；而“是别有人间，那边才见，光影东头”，是一轮可爱的月亮，一缕神秘而新奇的光芒。

是的，诗词千古，明月万年。无论时光如何变幻，抑或今夕是何年，在这样的中秋之夜，我们总会遇见东坡，感受一份地老天荒的旷达；也会邂逅一回稼轩，领略一片长风浩浩的豪爽。

是的，地之角是青山白云，天之涯是明月繁星。一轮古典明月，最懂人心；一卷唐诗宋词，最寄深情。这一刻不说思念，让经典的诗词来说；这一刻只看月亮，到宋朝的中秋去看。

第六卷　多情自古伤离别

最教人黯然销魂的，
莫过于人生的离愁别绪。
但凡世间多情的人，
总是为离别而伤感，
更何况，
是在这寂寥的清秋时节。

李煜：问君能有几多愁

在中国历史上，有两位命运相似的悲情帝王：南唐后主李煜和宋徽宗赵佶。他们多才多艺，是不折不扣的艺术家，明明可以靠才华吃饭，却阴差阳错地成了皇帝，偏偏又骄奢声色，治国无力，丢了江山，成了亡国之君。

而且他们都是文学艺术界的翘楚，可谓才华横溢，造诣非凡，独树一帜，各领风骚。宋徽宗赵佶以书画称奇，创造了独特的瘦金体，其花鸟画堪称一绝；南唐后主李煜则以词著称于世，且工书擅画，通音晓律，被誉为“词中之帝”。

李煜（937—978），原名李从嘉，字重光，南唐元宗李璟第六子，史称李后主。生得丰额骈齿，一目重瞳，因貌有奇表，遭长兄太子李弘冀猜忌。李煜为避祸，醉心经籍，不问政事，自号“钟峰隐者”“莲峰居士”，以表明自己志在山水，无意争位。不料李弘冀早亡，李璟遂改立李煜为太子，入住东宫。李璟病逝后，李煜在金陵登基。李煜虽不通政治，但艺术成就颇高，是婉约派四大旗帜之一，四旗中号“愁宗”。

众所周知，李煜是一位失败的帝王，又是一位伟大的词人。他生于七夕，死于七夕，一生的爱恨血泪，悲欢愁苦，都浓缩在他的词作里。其词共存世三十余首，在内容风格上，可以亡国降宋为界，分为前后两期：前期词主要反映宫闱生活和男女情爱，题材狭窄，风格绮靡，未脱花间习气；后期词主要反映亡国之痛，哀婉凄凉，意境深远，极富艺术感染力，从而远超前期词作。那种沦为阶下囚的悲苦，对昔日生活的追忆，蕴涵着其自身独特的感情体悟，被谓为“神品”。

宋开宝八年（975），李煜兵败降宋，南唐灭亡，李煜肉袒出降被俘至汴京，被封“违命侯”，从此开始了忍辱负重的囚徒生涯。南唐曾经的繁华，家国沦陷的沉痛，盛极而衰的境况，不可逆转的命运，成为其词风的重大转折点。那种山河破碎的现实，那次刻骨铭心的永别，斯时斯景，无尽悲怀，尽在这阕《破阵子》之中：

四十年来家国，三千里地山河。凤阁龙楼连霄汉，玉树琼枝作烟萝，几曾识干戈？

一旦归为臣虏，沈腰潘鬓消磨。最是仓皇辞庙日，教坊犹奏别离歌，垂泪对宫娥。

当金陵被宋军攻破后，一国之君李煜，便成了阶下之囚，从此告别了江山故国，烟柳江南。一路上他泪如雨下，悔恨交加，想南唐开国已有四十年历史，幅员辽阔，宫殿高大雄伟，可与天际相接，宫苑内珍贵的草木茂盛，就像罩在烟雾里的女萝。他说在这种奢侈的生活里，我哪里知道还有战争这回事呢？自从做了俘虏，我因为忧虑伤痛的折磨，而腰肢瘦减，鬓发斑白。最使我难忘的是辞别宗庙时，慌张狼狈，教坊还奏起别离之歌，这种生离死别的情形，令我悲伤欲绝，只能面对宫女们垂泪而已。

这两种截然不同的人生境地，该如何描述呢？如果以其词来形容，那么李煜风流倜傥的前半生，分明是这阕《玉楼春》，一派歌舞升平、通宵达旦的景象，纵情而不淫荡，风流而不艳薄，有花团锦簇的欢乐情趣，也有骑马踏月的清凉世界：

晚妆初了明肌雪，春殿嫔娥鱼贯列。笙箫吹断水云间，重按霓裳歌遍彻。

临春谁更飘香屑？醉拍阑干情味切。归时休放烛光红，待踏马蹄清夜月。

而李煜寂寞凄苦的后半生，便是一腔沉重、黯然的哀愁了。那种失国之痛和去国之思，是诉不清的痛楚，道不出的惆怅，无人能懂，也无处安放，唯有默默诉诸诗词之中。从此李煜的词风陡然开阔，意境越发深远，从缠绵悱恻的风花雪月，转化为深入骨髓的悲怆凄清。一如这两阕《乌夜啼》，荡气回肠，情感真挚，流露出无奈的凄美，宛若灵魂的独白：

无言独上西楼，月如钩。寂寞梧桐深院锁清秋。剪不断，理还乱，是离愁。别是一般滋味在心头。

林花谢了春红，太匆匆。无奈朝来寒雨晚来风。胭脂泪，相留醉，几时重。自是人生长恨水长东。

王国维在《人间词话》中评道："温飞卿之词，句秀也。韦端己之词，骨秀也。李重光之词，神秀也。词至李后主而眼界始大，感慨遂深，遂变伶工之词而为士大夫之词。词人者，不失其赤子之心者也。故生于深宫之中，长于妇人之手，是后主为人君所短处，亦即为词人所长处。客观之诗人，不可不多阅世。阅世愈深，则材料愈丰富，愈变化，《水浒传》《红楼梦》之作者是也。主观之诗人，不必多阅世。阅世愈浅，则性情愈真，李后主是也。"

确实如此，温词之美在于词句，韦词之美在于深情，而李煜的词，不仅具有句秀、骨秀之美，且多神来之笔。正如纳兰容若在《渌水亭杂识》中所言："花间之词如古玉器，贵重而不适用；宋词适用而少贵重，李后主兼而有其美，更饶烟水迷离之致。”

国家不幸诗家幸，赋到沧桑句便工。词到了李煜这里才扩大了眼界，所传达出来的感慨才刻骨铭心，这与李煜大起大落的人生经历是息息相关的。降宋以后，他沉浸在国破家亡之殇中，日夕以泪洗面。软禁的囚徒生活，使他对人世冷暖的体味尤其深刻，所以写出的词才能格外感人肺腑。此时的词作，由娱乐转向抒怀，句句都是血泪的凝聚。对故国家园的怀念，物是人非的现实，翻云覆雨的命运，一下子改变了其词的风格，拓展了其词的境界。

“花明月暗笼轻雾，今宵好向郎边去。刬袜步香阶，手提金缕鞋。画堂南畔见，一向偎人颤。奴为出来难，教君恣意怜。”那与小周后宫中幽会的情景，如今想来，不过是一场镜花水月。那“帘外雨潺潺，春意阑珊，罗衾不耐五更寒。梦里不知身是客，一晌贪欢”的如梦前尘，全都换作了“独自莫凭栏，无限江山，别时容易见时难。流水落花春去也，天上人间”的忧伤和无奈。

“人生愁恨何能免，销魂独我情何限！故国梦重归，觉来双泪垂。高楼谁与上？长记秋晴望。往事已成空，还如一梦中。”那梦里的三千繁华与江山过往，酒醒过后，不过是一声仰天长叹。那“世事漫随流水，算来一梦浮生。醉乡路稳宜频到，此外不堪行”的追忆与感怀，终究是“多少泪，断脸复横颐。心事莫将和泪说，凤笙休向泪时吹，肠断更无疑”的锥心之痛，终究是“多少恨，昨夜梦魂中。还似旧时游上苑，车如流水马如龙，花月正春风”的江南故国之思。

快乐往往是肤浅的，而痛苦却是深刻的。人这一辈子长的是磨难，短的是人生。苦难并非人生的财富，而那颗在苦难中得以升华的灵魂，才是弥足珍贵的生命精华。

一个曾经九五之尊的帝王，转眼成了凄楚无助的囚徒，过着朝不保夕的囹圄生活。连自己的女人也保护不了，眼睁睁看着小周后饱受宋太宗赵光义的凌辱，不敢怒也不敢言，教人情何以堪。李煜为人宽厚，好生戒杀，天真而敏感，多情而又深情，有颗孩童般的赤子之心。可叹造化弄人，他本无心于政治，却登上了王位，他不想争夺天下，却当了亡国之君，从天子降为臣虏，从高高在上的无人之巅，一下子跌进殇痛的深渊。

这种变幻无常的兴衰际遇，绵绵无期的人生长恨，一如无穷无尽的长江东逝之水，一如春草更行更远还生，以一种惊心动魄的力量超越了时空，千百年来始终回荡在我们的记忆里，沉郁哀婉，感人至深，让人不禁为之动容。

据载，李煜入宋后，赵光义曾派徐铉探视李煜。徐铉是南唐旧臣，后随李煜降宋，在故人面前，李煜对亡国悔叹不已，以致“相持大哭，坐默不言”，赵光义闻之不悦。宋太平兴国三年（978）七夕节，适逢李煜四十二岁生日，心境苦楚、满腹悔意的他，在囚所作《虞美人》追思往事，怀念故国，并命南唐故伎咏唱：

春花秋月何时了，往事知多少？小楼昨夜又东风，故国不堪回首月明中。

雕栏玉砌应犹在，只是朱颜改。问君能有几多愁？恰似一江春水向东流。

结果赵光义很快得知此事，他非常愤怒，遂诸罪并罚，赐牵机药鸩杀李煜。千古词帝的一生，从此悲惨地落下帷幕。一首绝唱《虞美人》，是李煜的绝命词，是一曲生命的哀歌，一腔苍凉的悲愁。让他丧失了生命，也使他获得了永生，留下了太多的遗憾，也留下了凄美的传奇。

周邦彦：纤指破新橙

正是橙黄橘绿时候，买回新鲜上市的脐橙，小山一般垒在果盘里，迎着窗台斜斜的光线，像一幅立体的静物画。从春花到秋月，从春华到秋实，一年里最是可珍可惜的好光景，大抵如此了——经过时光的浸润，一片花叶，一枚果实，一地霜月，皆生出一份妥帖的美好，这是季节的容颜和气息。

闲散的午后，取枚橙子洗净切开，饱满多汁的橙瓣，花朵似的开放在白瓷盘里，明黄的暖色调映入眼帘，空气里氤氲着细细的橙香，给人一份轻松愉悦的好心情。我坐在恰好的晴朗里，一瓣瓣吃着橙子，感觉这每一瓣清甜里，都饱含着阳光的芬芳。时光就这样慢下来，静下来，有了一种久违的惬意。

不知为何，每每品尝橙子，在尽享一份齿颊留香之余，脑海里不由得勾勒出一幕美丽画面，联想起一句动人的宋词："纤指破新橙"。总感觉在周邦彦诸多词作中，这首《少年游》尤其清新雅致，别具一格，是一种无法绕过的美，让人印象颇为深刻：

并刀如水，吴盐胜雪，纤指破新橙。锦幄初温，兽香不断，相对坐调笙。

低声问、向谁行宿？城上已三更。马滑霜浓，不如休去，直是少人行。

最初读到此词，即被开头的描述所惊艳："并刀如水，吴盐胜雪，纤指破新橙。"仿佛一段古装戏的特写镜头，一位窈窕的古典佳人，跃然纸上，呼之欲出：伊人手如柔荑，肤如凝脂，巧笑倩兮，美目盼兮，她取来并州如水的刀，吴地胜雪的盐，将一枚浑圆的新橙小心破开，刀轻盈落下，橙汁的清香，顿时沁人心脾。接着她将切好的橙子，放入盐水中去除酸涩味，使之香甜可人——所有的动作，都那么娉婷美好，妙不可言。

与其说这是一阕新巧生动的宋词，不如说这是一个活色生香的故事。故事的女主角何许人也，她便是宋朝绝色名伎李师师。而故事的男一号，就是宋徽宗，男二号则是周邦彦。

据张端义《贵耳集》载："道君（宋徽宗）幸李师师

家，偶周邦彦先在焉，知道君至，遂匿于床下。道君自携新橙一颗，云江南初进来，遂与师师谑语。邦彦悉闻之，隐括成《少年游》云……”也就是说，《少年游》故事的背后，是一场风花雪月的事，隐藏着他们三人之间的一段绯闻，一直以来，常为好事者所津津乐道。

故事的梗概大约是说，周邦彦居于京城时，与名伎李师师相好。宋徽宗久闻李师师艳名，也来凑热闹，常微服私访到李师师家中。一次，宋徽宗来看李师师，恰巧周邦彦已经先至。忽闻皇上驾临，他便藏匿于床下。宋徽宗携来新橙一颗，说是江南新进的贡品，欲与李师师共同品尝……两人的温情软语，缠绵意态，以及所有相会的细节，被床底下的周邦彦看得一清二楚。醋意难忍的他，于是写下《少年游》以记之，以白描的手法，将当时的情景，惟妙惟肖地描摹出来。话说当徽宗看到此词，大怒之下便将周邦彦流放。幸好李师师及时从中化解，给徽宗唱了一首周邦彦的送别新词《兰陵王》，徽宗很是欣赏，遂召回周邦彦，他才算侥幸逃过一劫。

这就是美人的魅力使然，可以倾国又倾城，也可以化干戈为玉帛。也许在一个名动汴京的佳丽，一个才情卓著的帝王，一个风流儒雅的才子之间，想不发生点风流韵事都难。

想象着那个烛影摇红的夜晚，窗外更深露重，屋内沉香缭绕，锦绣雅致的闺房里，多情的宋徽宗和美丽的李师师，在温暖的烛光下，卿卿我我，情深意浓，同尝江南新橙，一起抚琴调笙，共度美好良宵，直到夜半三更，仍难舍难分。彼时李师师或许早就忘记，床底下还有一个周邦彦的存在。

但见李师师温情软语，低声相问："向谁行宿?"她问得如此亲密、细致，看似小心翼翼，却又这般曲径通幽，温存有加，仿佛一种柔情的暗示。接着款款提醒："城上已三更"，意思说不早了，外面行人都没几个，况且霜浓路滑，夜路难行，马易失足，你若回去，我实在不放心，不如留下来，等天明再走不迟。

是的，最是那"一低声"的温柔，像一朵水莲花不胜凉风的娇羞。

一番情意绵绵的探问，一番体贴入微的设想，何其山重水复，何其软玉温香，足以见证李师师对宋徽宗的深浓之爱。也呈现出一位曼妙女子，面对心仪之人，该是何等的柔情蜜意、情真意切，又是何等的聪颖灵慧、百媚千娇。

周邦彦不愧是填词高手，只消三言两语，便将个中婉转曲折之处，简洁微妙地刻画出来，可谓入木三分，令人如见如闻，拍案叫绝。前人评得甚好，清代周济《宋四家词选》曾言："此亦本色佳制也。本色至此便足，再过一分，便入山谷恶道矣。"谭献《复堂词话》亦道："丽极而清，清极而婉，然不可忽过'马滑霜浓'四字。"

纵观周邦彦之词，以男女情事和离愁别恨居多，这首《少年游》写佳人深夜留客，而另首《蝶恋花》则写情人早行别离。若将两词对照来读，颇有一种情趣：

月皎惊乌栖不定，更漏将阑，轳辘牵金井。唤起两眸清炯炯，泪花落枕红绵冷。

执手霜风吹鬓影，去意徊徨，别语愁难听。楼上阑干横斗柄，露寒人远鸡相应。

当读到这阕《蝶恋花》时，我不禁将词中所描写的画面，直接联想成宋徽宗和李师师天明之际的离别情景。抑或说更漏将阑、天将破晓之时，那位独立楼头，目送情郎远去的女子，那霜风之中的衣香鬓影，那无语凝噎的执手相看，一双美丽清亮的明眸，因为离别而泪水涟涟，多像风情万种的李师师呀……

苏轼：与谁同坐，明月清风我

在苏州拙政园里，有座“与谁同坐轩”，名字颇有诗情画意，令人印象深刻。

此轩依水而筑，背衬葱翠小山，前临一湖碧波，环境十分幽美。因其轩门、窗洞、石桌、石凳等均是扇形建筑，小巧精雅，别具一格，故又被称作“扇亭”。人在轩中小坐，无论凭栏远眺，还是依窗近观，皆美景不断，有说不出的风韵。

不由得感叹于设计者的匠心，信手拈来一句宋词“与谁同坐”，让一隅普通的亭台轩榭，变得这般与众不同。一块别出心裁的匾额，一声直抵心灵的叩问，非常耐人寻味，足以让人停下来，静下来，什么也不想，什么也不问，只看看风景，听听水声，独享一份惬意自在的时光。

想当初为此亭命名的人，一定是读懂了苏轼的。与谁同坐轩，即取意自苏轼《点绛唇》：

闲倚胡床，庾公楼外峰千朵，与谁同坐，明月清风我。

别乘一来，有唱应须和。还知么，自从添个，风月平分破。

那是宋元祐五年（1090）秋，彼时苏轼任杭州郡守，人在江南山水间，日子是缓慢的，心情是从容的，远山近水仿佛一幅天然画卷，有着直入人心的美。每当无事之时，他就闲倚胡床，远眺庾公楼窗外的青峰白云，重重叠叠宛如千朵莲花绽放——只是这样的湖光山色，与谁同坐同赏呢，苏轼答曰："明月、清风、我。"

胡床，又名交床、交椅、逍遥座，一种可以折叠的坐具。庾公楼，引用东晋庾亮在武昌乘月登南楼的典故。别乘，别驾的别称，汉朝称郡守的副手为别驾，郡守乘车出行，副手乘另外的车跟随，故曰"别驾"或"别乘"。这里的别乘，当指苏轼的副使袁毂。

正当苏轼感叹美景如斯，却无一人相陪，感觉有点孤单的时候，只见副使袁毂乘车而至，打破了他一个人的寂寥。于是两人一起游山玩水，尽享湖山之乐，唱和赠答，相得甚欢。苏轼开心大笑："知道吗，本来我一人独享风月，你一来就要平分了，来来来，咱俩一人一半。"这就是坡仙，只言片语之中，也透着无尽的亲切可爱。

后来苏轼被贬黄州，寄居临皋亭，他在《临皋闲题》里这样写道："临皋亭下八十数步，便是大江，其半是峨眉雪水，吾饮食沐浴皆取焉，何必归乡哉！江山风月，本无常主，闲者便是主人。闻范子丰新第园池，与此孰胜？所不如者，上无两税及助役钱耳。"

文中的范子丰，是苏轼的儿女亲家。他说临皋亭不远处就是长江，长江之水，有一半是来自峨眉山上的雪水，我平时吃喝洗涮都是从江里打水，何必要去人多的地方住呢？江山风月，本来就不曾属于谁人，谁在江山风月之中，便可以说是主人。听说范子丰新买了园子，不知和我这里比怎么样？我和他差的，也就是我这不能缴税吧。

所谓"明月如霜，好风如水，清景无限"，世界如此美好，人间温柔可亲，只要你有闲心闲情去欣赏，你就是天地自然的主人。无论时光如何变幻，世事如何浮沉，一个人，只要放下名缰利锁，看淡得失，远离是非，与世间万物打成一片，便会收获美妙的人生，永远都是青春少年。

且看他在《赤壁赋》里亦如是感言："天地之间，物各有主，苟非吾之所有，虽一毫而莫取。惟江上之清风，与山间之明月，耳得之而为声，目遇之而成色，取之无禁，用之不竭。是造物者之无尽藏也，而吾与子之所共适。"

在这个世界上，有人属于市井繁华，醉心香车宝马，而有人却是竹杖芒鞋，一蓑烟雨任平生。一个可爱的人物，一颗有趣的灵魂，他只是自然之子。天生一份赤子之心，一份洒脱之志，自有江河湖山的气度，亦有清风明月的气质。

有时候，孤独是另一种浪漫的开始。一个人能与孤独相处，才能和灵魂劈面相逢。

“花间一壶酒，独酌无相亲。举杯邀明月，对影成三人。”月下的诗仙，把人生的失意，活成了一种逍遥。而可爱的坡仙，经历过人生的大起大落，依旧秉持乐观的态度与旷达的心胸，所以他说“人间有味是清欢”，又说“人生到处知何似，应似飞鸿踏雪泥”，还说“九死南荒吾不恨，兹游奇绝冠平生”。

人这一生，有数不尽的悲欢离合，道不完的阴晴圆缺，若能偷得浮生半日闲，就是最美好的时光。所以无论是顺境还是逆境，苏轼总能找到人生中的赏心十六乐事：

清溪浅水行舟、微雨竹窗夜话、暑至临溪濯足、雨后登楼看山、柳荫堤畔闲行、花坞樽前微笑、隔江山寺闻钟、月下东邻吹箫、晨兴半炷茗香、午倦一方藤枕、开瓮勿逢陶谢、接客不着衣冠、乞得名花盛开、飞来家禽自语、客至汲泉烹茶、抚琴听者知音。

天地有大美，山水有清音。人生的快乐与幸福，是且陶陶乐尽天真，纵然行至山重水复，也可坐看云卷云舒，哪怕踏遍天涯红尘，也依然一笑作春温。相信只要葆有一份可爱的通透，就会遇见最美的天地人间。

长长的一生，碌碌的奔走，长亭复短亭，风一更雪一更，有时候确实有些累了。故而李白一生好入名山游，到后来也只是独坐敬亭山；苏轼回首向来萧瑟处，发现人生的至境，是也无风雨也无晴。

几时归去，作个闲人——千百年来，这份简单却真挚的人生追求，成了多少人的终极理想。人生天地间，忽如远行客，我们一直都在远行的路上，也一直都在归去的路上。

所以一个有心归去的人，无论身在何方，心中自有一片清风明月，也自有一张琴，一壶酒，一溪云。

是这样的，在这漫漫的人生路上，不妨慢下步履，得空便闲坐，与美好的事相濡以沫，与美好的人倾心而谈。至于与谁同坐，与其说是一种姿势，一种问询，不如说是一种意境，一种风雅。

归去，与未知的自己同坐，与清风明月同坐，或观照一回内心，或坐忘一回浮生，皆是一种精致的独处。其实有时候，把自己坐成一朵孤芳自赏的云，也是一种恰好的惬意，一种最真的释然。

归去，与三两个知己同坐，与赏心乐事同坐，或安静吃茶，或把盏对酌，一杯一杯复一杯。时光就慢了，心情就欢喜了。你来时山花就开了，星光就灿烂了，灵魂的琴弦就拨响了。因为你在，我在，就是人间最有味的清欢。

那么在这浮生的一隅，抑或岁月的转角，我愿意与你同坐。只把时光浪费在美好的事物上，只闲看花开，不谈悲喜。只要你来，就有最美的明月清风，一片片拂过你的指尖，落在我的杯里；只要你在，就是最好的良辰美景，无论阴晴圆缺，抑或前世今生。

范仲淹：秋色连波，波上寒烟翠

一年中最美的季节，应是霜降后的深秋。这时候长空湛碧，大地橙黄，无论秋山，还是秋水，那或近或远的秋色，皆是如诗如画，明净如妆，直生出一种宁静的逶迤之美。

总在这样秋光渐老的时候，想起梦里梦外的故事，想起宋词里的乡思旅愁，想起范仲淹的《苏幕遮·怀旧》：

碧云天，黄叶地，秋色连波，波上寒烟翠。山映斜阳天接水，芳草无情，更在斜阳外。

黯乡魂，追旅思。夜夜除非，好梦留人睡。明月楼高休独倚，酒入愁肠，化作相思泪。

明月楼高，芳草无情，酒入愁肠，相思泪老。不知为何，每逢这样的深秋，总是要吟诵一回《苏幕遮》，那份挥之不去的秋心，方能得到妥帖安放，得以些许释怀。像一个人的天涯孤旅，从先秦两汉之秋，到魏晋隋唐之秋，一路走来直到这里，蓦然于唐风宋雨之外，遇见一片碧云天黄叶地，顿时眼前一亮，境界倏然开阔起来。

苏幕遮，原唐教坊曲名，来自西域，后用作词牌名，又名“云雾敛”“鬓云松令”。范仲淹此词极写羁旅乡愁，气象宏大、意境深远，低回婉转之中，不失沉雄清刚之气，前段多入丽语，后段纯写柔情，尤见深挚，遂成绝唱。中国台湾作家琼瑶，早年有小说《碧云天》《寒烟翠》，书名即取自范仲淹这首《苏幕遮》。

“碧云天，黄叶地，秋色连波，波上寒烟翠”，一高一低，一俯一仰，展现了际天极地的苍莽秋景。浓郁的秋色与浩渺的秋波，两两相连于天边，碧云、黄叶、绿波、翠烟、斜阳、芳草，构成一幅横无际涯、色彩斑斓的画卷，让人莫名沉醉。

从前读《西厢记》，只见“长亭送别”一折中写道：“碧云天，黄花地，西风紧，北雁南飞。晓来谁染霜林醉？总是离人泪。”此句俨然化用了《苏幕遮》开篇“碧云天，黄叶地，秋色连波，波上寒烟翠”，来渲染人生的离情别恨。张生与莺莺，从西厢初见，到月下相约，从两情缱绻，再到长亭送别，那份依依不舍，分明是“夕阳古道无人语，禾黍秋风听马嘶。四围山色中，一鞭残照里。遍人间烦恼填胸臆，量这些大小车儿如何载得起?”

悲欢聚散一杯酒，南北西东万里程。然而这份离愁与相思，即便寸寸皆肝肠，令人无端空惆怅，左不过西厢才子佳人的儿女情长，较之范仲淹《苏幕遮》中那份羁旅愁思与家国情怀，还是有天渊云泥之别的。

作为北宋名臣范仲淹，少有鸿鹄大志，以天下为己任，文武兼备，智谋过人，集杰出的思想家、政治家、军事家、文学家、教育家于一身。一生政绩卓著，高风亮节，文学成就突出，谥号文正，世称范文正公。“先儒论宋朝人物，以范仲淹为第一。”他倡导的“先天下之忧而忧，后天下之乐而乐”的崇高思想境界，和“宁鸣而死，不默而生”的仁人志士节操，成为烛照古今的垂世典范。

范仲淹幼年丧父，母亲改嫁长山朱氏，范仲淹遂被更名为朱说。四岁时随继父迁至长山，励志苦读于醴泉寺。因家境贫寒，便画粥断齑，日用两升小米煮粥，隔夜粥凝固后，用刀切为四块，早晚各食两块，以一些腌菜佐之。长大后又至应天书院刻苦攻读，五年寒窗，未尝解衣就枕，冬夜读书疲倦发困，就用冷水洗脸。同窗见他可怜，想要送给他一些美食，都被他婉言谢绝了。经过多年苦读，终于进士及第，授广德军司理参军，迎母归养，改回本名。

范仲淹一生刚正不阿，敢作敢为，不以物喜，不以己悲，乐在人后，忧在人先。他是真正的国之脊梁，处庙堂之高则忧其民，处江湖之远则忧其君，胸怀天下苍生，文能写红一座楼，武能镇住一个国。在漫长的官宦生涯中，他从二十七岁入仕为官，到五十五岁主持新政，从不图个人荣华富贵，只一心忧国忧民，尝言“不为良相，便为良医”，每遇国家大事，总秉公慷慨直言，纵然屡遭贬斥，却是去留无意，宠辱不惊。

北宋康定年间，西夏大举攻宋，边陲战事爆发，宋仁宗调兵遣将，将范仲淹与韩琦派到边境，与当时陕西安抚使夏竦配合，共掌军事。作为北宋文官领军的典范，韩范二人筑城修寨，积极防御，立下赫赫战功。以致当时人们无不称颂：“军中有一韩，西夏闻之心骨寒。军中有一范，西夏闻之惊破胆。”

特别是庆历年间，当西夏再次大举进犯，宋仁宗以范仲淹众望所归，授任他为陕西经略安抚副使兼延州知州，镇守边地四年，承担起西北边疆防卫重任，成为一名抗击西夏侵扰的名将。据史载，在他镇守边防期间，既号令严明，又爱抚士兵，并招徕诸羌推心接纳，深为西夏所惮服，称他“腹中有数万甲兵”。这首《渔家傲·秋思》，格调悲壮，境界开阔，当是其驻防西北边境时所写：

塞下秋来风景异，衡阳雁去无留意。四面边声连角起。千嶂里，长烟落日孤城闭。

浊酒一杯家万里，燕然未勒归无计，羌管悠悠霜满地。人不寐，将军白发征夫泪。

生命流光一如季节更迭，一边是青春的碧云天，一边是暮时的黄叶地；一边是明月楼高休独倚，一边是衡阳雁去无留意。秋天的大幕一旦拉开，一杯浊酒，就是一段愁肠，一程旅思；一声雁鸣，就是一片霜天，一座孤城。

身处大漠边塞，家在万里之外，何况四面边声连角起，更莫说燕然未勒归无计了。在此之前，很少有人用词体形式来描写边塞生活，因而此词被视为豪放词的滥觞之作，于后世豪放词人深有影响。

四海为家皆是行者，胸怀天下堪称英雄。无论“酒入愁肠，化作相思泪”，还是“人不寐，将军白发征夫泪”，皆是铿锵大丈夫的情感史诗，铮铮好男儿的赤子之心。雁鸣如霜，乡愁如旧，这样的仁人志士，北宋有范仲淹、苏轼，南宋有辛弃疾、陆游……

相传范仲淹素爱弹琴，常于琴中思古，然而琴曲三千，他一生只弹《履霜操》，因此时人谓之“范履霜”。

《琴操》曰：“《履霜操》，尹吉甫之子伯奇所作也。伯奇无罪，为后母谗而见逐，乃集芰荷以为衣，采楟花以为食。晨朝履霜，自伤见放，于是援琴鼓之而作此操。曲终，投河而死。”

可以想见，西周伯奇的人生，是饱含霜意的，北宋范仲淹的人生亦然。正如他所弹的古琴曲《履霜操》，琴音恰似心声，何尝不是他的人生历程、生命情怀与精神写照呢？

从幼年丧父更名，到少时画粥断齑，再到苦读及第，执教兴学；从戍守巩固边关，到主持庆历新政，再到新政受挫，被贬出京，他人生的底色，一直是霜寒的底色；他生命的旅程，一直是饱含霜意的旅程；他总是迎风而立，履霜而行。

正如他所写的累累诗文，内容非常广泛，或言志感怀，关注民生，抒写伟大的政治抱负，或纪游山水，咏物寄兴，展现自己的人格操守。其词作存世共五首，虽然数量不多，但首首脍炙人口，在宋词的发展中，起着承前启后的重要作用。

真正成大器的人，往往都熬过了人生的苦。而经历过岁月霜寒的人，更能感知生命的真味，愈是山重水复，愈是风光无限。在霜降后的深秋，一定要读一回范仲淹。每读一遍，就是一次灵魂的洗礼，一段远阔的旅程，一场履霜的修行。

柳永：多情自古伤离别

他是一代风流才子，一位词坛巨星，上至皇亲国戚，下至民间百姓，都是他的铁杆“粉丝”，甚至当时的仁宗皇帝，也“颇好其词，每对酒，必使侍从歌之再三”。同时他又是一位落魄文人，一位白衣卿相，纵有功名用世之志，可于仕途上却是屡遭打击。几回科举落第过后，遂出入秦楼楚馆，流连烟花巷陌，自号“奉旨填词柳三变”，沉醉于听歌买笑、放荡不羁的生活之中。

毋庸置疑，此人就是北宋婉约词派的代表——柳永。他原名柳三变，字耆卿，福建崇安人，曾任屯田员外郎，世称“柳屯田”。因排行第七，又称“柳七”。有《乐章集》存世，词风婉约，词作甚丰，善为乐章，长于慢词，是中国词史上第一个专力作词的文人。

宋咸平五年（1002），出身官宦世家的柳永，离开家乡准备进京考试。由钱塘入杭州，因迷恋湖山美好，都市繁华，遂滞留杭州游玩。翌年得知老友孙何知任杭州，无奈门禁甚严，柳永一介布衣，无法见到。于是作《望海潮》一首前往拜谒，此词一出，即广为传诵，柳永亦因此名噪一时：

东南形胜，三吴都会，钱塘自古繁华。烟柳画桥，风帘翠幕，参差十万人家。云树绕堤沙，怒涛卷霜雪，天堑无涯。市列珠玑，户盈罗绮，竞豪奢。

重湖叠巘清嘉。有三秋桂子，十里荷花。羌管弄晴，菱歌泛夜，嬉嬉钓叟莲娃。千骑拥高牙，乘醉听箫鼓，吟赏烟霞。异日图将好景，归去凤池夸。

此词笔法大开大合，波澜起伏，慢声长调，浓墨重彩，一反柳永惯常的风格。主要描写钱塘的繁华气象，展现杭州的富庶美丽，是柳永的一首传世佳作。只是孙何请柳永吃过一顿饭，并没有怎么提拔他，就打发他离开杭州。

春闱在即，柳永踌躇满志，自信“定然魁甲登高第”。尽管理想很丰满，可是现实很骨感，柳永初试即落第，再试亦落第，愤慨失意之下作《鹤冲天》，发泄对科举不满的牢骚：

黄金榜上，偶失龙头望。明代暂遗贤，如何向？未遂风云便，争不恣狂荡？何须论得丧。才子词人，自是白衣卿相。

烟花巷陌，依约丹青屏障。幸有意中人，堪寻访。且恁偎红倚翠，风流事，平生畅。青春都一饷，忍把浮名，换了浅斟低唱。

当宋仁宗读到此词，颇为不爽，于是怒问："且去浅斟低唱，何要浮名？"这无疑是对柳永科考命运的终审判决，不仅改写了柳三变的命运，也改变了宋词的命运。于是柳永自嘲"奉旨填词"，他知道自己注定从此已无缘仕途，只能填词为生了。他黯然离开京师，由水路南下，与情人依依惜别时，写下一曲缠绵悱恻、凄婉动人的《雨霖铃》，终成千古绝唱：

寒蝉凄切，对长亭晚，骤雨初歇。都门帐饮无绪，留恋处，兰舟催发。执手相看泪眼，竟无语凝噎。念去去，千里烟波，暮霭沉沉楚天阔。

多情自古伤离别，更那堪，冷落清秋节！今宵酒醒何处？杨柳岸，晓风残月。此去经年，应是良辰好景虚设。便纵有千种风情，更与何人说？

最教人黯然销魂的，莫过于人生的离愁别绪。但凡世间多情的人，总是为离别而伤感，更何况，是在这寂寥的清秋时节。那杨柳岸的晓风残月，那往来不迭的光阴流年，即便再多的良辰美景，若没有赏心的乐事，也形同虚设。纵然有千种风情，万般感怀，又能向谁去诉说呢？

可以说填词谱曲，既成全了柳永，也害苦了柳永，让他的人生一波三折，郁郁不得志。让帝王将相记住他姓名的同时，也拒他于千里之外，使他一直得不到重用。身心俱伤的他，索性愈发纵情放浪，重新回到花街柳巷，与歌伶乐伎为伍，常以酩酊大醉，聊遣如梦浮生。

“每登山临水，惹起平生心事，一场消黯，永日无言，却下层楼。”“归云一去无踪迹，何处是前期？狎兴生疏，酒徒萧索，不似少年时。”“系我一生心，负你千行泪。”“海阔山遥，未知何处是潇湘。”“一场寂寞凭谁诉。算前言，总轻负。”“争如这多情，占得人间，千娇百媚。”……当这些妙词新歌纷纷出台，陆续上榜风行后，柳永声名鹊起，吸粉无数，一跃成为歌坛明星大腕。

如此闯荡江湖多年，红尘中的柳永，倒也赢得一世盛名，歌伎们都很喜欢跟他酬唱往来。无数个眠花卧柳的夜晚清宵，他沉醉于红罗纱帐的温柔世界，创作了大量雅俗共赏的长歌短调，一经推出，便轰动全国。其火爆程度和非凡魅力，一时无人能及，堪称北宋流行乐坛家喻户晓的巨星。有诗为证：“不愿穿绫罗，愿依柳七哥；不愿君王召，愿得柳七叫；不愿千黄金，愿得柳七心；不愿神仙见，愿识柳七面。”甚至当柳永死后，众伎都为他戴孝守丧，合金葬之，半城缟素，一片哀声。

所以南宋叶梦得在《避暑录话》中曾言：“凡有井水饮处，即能歌柳词。”但凡有人居住的地方，人们都会唱柳永的词，这是何等惊人的盛况，几人能及？叶梦得认为，在群星璀璨的北宋词坛上，柳永是最耀眼的一颗星。与他同时代的词人，不管是张先、晏殊，还是欧阳修、王安石，只要一遇到柳永，就会暗淡下来。

他是一个多愁善感的词人，其词生动细腻，如涓涓细流，滋润着凡尘众生的心田，又似绵绵细雨，情致婉转，诉说着美丽动人的故事。无论是“拟把疏狂图一醉，对酒当歌，强乐还无味。衣带渐宽终不悔，为伊消得人憔悴”的辗转反侧，还是“镇相随，莫抛躲，针线闲拈伴伊坐。和我，免使年少光阴虚过”的儿女情长，抑或是“对潇潇暮雨洒江天，一番洗清秋。渐霜风凄紧，关河冷落，残照当楼”的羁愁旅思，无不道出了万千百姓的丝丝心语，体现了深厚浓郁的生活气息。

尽管九五之尊、一言九鼎的宋仁宗，对柳永颇有微词，位高权重、爱好风雅的晏殊，也对柳永嗤之以鼻，但潇洒豪放、乐观旷达的苏轼，却对柳永赞赏有加：“人皆言柳耆卿俗，然如‘渐霜风凄紧，关河冷落，残照当楼’，唐人高处，不过如此。”

说到苏轼词与柳永词的风格，南宋俞文豹《吹剑录》中有段记载，一直以来广为流传：

东坡在玉堂日，有幕士善歌，因问：“我词何如柳七？”对曰：“柳郎中词，只合十七八女郎，执红牙板，歌‘杨柳岸晓风残月’；学士词须关西大汉，铜琵琶，铁绰板，唱‘大江东去’。”东坡为之绝倒。

李清照：才下眉头，却上心头

从前的时光里，很喜欢听歌曲《月满西楼》。每当安雯轻轻唱来，有水一样的轻缓悠扬，梦一般的温柔婉转。安雯是位灵透女子，人美，歌美，演技更美。她原名张静林，是1987年版电视剧《红楼梦》中晴雯的饰演者。演过晴雯后，她便改名为安雯。

而她所唱的这首《月满西楼》，歌词一样极美，来自李清照的经典名作《一剪梅》。是这样古典优雅、清新脱俗的句子，让人一见倾心，芬芳满怀：

红藕香残玉簟秋，轻解罗裳，独上兰舟。云中谁寄锦书来，雁字回时，月满西楼。

花自飘零水自流，一种相思，两处闲愁。此情无计可消除，才下眉头，却上心头。

关于此词创作背景，元代伊世珍《琅嬛记》有载："易安结缡未久，明诚即负笈远游，易安殊不忍别，觅锦帕，书《一剪梅》词以送之。"新婚未久，赵明诚即离家远行，李清照于一方锦帕上写下此词，倾诉相思别愁。首句"红藕香残玉簟秋"，精秀清绝，前人赞曰："有吞梅嚼雪，不食人间烟火气象。"

我感觉诗是不可译的，特别是中国古典诗词更是不可译的，其美感，其韵味，浑然天成，妙不可言。遇见一首美妙的诗词，就像邂逅一个美妙的人，那种初见的惊艳，那种相遇的美好，是可遇不可求的，却又仿佛上天注定的安排。

所以王国维说："词之为体，要眇宜修。能言诗之所不能言，而不能尽言诗之所能言。诗之境阔，词之言长。"意思是讲，词这种文体，要有精致细微之美，能表达诗歌所不能表达的，但也不能全部表达出诗歌所能够表达的。换而言之，就是"诗庄词媚"，诗的境界庄重开阔，词的意蕴悠长深远。

是的，美要眇兮宜修。正如那一方精致的锦帕，那一阕婉约的《一剪梅》，字字珠玑，句句生香，何其清雅的画面，何其浪漫的情怀，给人无尽的遐想。

千古才女李清照，总有一种遗世独立的美。她的人生，她的故事，她的一切，美得夺人心魄，美得令人窒息——

要怎样丰盈的才情，才能写出如此唯美动人的词句呢？“轻解罗裳，独上兰舟”，这是多么妩媚的风姿；“雁字回时，月满西楼”，这是多么诗意的夜晚；“一种相思，两处闲愁”，这是何其缠绵的心境，“才下眉头，却上心头”，这是何其曼妙的爱情。

想那年早春初见，她和羞走，倚门回首，却把青梅嗅，惊鸿一瞥之际，开始尝到了初恋的味道，分明有竹马一样的快乐，青梅一样的酸甜；后来新婚燕尔，卖花担上，买得一枝春欲放，她云鬓斜簪，徒要教郎比并看，满脸如花似玉的娇羞；如今天各一方，转眼红藕香残，花自飘零水自流，两地天涯的相思，真是柔肠一寸愁千缕了。

这一种相思，这两处闲愁，无计可消除，不在眉间就在心上，一如皎洁的月光，洒满了她独倚的西楼，一如冷滑如玉的枕席，生出浸透肌肤的凉意。她轻解罗裳，独上兰舟，但见花已落，香已消，正是雁字成行，夜凉如水，想那云天之外，谁会将锦书寄来呢？

“锦书”的典故，源自东晋才女苏蕙。相传苏蕙因思念其夫窦滔，将绵绵情丝写进回文诗，计八百四十字，纵横反复，皆可诵读，并废寝忘食织成《璇玑图》锦帕遥遥相寄。后人便将这种用锦织成的字，称为“锦字”，或称“锦书”。从此，“锦书”也成为书信的美称。李清照引用此典，写下“云中谁寄锦书来”，暗喻自己对夫君的思念，有如回文织锦图一般，不绝如缕，婉转缠绵。

都说从前慢，从前的日色变得慢，车，马，邮件都慢，一生只够爱一个人。从前的时光里，有最美的景致，最美的故事，从前的爱情里，有最美的锦书，最美的相思。有一种爱情，仿佛前生注定，两个人一旦相遇，便是你侬我侬，便是刻骨铭心，便会倾其一生，用尽一世，以唯一而专注的深情，演绎一段生死相依的传奇。

我喜欢这种古典的爱情，这种古典的相思，像一池田田青荷，一片旖旎月色，一纸洇开的水墨，芬芳了千年的岁月，温柔了尘世的时光。我感觉这样的爱情与相思，这样的美丽与哀愁，既属于千古才女李清照，也属于人间所有灵秀的儿女，更属于大千世界有情众生。

记得少女时代爱读琼瑶小说，常常沉湎其中，为那些浪漫的故事所痴迷，不知闲抛虚掷了多少光阴。当年读到《月满西楼》《却上心头》，竟是朝朝暮暮，爱不释手——多美的书名，不禁钦佩起琼瑶的灵慧，将唯美宋词信手拈来，将故事写得缠绵悱恻。那种不食人间烟火的爱情，曾经风靡一时，打动了万千花季少女的芳心，赚尽了无数青春女孩的眼泪。

不仅如此，琼瑶还有多部言情小说以诗词命名，比如《在水一方》《人在天涯》《几度夕阳红》，再如《心有千千结》《青青河边草》，又如《一帘幽梦》《庭院深深》等等，很多书名都来源于绝美的诗词。

就说当年琼瑶的小说《庭院深深》吧，不就是化用宋词“庭院深深深几许”从而写下的一段凄美的爱情故事么，此句最初出自欧阳修《蝶恋花》：

庭院深深深几许？杨柳堆烟，帘幕无重数。玉勒雕鞍游冶处，楼高不见章台路。

雨横风狂三月暮，门掩黄昏，无计留春住。泪眼问花花不语，乱红飞过秋千去。

庭院深深深几许，接连三个“深”字，写出了庭院之幽深，闺阁之幽闭。庭院深深深几许，是心事的哀怨沉重，是青春的郁郁寡欢，是精神的寂寞孤独。每个人心中，都有一处“庭院深深”吧？李清照对此词爱赏不已，曾拟其语写下《临江仙》：

庭院深深深几许？云窗雾阁常扃。柳梢梅萼渐分明，春归秣陵树，人老建康城。

感月吟风多少事，如今老去无成。谁怜憔悴更凋零，试灯无意思，踏雪没心情。

想来真是如此，有的作家的一些作品，就是为后来另一个作家的某首诗词、某篇文章、某本书名做准备的。像欧阳修这句“庭院深深深几许”，就是为李清照写《临江仙》做准备的，也是为琼瑶小说《庭院深深》做准备的。而李清照的“雁字回时，月满西楼”和“才下眉头，却上心头”，一样是为琼瑶的另两本小说《月满西楼》《却上心头》做准备的。

琼瑶原名陈喆，其笔名“琼瑶”就是出自《诗经·木瓜》："投我以木桃，报之以琼瑶。"琼瑶有浓重的诗词情结，其书名几乎是中国古典诗词的精选排列，从《诗经》到唐诗宋词无一不包，有人说想要速记中国古典诗词，一份琼瑶书名清单就够了。

从诗经时代，到唐宋年华，从明清岁月，到当下时光，无论流年如何更迭，爱情一直都在美好地发生。那种两情相悦、心心相印的美好，像水一样纯洁，像蜜一样甘甜，是生命里最美妙动人的体验。

花开花落，云卷云舒，而在相知相爱之人的心间，有一种离别的惆怅，总是"一种相思，两处闲愁"，有一种深刻的爱情，总是"才下眉头，却上心头"。

晏殊：独上高楼，望尽天涯路

花开花落，时序更迭，一晃便是晚秋。一直感觉“晚秋”是个雅致、内涵的词，有“空山新雨后，天气晚来秋”的意境，又有“鸿雁来时，无限思量”的情怀。

“在这个陪着枫叶飘零的晚秋，才知道你不是我一生的所有。蓦然又回首，是牵强的笑容，那多少往事飘散在风中。怎么说相爱却又注定要分手，怎么能让我相信那是一场梦。情缘去难留，我抬头望天空，想起你说爱我到永久。心中藏着多少爱和愁，想要再次握住你的手，温暖你走后冷冷的清秋，相逢也只是在梦中。”

一个人打开歌曲《晚秋》，默默来听。就这样，沉浸在一支怀旧金曲里，蓦然间时光倒流，往事重现。窗外风声飒飒，天色微霜，突然有些孤独袭上心头。

我知道，活在这珍贵的人间，有一种美好的孤独，莫可名状，莫问归处。或许是一朵花，直面风雨，一样吐露内心的芬芳；或许是一棵树，向上生长的同时，也向泥土中深入；或许是一只鸟，一生所求不过爱与自由，累了便睡在风里；或许是一匹马，仰首诗与远方，低头收尽天涯之路……

是啊，曾停留风里看着多少的晚秋，问情怀可永久相拥有？一年年，与晚秋不期而遇，只知道有一种情怀，是光阴凝成的琥珀，水一般通透，梦一样晶莹，自当珍藏，无须解释。

我常常认为，沿着流年的方向，需要与一些从前的老歌来一次久别重逢。老歌有如故人，那是青春与年华的见证、生命与记忆的底色。有些熟悉的老歌，需要到一定的年龄，才能真正听懂。比如《晚秋》，多年以后再来重温，自有一种别样的体验。

也许隔着悠悠时光，再听一首怀旧老歌，方知岁月的深浅，年华的苦乐，从而真正懂得浮生滋味。总有一段历程，嵌在脑海，挥之不去；总有一种回忆，触手可及，余温尚存。

就这样，一年年与晚秋不期而遇，又与晚秋擦肩而过。站在凉凉的秋风里，一时间竟不知今夕何夕。在时间的荒原里，有风声掠过额头，有凉意沁入心底——面朝晚秋，我轻轻伸出手，才发现满怀时光的绸缎，很旧，很软，有种让人心颤的美。

这是秋风本来的样子，也是岁月本来的样子。

在那个宋朝的晚秋，也许因为一夜西风，吹得碧树凋残，晏殊一时失了闲庭信步的兴致，而是独上高楼凭栏远眺。西风依旧瑟瑟吹来，顿时凉意袭人，他不禁心生感触，执笔写下一阕《蝶恋花》：

槛菊愁烟兰泣露，罗幕轻寒，燕子双飞去。明月不谙离恨苦，斜光到晓穿朱户。

昨夜西风凋碧树，独上高楼，望尽天涯路。欲寄彩笺兼尺素，山长水阔知何处。

一夜无眠，卧听西风吹落叶，清晨起来，愈是满心的惆怅。只见栏外的秋菊，笼罩着一层薄雾轻烟，看上去似乎脉脉含愁；圃中的兰花，沾染了清凉的露珠，像默默饮泣一般。罗幕低垂，空气微寒，一双燕子悄然飞远。明月不知离别之苦，一地如水的银辉，直到破晓时分，还斜斜地穿入朱户。

昨夜秋风四起，凋零了碧树，吹凉了心情。此时他独在高楼之上，凝望着那消失在天涯尽头的道路，想给心上人寄封书信。但是山水迢递，空阔无边，又不知思念的人，究竟在何处。

一句“昨夜西风凋碧树，独上高楼，望尽天涯路”，这是怎样的一种情怀呢？于伤离怀远之中，见深婉情致，亦见萧索况味，使人感到一种灵魂的觉醒，一种晚秋的悲慨，一种孤独的追寻。

碧树因一夜西风而尽凋，人生因离别而充满哀愁。音书欲寄，无从可寄，是无所依的渺茫，是挥不去的孤独，更是不一样的寥廓高远。愿望的强烈，现实的无奈，两相对照之间，无不呈现出一种“满目山河空念远”的喟叹。

是晚秋了啊，山长水阔知何处，望尽天涯秋意深。

所谓“春者天之本怀，秋者天之别调”。春暖花开，万物生长，一派生机勃勃、欣欣向荣的景象，是大自然本来面目；秋风送爽，北雁南飞，这种天高云淡、辽阔清远的画面，是大自然的另一番风致。

掬一杯水而知江河之清，见一叶落而知秋之将至。从一片树叶的凋落，就能感知秋天的到来，何况秋风过耳，万木摇落，怎能不滋生几分苍凉呢?

这种苍凉，来自天地自然，关乎生命灵魂，是深刻而永恒的诗句，千般滋味，历历在心。这种苍凉，是“人生不满百，常怀千岁忧”，是“我瞻四方，蹙蹙靡所骋”，是“惟草木之零落兮，恐美人之迟暮”，是“寄蜉蝣于天地，渺沧海之一粟，哀吾生之须臾，羡长江之无穷”，是“梧桐昨夜西风急，淡月胧明，好梦频惊，何处高楼雁一声?”……

人生自有诗意，人生亦自有境界。王国维在《人间词话》里，关于人生唯美三境界，有段经典妙论，可谓一语中的：

古今之成大事业、大学问者，必经过三种之境界：

“昨夜西风凋碧树，独上高楼，望尽天涯路。”此第一境也；

“衣带渐宽终不悔，为伊消得人憔悴。”此第二境也；

“众里寻他千百度，蓦然回首，那人却在，灯火阑珊处。”此第三境也。

这段佳句生动透彻，直指心灵，浑然天成，堪称一绝。如此人生唯美三境界，高远，广阔，深邃，有山有水，有无限风光。既饱含有迷人的诗性，又呈现出丰富的哲性，妙处难与君说，唯有悠然心会。

正如禅宗那句“高高山顶立，深深海底行”，一样发人深省，令人憬然有悟。人生于世，既要高高山顶立，又要深深海底行。立足高山之巅，所见始广，潜行深海之底，所行始切，从而胸中有丘壑，心底有慈悲，眼里有烟霞，人生有境界。

在人世茫茫的路上，我们都是孤独的行者，所有美好的追求，都是一种深刻的修行，如是发心，如是行持，如是开悟，如是正觉。而所有美好的灵魂，总是一直在路上，或邂逅，或重逢。

第七卷　此心安处是吾乡

无论风里雨里，
我一直陪你，
我生本无乡，
心安是归处。
如此随缘自适，
随遇而安，
只要有你在身边，
人生就是好天气。

林逋：罗带同心结未成

闲来看越剧《红楼梦》，不说那花柳繁华地的锦绣，温柔富贵乡的风流，也不说那一幕幕的情思缱绻，一折折的旖旎动人，但觉有段唱词很是缠绵入心，美得令人叹息：

休笑前人痴，由来同一梦。绣金翠袖，难揾悲金悼玉泪。菱花镜里，谁拥旷世情种。

罗带同心结未成，鹊桥长恨无归路。红楼今犹在，唯有风月鉴空。

红楼梦深深几许，多少辛苦不寻常。那“由来同一梦”的忧伤，是枉凝眉的忧伤，是终身误的忧伤，是恨无常的忧伤。那“罗带同心结未成”的叹息，叹的是红尘里的痴男怨女，叹的是人世间兰因絮果的情缘，叹的不仅是宝玉和黛玉，也包括贾蔷和龄官，秦钟和智能，又抑或还有尤三姐和柳湘莲，香菱和冯渊，司棋和潘又安……

那无尽的忧伤与叹息里，有“满纸荒唐言，一把辛酸泪。都云作者痴，谁解其中味”的叩问，有“开辟鸿蒙，谁为情种，都只为风月情浓”的感喟，有“叹人间，美中不足今方信，纵然是齐眉举案，到底意难平”的惆怅。

世上最美好的愿景，是有情人终成眷属；人间最忧伤的事情，是罗带同心结未成。

就像我不相信“红楼一梦终成空”一样，很多时候也不相信“罗带同心结未成”，如此一句深情婉约的宋词，竟然是林逋的笔墨，不相信素有“梅妻鹤子”之誉的和靖先生，也会写下这般扣人心弦的《长相思》：

吴山青，越山青。两岸青山相送迎，谁知离别情？
君泪盈，妾泪盈。罗带同心结未成，江头潮已平。

北宋著名隐逸诗人林逋，幼时刻苦好学，通晓经史百家，性孤高自好，喜恬淡自适。一直以来，在人们的印象里，以梅为妻、以鹤为子的和靖先生，可谓一位特立独行的幽人。一生不趋荣利，遗世而居，常年漫游山水，以诗词自娱。在烟火尘世之外，在高山流水之间，过着闲云野鹤的生活，一身独来独往的仙气。

隔着千年的清风明月，只知道后来的他，隐居西湖孤山，终生不仕不娶，唯喜植梅养鹤，常驾小舟遍游西湖诸寺庙，与高僧诗友相往还。每逢客至，叫童子纵鹤放飞，林逋见鹤必棹舟归来。

且看那一只只鹤子，于梅林间飞来飞去，如朵朵世外闲云，见证着高僧诗友往来的踪影。与林逋诗词唱和的，要么一代鸿儒，要么有识之士，其中有高风亮节的北宋名臣范仲淹，素有宋诗“开山祖师”之誉的梅尧臣，如此等等，不一而足。

当年丞相王随和杭州郡守薛映，尤其敬重林逋为人，又爱其诗，时趋孤山与之清谈终日而去，并出俸银为之重建新宅。后来宋真宗闻其名，赐粟帛并诏长吏岁时劳问，林逋虽感激，但从不以此骄人。人多劝其出仕，均被婉言谢绝，自谓：“然吾志之所适，非室家也，非功名富贵也，只觉青山绿水与我情相宜。”既老，尝自为墓于庐侧，作诗云：“湖上青山对结庐，坟前修竹亦萧疏。茂陵他日求遗稿，犹喜曾无封禅书。”

相传他二十余年足不及城市，以湖山为伴，以布衣终身，可谓一位浪漫到任性的幽人。每每作诗随就随弃，竟然从不留存，人问：“何不录以示后世?”答曰：“我方晦迹林壑，且不欲以诗名一时，况后世乎?”所幸有心人窃记之，部分诗词方得以传世。

他真是一个天真到旷达的幽人，任凭珠玑一般的诗句，散落于山水间，得有多少如《山园小梅》般的好诗，都空付于时光流水，无缘得见，无问西东了——这就是一种幽绝的境界吧，而孤山上的那座放鹤亭，又留给世人多少诗意的感怀。

小隐于野，中隐于市，大隐于朝。也许人到中年，一颗看淡了繁华的心，都会有这样一个小小的隐逸梦。

陶渊明归园田居，做了一个采菊东篱下的隐士；王维中年丧妻后，半仕半隐闲居辋川，成了一个心如明月、性如空山的禅者。而林逋呢，隐居孤山的林泉间，又是怎样一种清雅幽趣——千百年来，多少人在西湖泛舟寻梦，或者去孤山踏雪寻梅，只为看一眼梅妻鹤子的风雅，只是能有几人，会于那清绝唯美的画境之外，感知一回梅妻鹤子的深意呢？

和靖先生存诗三百余首，其中当以《山梅小园》，最为疏影横斜，占尽风情；而存词仅三首，想来自是这阕《长相思》，最是暗香浮动，引人遐想。那像山水一样绵长的相思里，到底深藏着怎样一个缠绵悱恻的故事呢？

张岱在《西湖梦寻》里说，南宋灭亡后，有盗贼以为林逋是大名士，墓中珍宝必定极多，于是去挖。可是陪葬的只有一方端砚，一支玉簪。端砚乃砚之珍品，那是林逋自用之物，而那只玉簪乃闺阁饰品，对林逋而言，有着怎样的生命意义？终身不娶的林逋，到底有着怎样的往事，才让他在青年时就绝于仕途，归隐林泉终老此生？

据学者考证，在清嘉庆年间林则徐任浙江杭嘉湖道时，曾亲自主持重修杭州孤山林逋墓及放鹤亭、巢居阁等古迹，发现一块碑记，记载林逋确有后裔。林逋并非不娶，而是丧偶后不再续娶，自别家人，过着“梅妻鹤子”的隐居生活。另有学者考证，关于林逋孤山种梅，认为林逋生前其孤山居处只植梅一株，而且一直如此，并非如人们常说的三五百株。也就是说，林逋曾经有过一段刻骨铭心的爱情故事。只是斯人已逝，徒留一片落梅如雪的相思，在疏影横斜的余生，在暗香浮动的黄昏。

天缺一角有女娲，我心缺一块难再补。当爱情从此缺席，当世事谢了繁华，当梅花落满南山，我看见贾宝玉的相思，仿佛一扇空门；王维的内心，俨然一座空山；而林逋的生命，犹如一座孤山了。

贾宝玉历尽烟柳繁华，堪破红尘缘法，究竟是到头一梦，万境归空，从此抛却了莫失莫忘通灵玉，挣脱了不离不弃黄金锁，一心了却尘缘，皈依青埂峰下，落得个白茫茫大地真干净，是一份深远痴绝的深情。

王维历尽红尘世事，尝遍酸甜苦辣，一样褪尽繁华，从绚烂之极，归于平淡自守。自中年时爱妻亡故后，便一直独居不娶。与生俱来一份维摩诘的造化，在山水田园之间参禅悟道，一生半仕半隐，寄情翰墨丹青。以般若法门，观照命运无常，以空灵诗画，抵达人生妙境，也是一份深远痴绝的深情。

“吴山青，越山青。两岸青山相送迎，谁知离别情?”而这阕《长相思》，是否就是当年林逋写给爱恋之人的呢?至于伊人到底是谁，已经不得而知了。想必是位高洁出尘的女子，有着江南水乡的清秀，有着吴侬软语的温婉，有着如雪如梅的品性和神韵。在岁月流年的深处，他们曾经死生契阔，与子成说，许下深情相许的诺言。就像两岸的吴山和越山，以同一种姿态相互遥望，在前世今生的渡口，聚也依依，散也依依。

“君泪盈，妾泪盈。罗带同心结未成，江头潮已平。”至于这是怎样一种浪漫凄美的爱，也是不得而知了。只有一片无人知解的相思，念念在心，处处留白，尽是青山隐隐的往事，绿水悠悠的从前。无奈命运风吹浪打，好梦终成空，个中几多怀念，几多怅然，潮水一样起伏难平，如何展开，如何诉说？

此后秋山不可尽，秋思亦无垠，天上人间两不见，唯见泪眼盈盈，唯有以一生的追忆，聊寄孤独的余生，成了一个独来独往的幽人，留下一段梅妻鹤子的传奇。

可叹空山人去远，回首落梅花，但见空山松子落，幽人应未眠。在孤山的云水间，林逋遗世独立，直把自己活成了一株清瘦的梅，一只孤独的鹤，一幅淡雅的画，一阕幽深的词。

苏轼：此心安处是吾乡

在我的想象里，九百多年前那场晚宴，应是一场温暖的久别重逢。虽无急管繁弦的喧腾，也无莺歌燕舞的曼妙，但在苏轼和其挚友王巩的眼里，再多浮花浪蕊、迎来送往的繁复，也不抵谪别天涯、知己相聚的快慰。

一番宦海沉浮、世事磨难过后，他们同舟共济的友谊，有如手中的那杯酒，愈发醇厚馨香了。彼时，为苏轼斟酒者是王巩侍妾，一位眉清目秀、蕙质兰心的女子，她有一个美丽的名字：柔奴。

宋元丰二年（1079），时任湖州知州的苏轼，因“乌台诗案”被捕险些丧命，不少支持苏轼的同僚好友，也受到了不同程度的牵连。王巩因为与苏轼交往过密，则被贬到岭南蛮夷瘴疠之地宾州。在二十多位“乌台诗案”案犯中，王巩是被贬得最远、责罚最重的，这使苏轼生出“兹行我累君，乃反得安宅”的歉疚之情。地处荒僻的宾州，层峦叠嶂，万里之遥，唯有这位名唤柔奴的女子，不辞劳苦患难相随，毅然陪伴王巩共赴贬所，一路风雨兼程，跋山涉水而往。

王巩远在宾州期间，苏轼十分挂念他的平安，再三致书表示王巩因自己的连累，无辜遭受重重苦难，而深感难过。苏轼劝王巩不要灰心，并建议他用“摩脚心法”对付瘴气，每日饮少酒，调节饮食，常令胃气壮健。王巩为了宽慰苏轼，则在回信中大谈养生之术，说自己正在宾州修行，不是苦读诗书，就是访古问道，生活倒也悠闲自在，仿佛世外桃源。此外两人还常在书信中，交流诗词书画心得，亲密之情溢于言表。

或许人世间，富贵得意时的锦上添花，从来都不缺少，最难能可贵的，是失意落难时的患难与共。真正的相识相知，不仅是一起把酒言欢，觥筹交错，而是在困境中携手同行，相互取暖。王巩与苏轼，便是如此。

宋元丰六年（1083），王巩获赦携柔奴北归，去黄州与老友苏轼相聚。一壶浊酒，天涯重晤，酒酣耳热之际，苏轼对王巩仍心存愧意，总觉得自己连累了这对才子佳人。所以当王巩让柔奴为苏轼添酒时，苏轼试探且歉疚地问：“岭南瘴烟窟里，应是不好？”只见柔奴黛眉轻挑，淡然一笑：“此心安处，便是吾乡。”一颦一言间，总是和颜悦色，透着淡定与从容。

那一刻，柔奴轻描淡写的回复，应是让苏轼大为意外和钦佩。那一天，与挚友王巩的欢喜相逢，很多动人的细节，一样让苏轼百感交集，时时回想。于是他用轻快的笔墨，赞赏的情怀，提笔写下这首千古佳作《定风波·南海归赠王定国侍人寓娘》，读来真是空灵清旷，让人回味悠长：

常羡人间琢玉郎，天教分付点酥娘。自作清歌传皓齿，风起，雪飞炎海变清凉。

万里归来年愈少，微笑，笑时犹带岭梅香。试问岭南应不好，却道，此心安处是吾乡。

寓娘，是柔奴的别名。王定国，即王巩，号清虚居士，他乃宋朝名相王旦之孙，家世显赫，官高爵重，且是位能诗擅画的才俊。王巩被贬为“监宾州盐酒务”后，实际就是个卖盐卖酒的商贩，生活一落千丈，极其艰苦。岭南恶疾肆虐，很多被贬岭南的人都有去无回。可苏轼发现王巩从遥远之地归来，虽历经九死一生，却仍旧面色红润，丰神俊逸，眉宇间神采焕发，性情亦更加豁达，没有一丝落魄的沧桑，气质也愈发超凡脱俗了，可谓一种逆生长的神话。而柔奴呢，不仅没有因为岁月而憔悴，反而更显年轻清丽，娇媚动人，安之若素的笑颜里，好像还带着岭南梅花的清香。

原来一个人最好的状态，莫过于眼里写满故事，脸上却不见风霜。一个女子最美的样子，莫过于与心爱的人，一起布衣蔬食，朝朝暮暮，无论海角与天涯，大抵心安即是家。

柔奴就是这样一位有故事的女子。她出身医学世家，从小聪明伶俐，琴棋书画样样精通，父亲宇文道是名御医，后因祸冤死狱中，本就体弱多病的母亲，经受不住丧夫之痛，不久也撒手人寰。可怜的小柔奴，被卖入行院为歌女，后被父亲好友陈太医发现救出。从此柔奴跟着陈太医钻研医道，帮忙治病救人，没几年便能独当一面了。一次随陈太医出诊，柔奴结识了青年才俊王巩，俩人相互爱赏，进而相恋，被王巩纳为侍妾。

不久当王巩因“乌台诗案”获罪，府中妻妾家奴见王府大势已去，纷纷作鸟兽散。落难之时见人心啊，昔日的花团锦簇，在灾难面前是那般不堪一击。在王巩被贬宾州的路上，只有柔奴相濡以沫，不离不弃，嘘寒问暖，温柔慰藉。此去水远山长，路途艰辛，柔奴并非不知，但她决意一心相随。在岭南几年里，王巩与柔奴携手同心，度过了一段清简艰辛，亦不乏美好温情的岁月。医术高明、心地善良的柔奴，十分关注民间疾苦，亲自上山采药，为百姓治病，颇受敬重，被百姓誉为“神医”。

好一位知书达理的女子，好一句“此心安处是吾乡”，没有“上邪，我欲与君相知，长命无绝衰”的激烈，也没有“君当作磐石，妾当作蒲苇”的缠绵，却娓娓道出一番禅思哲理，更诠释了一份人间真爱。

这是一种令人向往的心灵境界。柔奴对王巩的爱，是和风细雨，润物无声的温软；是心系一人，相依一生的笃定；是相知相守，柔情蜜意的缱绻；是在他身边，此心亦安的妥帖；是只要内心安定，自是岁月静好，即便困于伤心之地，也如同身在故乡了。

想来柔奴之于王巩，一如朝云之于苏轼。朝云和柔奴一样，也是一朵温婉可人的解语花。她的一生，只为苏轼而来。她懂他一肚子的不合时宜，懂他骨子里的琴心剑胆，懂他的高处不胜寒，懂他的寂寞沙洲冷，更懂他的平生功业，黄州惠州儋州。

苏轼被贬岭南惠州时，已年届花甲孑然一身，唯有朝云始终如一，生死相随。无奈南方瘴疠横生，气候恶劣，朝云体质本就柔弱，不久又染上瘟疫，终因无法治愈不幸去世，时年三十四岁。苏轼满怀悲痛地写下挽联："不合时宜，唯有朝云能识我；独弹古调，每逢暮雨倍思卿。"

陪伴是最长情的告白。无论风里雨里，我一直陪你，我生本无乡，心安是归处。如此随缘自适，随遇而安，只要有你在身边，人生就是好天气——是柔奴一心一意的陪伴，让风流儒雅如王巩，万里归来年愈少，笑时犹带岭梅香；是朝云生死相随的执着，让潇洒旷达如苏轼，日啖荔枝三百颗，不辞长作岭南人。

人间有这样的女子，真好。世上有这样的爱情，足矣。

陈与义：二十余年如一梦

蓦然回首之间，总有一段往事，仿佛还未走远，总有一种情怀，轻轻拨动心弦。冬日安静的午后，在温暖的阳光下，在一杯茶的温润里，聆听一首名叫《岁月》的歌。任王菲的空灵缥缈，那英的浑厚朗阔，于耳边低低回旋，心头泛起一片记忆的涟漪。

是这样柔和动听的旋律，这样温暖动人的歌词，透着一种诗意的美好，直抵内心的柔软，令人怦然心动："千山万水相聚的一瞬，千言万语就在一个眼神。生活是个复杂的剧本，不改变我们生命的单纯。不问扬起过多少烟尘，不枉内心一直追求的安顿，不管走过多远的旅程，感动不一定流泪，感情还一样率真……"

岁月如烟，流年似锦，距离那年春晚，两人同台演唱

《相约一九九八》，时间已经过去二十年。二十年，多少风风雨雨，多少起起伏伏，二十年后，两人再携手同台演绎《岁月》，眉宇间一片云淡风轻，眼神里满是沉静的光芒。一路走来，芳意相惜，以如许的青春年华，谱写各自的传奇，这是来自岁月的馈赠，也是生命本来的模样，真好。

人之一生，如白驹过隙，屈指算来，能有几个二十年呢？二十年前的自己，正当青春年少，二十年后的自己，已是年华渐老。一路走来所遇见的人，很多已消散于茫茫人海，能有几人一直在，一直陪伴你左右，始终用温暖的目光迎接你，予你融融暖意，予你深情问候，予你欢喜，予你光明，宛如一盏明亮的灯呢？

一个深情表白："我为你留着一盏灯，让你心境永远不会近黄昏"，一个柔情回应："我心中不会有黄昏，有你在永远像初春的清晨。"那种婉转的吟唱，着实动人心扉，让人如沐春风，连空气里，都浮动着温馨的暖意。

岁月是什么？有人说，岁月是一条川流不息的河流，我们都是那个渡河的人，从此岸到彼岸。一路上有千山万水的跋涉，有千回百转的聚散。到后来，听故事的人，成了讲故事的人；讲故事的人，也成了故事里的人。

行走在岁月的河流里，有一种温暖，是桃李春风一杯酒；有一种苍凉，是江湖夜雨十年灯；有一种感怀，是怀旧空吟闻笛赋；有一种变幻，是到乡翻似烂柯人。就像宋人陈与义这阕《临江仙》，写的一样是岁月，教人梦回当初，思绪万千：

忆昔午桥桥上饮，坐中多是豪英。长沟流月去无声。杏花疏影里，吹笛到天明。

二十余年如一梦，此身虽在堪惊。闲登小阁看新晴。古今多少事，渔唱起三更。

此词约作于南宋绍兴六年（1136）左右，彼时年过四旬的词人，已退居青墩镇僧舍。一日夜登小阁，追忆洛中旧游，想起二十余年前的往昔，在午桥畅饮，在座的都是英雄豪杰。那一夜，月光映在静静的河面，随水悄悄流逝。那一夜，少年在杏花疏影里，一直吹笛到天明，杏花粉白，笛声清亮，多么美好的时光。

那时还是北宋政和年间，天下承平日久，百姓安居乐业，词人正值青春少年，可以诗酒相酬，尽情游赏山水。其后金兵南下，北宋灭亡，覆巢之下，谁能太平无事呢？此时陈与义开始流离逃难的生涯，历尽艰苦岁月，备尝辛酸滋味。

而南迁后的南宋小朝廷，仅能偏安一隅，以图自保了。二十余年，怎一个沧桑了得？回忆从前的时光，往事历历在目，令人百感交集——当年座上的朋友，大多流离失所，风流云散了去。那些良辰美景，赏心乐事，所有美好的过往，仿佛都是春梦一场，不由得让人感慨“此身虽在堪惊”，一声长叹里，尽是世事变幻、知交零落的况味。

光阴如诗，流年如词，天地悠悠，岁月匆匆。总有一句诗词，打动了我们的心灵，温柔了曾经的时光。比如这一句“杏花疏影里，吹笛到天明”，怎一个“美”字了得。

二十余年的岁月往矣，近千年的岁月往矣，年年春来，杏花依旧，而杏花疏影里，那位吹笛少年呢，别来无恙？流月无声，小阁新晴，杏花落了一地，我看见那位吹笛少年，一直在时光彼岸，在岁月那端。

想来岁月总是一条长河，左岸是如花美眷，右岸是似水流年。河里流淌的不是水，是灯火阑珊的记忆，两岸消逝的不是云，是我们的青春年华。

三毛曾说：“岁月极美，在于它必然的流逝。春花、秋月、夏日、冬雪，你若盛开，清风自来。”果实，是一朵花的岁月；年轮，是一棵树的岁月；悲欢离合，是一个人的岁月；云很淡，风很清，任星辰浮浮沉沉，在岁月的城墙下，能遇到这样的你，真好。

席慕蓉也曾在《岁月》里说：“好多年没有见面的朋友，再见面时，觉得他们都有一点不同了。有人有了一双悲伤的眼睛，有人有了冷静的嘴角，有人是一脸的喜悦，有人却一脸的风霜；好像几十年没能与我的朋友们共度的沧桑，都隐隐约约地写在他们脸上了。原来岁月并不是真的逝去，它只是从我们的眼前消失，却转过来躲在我们的心里，然后再慢慢地来改变我们的容貌。所以，年轻的你，无论将来会碰到什么挫折，请务必要保持一颗宽谅喜悦的心，这样，当几十年后，我们再相遇，我才能很容易地从人群中把你辨认出来。”

所有的岁月，都是生命的丘壑，都是心灵的烟霞。相信岁月中所有的风景，都是为你而来。愿你向美而生，愿你想要的温暖美好，岁月都会给你。而我也愿意，把自己安顿在深情的岁月里。遇见你，我一生有梦。遇见你，我期待余生。

正如歌中所唱：“我心中亮着一盏灯，你是让我看透天地那个人。你是我心里那盏灯，让我静看外面喧闹的红尘。且听岁月像旋律永恒，一直陪伴不断聚散的旅程。我心中开着一扇门，一直等待永远青春的归人。”

愿岁月静好，现世安稳，愿你被时光温柔相待。愿岁月无惊，年华不老，在心灵的深处，住着一个永远青春的归人。

严蕊：莫问奴归处

《红楼梦》里说：“这女儿两个字，极尊贵、极清净的，比那阿弥陀佛、元始天尊的这两个宝号还更尊荣无对……但凡要说时，必须先用清水香茶漱了口才可。”

我常想起这些极尊贵、极清净的女儿。一部《红楼梦》，就是一个大千世界，一方天地人间，而活在《红楼梦》中的女儿，也便是生在人世间的女儿。纵然她们所处年代不同，或是魏晋汉唐，或是宋元明清；身世命运也不同，有的安享富贵，有的辗转风尘；性情品貌亦不同，要么温厚和平，要么刚柔相济——但都一样风华绝代，温柔了尘世，惊艳了时光。她们那些活色生香的故事，堪称人间最美丽动人的传奇。

穿行于宋朝的芳华岁月，在李清照身上，我看到了黛玉的多愁善感，也看到了湘云的爽朗风姿；在朱淑真身上，你会发现分明有几分司棋的心性，抑或小红的影子；那么严蕊呢，生得才貌双绝，偏又命运曲折，一身清媚的傲骨，可怜又可敬，像不像小旦龄官？

《红楼梦》里，优伶之身的龄官，邂逅了贾府公子贾蔷，而在南宋中期，身为营伎的严蕊，遇见了台州知府唐仲友。

严蕊原本出身书香之家，自小习乐礼诗书，才艺颇为出众，又生得极美，可谓集万千宠爱于一身。对严蕊来说，十五岁是她人生的分水岭，那年因岳州大灾，严蕊父亲为民请命，带头围堵官府要求开仓赈灾而被官兵杀害，母亲也悲愤自尽。即使父母双亡，家境败落，可官府也没放过严蕊，孤苦无依的她，被发放到台州做营伎，成为失去自由，没有良籍的人。正是这场横生的变故，彻底改变了她的命运，成为后来所有事件的根源。

当时台州知府唐仲友，是个喜好诗词的风雅之人，特别欣赏严蕊的才华，每逢宴饮宾客，他必邀请她前来侍酒。一日众人饮酒赏花，兴致正浓时，唐仲友让她以“红白桃花”为题，即席赋新词一首来唱。只见严蕊凝思片刻，即怀抱琵琶丝弦轻拨，将一首《如梦令》娓娓唱来：

道是梨花不是，道是杏花不是。白白与红红，别是东风情味。曾记，曾记，人在武陵微醉。

红白桃花，乃桃花一种，就是同树花分红白二色。桃红又是一年春，寻得桃源好避秦，尘世多灾多难，身世几经飘零，于命运悲苦的严蕊而言，那个远在武陵的世外桃源，自是她心底最向往的地方，是她想要摆脱人生羁绊的理想和追求。

这首别出心裁的小令，言简情浓，语工自然，无一字提及桃花，却句句在唱桃花，以一种含蓄绝妙的表达，使人恍惚置身桃花源中。那种空灵荡漾、不即不离之美，既清气纵横，又境界高远，堪称词中逸品。唐仲友不禁为严蕊的才情所折服，又为严蕊的身世而伤怀。

转眼七夕，唐仲友邀请挚友谢云卿宴游，席间谢云卿让严蕊以七夕为题，以谢姓为韵作词来唱。严蕊稍作思考，吟出一阕《鹊桥仙》：

碧梧初坠，桂香才吐，池上水花初谢。穿针人在合欢楼，正月露玉盘高泻。

蛛忙鹊懒，耕慵织倦，空做古今佳话。人间刚到隔年期，怕天上方才隔夜。

一曲方罢，惊艳众人，既契合牛郎织女的传说，又有天上人间的浪漫，让谢元卿心生钦佩，自叹不如。严蕊的两次词作尽显才气，深得唐仲友的欢喜，从此视她为知己。允许她自由出入官府及唐宅，并想法为她脱去营伎官籍，恢复自由身，然而脱籍未成，却祸从天降。

在这里，不得不提到一个赫赫有名的人物——朱熹。

南宋淳熙九年（1182），浙东常平使朱熹巡行台州，因唐仲友的永康学派反对朱熹的理学，一场互相攻击、水火不容的派系斗争就此闹得不可开交。朱熹以反腐之名，连上六疏弹劾唐仲友贪污灾款、逼捐苛税，其中有条风化之罪，指出唐仲友与严蕊有染，理由是唐仲友为严蕊脱籍，朱熹遂下令将严蕊抓捕关押起来，逼其招供。

宋代律法虽然允许官员狎妓，但只限歌舞宴饮，绝不允许私侍寝席，违者必遭严惩。朱熹威逼利诱，想从严蕊处打开突破口，让她先承认与唐仲友的奸情，并供出其种种罪行。严蕊临危不惧，宁死不从，据理力辩两人关系清白，做人不能无情无义，不可恩将仇报，违心凭空诬陷他人。

严蕊的不合作，让朱熹大为恼怒，于是抛开所有的风度，对她施以严刑。朱熹以为她是软柿子，没料到她是硬石头，即使被鞭笞得遍体鳞伤，仍不卑不屈立场坚定，朱熹最终没有拿到任何有利证据。

世上有两样东西不能直视，一是太阳，二是人心。身为一代大儒，理学典范，一名博学多识、著作宏富的封建士大夫，朱熹既治学严谨、诲人不倦，又为官清正、体察民情，哪怕再多的光环加身，可皮袍下面到底是藏了个“小”字——为了扳倒自己的政敌，居然对一个无辜弱女子下此毒手，如此手段着实有些不光明，让人大跌眼镜。

正如曹雪芹在《红楼梦》开卷所言：“女儿的行止见

识，若一一细推了去，皆出于我之上。何堂堂之须眉，诚不若彼一干裙钗?”换句话来说，这女儿之美真是“其为质，则金玉不足喻其贵；其为性，则冰雪不足喻其洁；其为神，则星日不足喻其精；其为貌，则花月不足喻其色。”

如此事件，若是为贾宝玉所知，少不得一个白眼，且来上那句：“女儿是水做的骨肉，男人是泥做的骨肉。我见了女儿便觉清爽；见了男子，便觉浊臭逼人。”

可怜蒲柳之身的严蕊，竟无端遭此厄运，被朝廷命官当作棋子来利用，卷入这场争端之中，让人不胜唏嘘。她像龄官，但比龄官更苦更难。

当时此事传得沸沸扬扬，难免会被朝野议论，宋孝宗认为是“秀才争闲气”，于是调离了朱熹，委派岳飞的后人岳霖审理此案。岳霖看到被折磨得奄奄一息的严蕊，心生怜悯，决定释放她，并问及归宿，让她作词自陈心曲。严蕊强撑病体，缓缓吟出一首令人动容的《卜算子》：

不是爱风尘，似被前缘误。花落花开自有时，总赖东君主。

去也终须去，住也如何住。若得山花插满头，莫问奴归处。

人生实苦，造化弄人，并非她眷恋风尘，实在是身不由己，多少前缘是劫也是难，冥冥之中，无不是命运的安排。如果可以，她愿意做一个平凡的乡间女子，采桑于陌上，耕织于田园，以烂漫山花插头，以四时蔬果为食，随风而行，逐水而居，即便一生荆钗布裙，却也逍遥自在。

一句“不是爱风尘，似被前缘误”，道出了她冰清玉洁的性情品格，与不同寻常的风尘傲骨。这首发自心灵的真情之作，字字辛酸，寸寸衷肠，深深打动了岳霖。他为严蕊的才情气节所折服，即日判她落籍从良，好好疗伤将养。

原来一个站在高处的强者，最难得的境界，是已识乾坤大，犹怜草木青，是有金刚手段，也有菩萨心肠。而一个置身低处的弱者，最珍贵的境界，是质本洁来还洁去，强于污淖陷渠沟，是若得山花插满头，莫问奴归处。

所幸严蕊渡尽半生劫波，终于得见云开月明。一身傲骨、心气正直的她，一番风尘辗转之后，总算苦尽甘来，得了命运的眷顾，遇得一位良人。相传此人为赵宋宗室子弟，为人敦厚重情守义，对她爱若珍宝，两人相携扶持，从此天长地久。

只可惜严蕊词作多佚，仅存《如梦令》《鹊桥仙》《卜算子》三首，可谓她的命运三部曲。后来她的故事，被改编成戏剧《莫问奴归处》，久演不衰，堪称经典。

人生如戏，一波三折，戏如人生，一唱三叹。而一位尊贵清净的女儿，一位才华横溢的女儿，自然配得上所有的美好，所有的珍贵，所有的人间深情。

姜夔：算几番照我，梅边吹笛

喜欢在一场薄薄的初雪里，去附近梅林走走，折回一枝含苞待放的红梅，插在青花瓷瓶里。间或用墨色小楷，于一张素色纸笺上，写下四个字“暗香疏影”。

窗外雪花簌簌，案上朱砂点点，落笔的刹那，只觉一抹暖暖的胭脂色，洇染了冬日无尽的清寒。清简的光阴，似是多了一缕静美气息，一份古典味道。不由得默默思量，浮生若梦流年似水，大千世界芸芸众生，谁能于纷繁的尘世间，活出一抹暗香疏影来呢？

在北宋的山水间，林逋的一生，当是暗香疏影的一生吧。他一生隐居杭州西湖，结庐于孤山梅岭，终身不仕不娶，只种梅养鹤，以梅为妻，以鹤为子，过着闲云野鹤、清静淡泊的生活。一个遗世独立的幽人，写下这般绝妙的诗句："疏影横斜水清浅，暗香浮动月黄昏。"和靖先生一生爱梅成痴，与梅做了知己，骨子里尽是梅的清香，梅的品格，梅的澡雪精神。

南宋的陆游，一生酷爱梅的暗香疏影，写有大量歌咏梅花的诗词。他是一个心有暗香的人，那临风傲雪的梅树，俨然他生命的影子，灵魂的映照，所以他感慨，何方可化身千亿，一树梅花一放翁。一树清瘦的梅花，就像一个高洁的人，天生一颗干净的心，一份清醒的孤独。浮世万千锦绣繁华，怎抵得一朵梅的风烟俱净，那份与世隔绝的寂静里，有孤芳自赏，有一意孤行，有喜舍慈悲的深情，有不食人间烟火的静气。而这阕《卜算子》中，那黄昏的驿外断桥，分明就是直抵灵魂的香径了：

驿外断桥边，寂寞开无主。已是黄昏独自愁，更著风和雨。

无意苦争春，一任群芳妒。零落成泥碾作尘，只有香如故。

想来在南宋的时光里，姜夔的性情，也是有梅花气息的。他是个极为深情且痴情的才子，诗词、文章、书法、音乐，无不精善，是继苏轼之后又一难得的艺术全才。他少年孤贫，布衣终身，但又高才雅量，丰神秀逸，他幽独的内心，应是有一株梅的孤傲与清雅，否则他怎会别出心裁，将林和靖的咏梅绝唱，信手拈来，自度成曲，谱就

《暗香》《疏影》，从而广为传唱：

旧时月色，算几番照我，梅边吹笛？唤起玉人，不管清寒与攀摘。何逊而今渐老，都忘却、春风词笔。但怪得、竹外疏花，香冷入瑶席。

江国，正寂寂。叹寄与路遥，夜雪初积。翠樽易泣，红萼无言耿相忆。长记曾携手处，千树压、西湖寒碧。又片片、吹尽也，几时见得？

苔枝缀玉，有翠禽小小，枝上同宿。客里相逢，篱角黄昏，无言自倚修竹。昭君不惯胡沙远，但暗忆、江南江北。想佩环、月夜归来，化作此花幽独。

犹记深宫旧事，那人正睡里，飞近蛾绿。莫似春风，不管盈盈，早与安排金屋。还教一片随波去，又却怨、玉龙哀曲。等恁时、重觅幽香，已入小窗横幅。

白石作词，往往有小序，或述作词缘起，或纪心绪行踪，要言不烦，与词作融为一体，不可分割。我们可以通过这则序，得知这两首词的由来："辛亥之冬，予载雪诣石湖。止既月，授简索句，且征新声，作此两曲。石湖把玩不已，使工伎隶习之，音节谐婉，乃名之曰《暗香》《疏影》。"

那是宋绍熙二年（1191），冬雪纷飞的时节，姜夔应范成大之邀到苏州做客。晚年的范成大，隐居于苏州西南的石湖，自号石湖居士。范成大喜梅，买园种梅，并著有《梅谱》。彼时梅开满园，范成大请姜夔踏雪赏梅，创作新曲。白石投主人雅好，随即填《暗香》《疏影》二词，交由范成大的家伎小红演绎。清雅的词曲，动人的旋律，与小红清婉美妙的歌舞相得益彰，堪称妙手天成，让范成大甚是喜悦，吟赏不已，拍案叫绝之余，索性便将小红赠予姜夔。

是年除夕之夜，姜夔于大雪之中，携小红乘舟从石湖返家，路过苏州垂虹桥时，姜夔吹箫，小红轻和，那是姜夔生命中一段美好浪漫的旅程，为此他写下“自作新词韵最娇，小红低唱我吹箫。曲终过尽松陵路，回首烟波十四桥”的诗句。

姜夔是我国古代著名的词曲家，是与辛弃疾并峙的词坛领袖，在文学史上有杰出的地位。他是南宋风雅词派的代表，音节文采冠绝一时。姜夔上承周邦彦，下开吴文英、张炎一派，是格律派的重要人物，对后世影响较大。

我们知道，宋词本是当时的歌词，都配有曲谱，可以吟之唱之。可惜年代久远，大多数宋词只留有文字，音乐部分已经失传。而姜夔对于音乐史的主要贡献，就是留下一部有“旁谱”的《白石道人歌曲》，是流传至今且唯一完整的乐谱宋词，能让现代人一窥宋词的音乐风格，被视作“音乐史上的稀世珍宝”。

王国维评价白石词“似蝉脱尘埃”，是说其词像蝉一样脱去了尘埃，清空骚雅，含蓄空灵。刘熙载曾云：“白石才子之词，稼轩豪杰之词。才子、豪杰，各从其类爱之，强论得失，皆偏辞也。姜白石词幽韵冷香，令人挹之无尽。拟诸形容，在乐则琴，在花则梅也。”

张炎亦言：“诗之赋梅，惟和靖一联而已，世非无诗，不能与之齐驱耳。词之赋梅，惟姜白石《暗香》《疏影》二曲，前无古人，后无来者，自立新意，真为绝唱。”后来张炎以《暗香》《疏影》二调，分别咏荷花、荷叶，更名为《红情》《绿意》。而清人蒋敦复，以此二调分别咏红梅、绿梅，更名为《红香》《绿影》。

自从柳永变雅为俗以来，词坛上一直是雅俗并存的面貌。无论是苏、辛，还是周、秦，都既有雅调，也有俗词。姜夔则彻底反俗为雅，下字运意，都力求醇雅，如野云孤飞，去留无迹。因而其词被奉为雅词典范，词境独创一格，在辛词之外别立一宗，自成一派。

那些字里行间，有他一生的萍踪浪迹和聚散离合，一生的寻找等待与相思牵挂。既有对过往情爱的缅怀，岁月流逝的痛惜，又有对羁旅生涯的感慨，年光更迭的喟叹，无不流露出强烈的生命意识。因而，现代著名词学家夏承焘认为：“姜夔用情之专之深，在两宋文人中只有陆游可与之相比，这也使得姜夔的词具有极为感人的品质。”

好一个“旧时月色，算几番照我，梅边吹笛”，好一个“等恁时，重觅幽香，已入小窗横幅”。那个如梅一般清雅的女子，可思可恋而不可得，唯留一片唯美刻骨的相思。“长记曾携手处，千树压西湖寒碧”，那是对往昔恋人的柔情，对美好岁月的怀念；“想佩环月夜归来，化作此花幽独”，那是佳人不再的惆怅，是内心深情款款的追忆。

江国寂寂，客里相逢，夜雪初积，苔枝缀玉。好一段暗香疏影的往事，好一地落梅如雪的相思，好一个清雅的白石道人。他曾经活过，爱过，落魄过，一生站在冷冷的风里，梅一样的清瘦，月一样清冷。若问浮生若梦，为欢几何，当花瓣离开花朵，暗香残留，香消在风起雨后，无人来嗅……

范成大：但逢节序添诗轴

冬至将至，天气一日冷似一日，更兼霏霏雨雪，从早到晚不曾停歇，空气里，总弥漫着一股清寒之气。此时万物零落，昼短夜长，天地一片苍茫寂静——唯有楼下一株素心蜡梅，正在寒风中含苞待放，于一季漫漫长冬里，酝酿出一种独有的暗香。

古人素有雅趣，旧时一到冬至，民间就有绘制“九九消寒图”的习俗。先用毛笔写好“庭前垂柳珍重待春风”九字，再用一张白纸蒙上，用双钩法，制成红笔空心字，每字九画，每天描一笔，描完正好杨柳发青，冰雪消融。也有画九宫格表的，谓之“九九消寒表”，日涂一格，格满则寒消，春暖而花开。

除此之外，更有一种雅致画法：“日冬至，画素梅一枝，为瓣八十有一，日染一瓣，瓣尽而九九出，则春深矣，曰九九消寒图。”这是何其美丽的画面，何其别致的情怀，前人曾有诗咏之：“试数窗间九九图，余寒消尽暖回初。梅花点遍无余白，看到今朝是杏株。”

想那从前的冬至，一位深闺里的古典佳人，就着案上的笔墨纸砚，来一幅素梅贴于窗间。每日晨起晓妆，以胭脂染红一朵。那墨，有岁月静好的香气；那红，则是别出心裁的红。一枝素梅，数九严寒，从冬至开始描绘。待九九八十一朵点遍，残雪消融，暖风轻拂，已然冬尽春来，窗外杏花也就盛开了。

想来古人真是风雅，把日子过成诗，把季节过成画，把似水流年，过成一生的欢喜。

常言道：“冬至大如年。”冬至，是四时八节之一，又称亚岁、冬节。把冬至作为节日来过的传统源于汉代，盛于唐宋，相沿至今。宋人孟元老《东京梦华录》曾载：“十一月冬至。京师最重此节，虽至贫者，一年之间，积累假借，至此日更易新衣，备办饮食，享祀先祖。官放关扑，庆祝往来，一如年节。”

且看宋朝的一个冬至，范成大自是满怀欣喜的。那日大街小巷，处处喜气洋洋，家家户户都在过冬节，忙得不亦乐乎。于是他兴之所至，心有所感，写下一阕《满江红》：

寒谷春生，熏叶气、玉筒吹谷。新阳后、便占新岁，吉云清穆。休把心情关药裹，但逢节序添诗轴。笑强颜、风物岂非痴，终非俗。

清昼永，佳眠熟。门外事，何时足。且团栾同社，笑歌相属。著意调停云露酿，从头检举梅花曲。纵不能、将醉作生涯，休拘束。

熏通薰，即蕙草。他说虽是寒冬季节，山谷里却已萌生春意，蕙草初生新叶的香气，就像袅袅笛音，在山谷里弥漫开来。明天新阳升起，丽日纤云，天气清和，便可占候新一年的好年景了。不要把心思都放在病上药里，每到节序更替，应该赋咏新诗。这不是强颜欢笑，而是自然风物让人陶醉，我也终究不能免俗。白昼那么长，我的休眠已足，但门外诸般琐事，何时才能让人称心如意？不如同三五好友相聚，一起精心调制云露酿，仔细检索梅花曲，欢歌笑语地喝几杯，且不要太过拘束，好好生活，日日开怀才好。

再看在宋朝的另个冬至，那日雪花纷纷扬扬，李之仪来到采石矶，站在雪中的蛾眉亭，饱览如画江山，一片银装素裹，于是乘兴写下《蓦山溪·采石值雪》：

蛾眉亭上，今日交冬至。已报一阳生，更佳雪、因时呈瑞。匀飞密舞，都是散天花，山不见，水如山，浑在冰壶里。

平生选胜，到此非容易。弄月与然犀，漫劳神、徒能惊世。争如此际，天意巧相符，须痛饮，庆难逢，莫诉厌厌醉。

采石矶，历来为江南名胜，地处马鞍山的翠螺山麓，素有“千古一秀”之美誉。与岳阳城陵矶、南京燕子矶，并称“长江三矶”，又因“奇险雄秀，古迹众多”，名列三矶之首，古往今来，吸引着许多文人名士到此观光咏唱。而李之仪来到采石矶时，正值冬至，适逢天降瑞雪，那风光自是与平日不同，一切如在冰壶之中。他兴致颇浓，感叹一切都是天意，须痛饮狂歌，庆此难得相逢的美景。

犹记得十多年前那个秋天，我和一帮文友去采石矶时，应是白露秋分时节，印象里一片秋水长天。词人走过的采石矶，我也曾走过，词人站过的蛾眉亭、然犀亭，我也曾站过。只是我无缘遇到那场宋朝的瑞雪，那个冬至日的采石矶。那雪里的江山胜景，在宋朝的天地间，在李之仪的词句里，珍藏了近千年，鲜活如斯，大美如斯，令人心驰神往。

此时的窗外，依旧雨雪霏霏，远山近水皆不见，夜色一片迷蒙。冬日多严寒，不妨围炉博古，踏雪寻梅，以棋酒为天地，以文章为山水，愿你有温暖在手，有乐事开怀，有诗词养心。一时间，忽然想起那年的我，曾在《冬至帖》里如此写道：

天色渐晚，转眼冬至
远方传来第一场雪的消息
且画素梅一枝，日染一瓣
以此，对应内心的节气

再多的繁花，怎及这一瓣的清简
给自己一段美好的时光
让所有的柔软，都沉入心底
或者雪一样，静静落在纸上

不说昔我往矣，杨柳依依
也不说今我来思，雨雪霏霏
只画素梅一枝，愈是严寒
愈见独有的明媚与温暖

人生山高水长，再多的百转千回
又怎及这一心一意的珍惜
一如这手心的日子，半新不旧
可依然满怀芬芳

今生今世，小女子的欢喜
最是落花无言，落叶无声
采薇归来，岁已冬至
这一路的晓月霜天，尽在乡愁之外

而这一路的长亭短亭
却注定都是我的雪野了——

第八卷　雪里已知春信至

随着流年更迭，
当一番番思念，
从一朵梅花出发，
梅花就是你的灵魂知己，
照见你当初的花姿态，
更照见你一生的雪精神。

朱淑真：剔尽寒灯梦不成

于世间女子而言，爱情真是一件美丽而哀愁的事。或者说，爱情是一件亦真亦幻的衣裳，既散发着动人心扉的光芒，又笼罩着无处不在的愁绪。因为那炫目的美，多少女子为之飞蛾扑火，为之柔肠寸断。本应如花美眷的幸福一生，却换作了似水流年的无尽惆怅。

在宋代的芳华岁月中，有位女子独行独坐，独唱独酬还独卧，独在月下抚琴，独在风中写诗，宛若一朵盛放在雨夜里的花——她就是一代才女朱淑真。生于江南仕宦之家的她，幼警慧，善读书，自号幽栖居士。冰雪聪明、才情满腹的她，足可与李清照齐名，有“北李南朱”的美誉。只是这样一位才情女子，偏偏为爱所伤，短短的一生，艰难而绝望，一朝香消玉殒，仅留下半卷断肠诗词，让人唏嘘不已。

少女时的朱淑真，和与她同代的李清照一样，过着无忧无虑、逍遥自在的生活。尽管家世不及李家显赫，倒也是书香门第，生活殷实，在父母的宠爱熏陶下，渐渐出脱成一个冰雪聪明、才思敏捷的女孩。她信手拈来的诗词，便是她少女生活的写照："闲将诗草临轩读，静听渔船隔岸歌。尽日倚窗情脉脉，眼前无事奈春何。"

她于闺阁之中抚琴读书，写诗作画，呈现出多才多艺的一面，于闺阁之外，尽情游玩，则呈现出活泼明丽的一面："淡红衫子透肌肤，夏日初长水阁虚。独自凭栏无个事，水风凉处读文书。"

可见像她这样才华出众、情窦初开的女子，对爱情的憧憬，自是希望能觅得一位文能媲美、诗能相和的如意郎君，一起赌书泼茶，红袖添香，两情相悦，相伴到老。她和世间所有的闺阁女子一样，有着最美的一帘幽梦："初合双鬟学画眉，未知心事属他谁？待将中秋抱满月，分付萧郎万首诗。"

那么在她的生命中，那位萧郎是否出现过呢？答案是肯定的。他们在最深的红尘里相遇了，并且爱得纯粹，活得自然，一起春日赏花，夏日游湖，那份初恋的美好，尽在这阕《清平乐》里：

恼烟撩露，留我须臾住。携手藕花湖上路，一霎黄梅细雨。

娇痴不怕人猜，和衣睡倒人怀。最是分携时候，归来懒傍妆台。

一份纯洁的爱情，是人生路上最美的风景。可一对青梅竹马的恋人，在逼仄的现实面前，到底只是“门前春水碧如天，坐上诗人逸似仙。白璧一双无玷缺，吹箫归去又无缘”。美好的时光很快过去，他们不得不黯然分开——她直以“白璧一双无玷缺”来比喻爱的完美和纯洁，并暗示这个意中人和她既般配，又合拍。然而现实无情，她炽热的梦想很快就破灭了，唯留下一声“吹箫归去又无缘”的叹惋。

从此爱有多深，相思就有多深。眼看又是春暖花开，迟迟春日弄轻柔，花径暗香流，眼看又是清明过了，不堪回首，云锁朱楼。春天将要逝去，院里落满残花，午窗睡起的她，独自倚靠斜栏旁，遥望昨日的海棠亭畔，只见红杏梢头，尽是春愁一片，听到绿杨影里莺声弄巧，而她与心上人，还不如那双双对对的莺燕。形单影只、百无聊赖的她，只好垂下幕帘回到屋内，填词遣怀，寄托思念：

春已半，触目此情无限。十二阑干闲倚遍，愁来天不管。

好是风和日暖，输与莺莺燕燕。满院落花帘不卷，断肠芳草远。

旧时女子婚姻，不过父母之命媒妁之言，不久她便由父母包办，嫁给了一个文法小吏。白璧一双的恋人，就这样被生生拆散，留给她的只有无奈和感伤。那年上元之夜，她曾以一阕《生查子》（也有版本疑为欧阳修之作）抒发内心惆怅，排解满腹情思。那元夕的花市彩灯，那美丽的柳梢明月，都是相爱的见证，让人追忆如初；而去年元夜的浪漫相约，今年元夜的泪湿春衫，又多像一部古典言情剧，倾诉着爱情的美丽与哀愁：

去年元夜时，花市灯如昼。月上柳梢头，人约黄昏后。

今年元夜时，月与灯依旧。不见去年人，泪湿春衫袖。

虽未能嫁得如意郎君，但一切已成事实，朱淑真也只能接受现实，努力经营起自己的婚姻。奈何生活真是一地鸡毛，任凭她付出再多也是枉然。他们之间不仅才学不能相称，心灵更是无法沟通，她渐渐对丈夫开始灰心失望了。

更令人无法忍受的是，丈夫实乃一个市井之徒，所谓的官职是花钱捐的，不仅不学无术，还游手好闲，经常在外拈花惹草，狎妓嫖娼。任凭她如何苦口婆心相劝，希望浪子回头，丈夫非但不改邪归正，反而变本加厉，对她非打即骂。

在程朱理学封建礼教盛行的宋代，女子嫁人多是从一而终。所谓“三纲五常，男尊女卑”，“饿死事小，失节事大”。倘若是寻常女子，或许忍气吞声，敢怒不敢言便罢了，然而朱淑真打小受众人宠爱，自视甚高，怎么能忍受丈夫做出这等事呢？

人生的悲哀往往如此：爱别离，怨憎会，求不得……可怜她终日郁郁寡欢，沉沦于哀怨痛苦之中。她的诗词，不再有往日的浪漫悠闲，而是多了无尽的悲伤愁绪。她满眼噙泪地写道："鸥鹭鸳鸯作一池，须知羽翼不相依。东君不与花为主，何以休生连理枝？"

又是一年春天，春光明媚繁花似锦，然而再风日窈窕的春天，于她也不过是"旧游似梦浑情懒，对景无聊愁杀人"，她对丈夫再无半点念想，也不再抱任何希望了。丈夫继续寻花问柳，她则终日以诗词消愁：

楼外垂杨千万缕，欲系青春，少住春还去。犹自风前飘柳絮，随春且看归何处。

绿满山川闻杜宇，便做无情，莫也愁人苦。把酒送春春不语，黄昏却下潇潇雨。

真是眼底落红千万点，脸边新泪两三行。在柳絮飘拂的窗前，在梨花细雨的黄昏，那杜宇声声，不是愁人也断肠。面对此情此景，想起昔日情投意合的恋人，她怎能不潸然泪下呢？

有一天，多日不回的丈夫突然从外面醉醺醺归来，发现床上散落着许多诗稿，便随手拿来翻看，然而不学无术的他，根本看不懂。只见满纸"悲伤愁苦"之词，他马上怒火中烧，破口大骂她整日清闲自在尚不知足，还一副怨妇模样，实在伤其颜面！性情刚烈的她，也不甘示弱，愤然而书：“闷无消遣只看诗，不见诗中话别离。添得情怀转萧索，始知伶俐不如痴。”

丈夫一看更是暴跳如雷，拳脚相加，与她大吵大闹一场，从此夫妻感情彻底破裂，正式分居。没过多久丈夫就开始纳妾，从此沉湎于新欢中，把她抛诸脑后。一个寒风四起、落叶萧萧的深秋，痛苦不堪、走投无路的朱淑真，落魄地回到娘家——宁可抱香枝上老，不随黄叶舞秋风，向来心性高傲的她，只听到自己的心，在冷风里寸寸碎裂，她把自己隐匿于一片孤寂之中，一如她在《减字木兰花》所言：

独行独坐，独唱独酬还独卧。伫立伤神，无奈轻寒著摸人。

此情谁见，泪洗残妆无一半。愁病相仍，剔尽寒灯梦不成。

就在此时，她与昔日恋人久别重逢，他们开始了一段幽会的时光，爱得轰轰烈烈，一片痴缠，俨然一对破镜重圆的璧人。但愿暂成人缱绻，不妨常任月朦胧。她终究不是那个咽泪装欢的女子，她像飞蛾一般扑向爱的烈焰。

然而好景不长，此事很快便被丈夫知晓，不肯善罢甘休的丈夫，恶人先告状，将朱淑真的“不贞之过”大肆宣扬，她成了世俗唾骂的对象。哀莫大于心死，痛莫过于断肠，一个风雨交加的夜晚，她独自对镜梳妆，一言不发，望着镜中那个容颜憔悴的女子，她悲痛欲绝，泪流满面地走出家门，以决绝的姿态纵身跳入水中，结束了短暂而凄美的一生。

按照当时习俗，人死都是要入土为安的，但有不贞行为的朱淑真，却不能葬骨于地下，她父母只有将其遗体与诗词，一火焚之。幸而她的诗词传诵甚广，有好事者存之，后方搜集整理出一部《断肠集》，堪称劫后余篇，百不一存。

男怕入错行，女怕嫁错郎。女子嫁错郎，一生堪断肠。总之爱而不能，所嫁非人，是一代才女朱淑真一生断肠的根源。人生如梦，良缘难留，生亦何欢，死亦何恨？

一场心灰意冷的婚姻，一段伤心欲绝的爱情，最终抵不过可怕的流言蜚语，逃不过封建礼教的倾轧。唯有那些忧伤的诗词，如一株美丽的断肠草，摇曳在苍茫的尘世中……

苏轼：十年生死两茫茫

在时光的河流边，倘如两个人注定要彼此遇见，并能在最美丽的时刻，于千万年之中一朝相逢，于千万人之中一见倾心，一切都刚刚好，不早也不迟，那一定是上天最好的安排。

在缘分的三生石上，如果两个人注定要深情执手，并能在最美好的年华成为一对如花美眷，共有一段少年锦时，从此一生相知相守，淡看流年悲欢，那又该是多么美好的事情。

人间最美是真情，唯有真情最动人。若人的一生是隙中驹，石中火，梦中身，而那份刻骨铭心的真情，则是“死生契阔，与子成说”的承诺，是“中心藏之，何日忘之”的珍爱；更是“十年生死两茫茫”的痛楚，是“不思量，自难忘”的怅然。

所以我们一直忘不了，北宋这位名叫王弗的女子，苏轼的结发之妻。她是苏轼的心灵知音和灵魂伴侣，一辈子住在苏轼的心里，无论月圆月缺，还是阴晴冷暖。

她的人生并不漫长，不过二十几度春去秋来，可是让苏轼钟爱了一生一世。她像一朵盛开的夏荷，带着芬芳的笑靥，以一种不忧亦不惧的姿态，亭亭盛开在时光的彼岸。风霜还不曾来袭时，她是他最贤的妻，最才的女；秋雨还未滴落时，她是他最真的梦，最挚的爱。

在最美的年华里邂逅，真好。她是他年少的欢喜，他是她喜欢的少年。

他们初恋的甜，来自一段唤鱼情缘。当年眉山有座中岩书院，年少的苏轼来此读书，从学名儒王方。苏轼聪明好学，王方喜爱在心。书院附近有中岩寺，寺旁景色幽美，有一泓碧水，平静如半轮明月，有鱼潜隐其间，在清妙的佛音中，游人一旦击掌，群鱼便应声而出。苏轼读书之余，常临潭观景，聆听佛乐，或拍手唤鱼，消遣时光。

美景当有美名，于是王方遍邀文人学士，在绿潭前投笺荐名。只是在诸多题名中，诸如“藏鱼、观鱼、招鱼、引鱼”之类，不是过雅，就是落俗，均不甚中意。唯有苏轼别出心裁，直道“慈航普度本无极，佛音唤得素鳞来”，于是展笺写下“唤鱼池”，令王方和众人齐声叫绝。

正当苏轼得意之时，王方之女王弗，也使丫鬟从家中送来题名，一方红笺之上，赫然也是“唤鱼池”三字，真是不谋而合，韵成双璧——无须寻觅，不必惊叹，缘分的来临，就是这样妙不可言，教人怦然心动。

王方看重苏轼的才华，即命人将此名刻于崖壁之上，并将爱女王弗许配苏轼为妻。这段唤鱼情缘，让一对有情人佳偶天成，得成眷属，从此拥有十年相亲相爱、心有灵犀的幸福时光。

宋至和二年（1055）正月二十日，十九岁的苏轼和十六岁的王弗成婚。谁的到来，恰逢花开，从此朝朝暮暮，一生一代一双人，执子之手与子偕老，真好。

他们琴瑟和鸣的美好，在于情深意笃恩爱有加，在于精神的共振与心灵的契合。王弗温婉娴淑、心地善良，不仅聪慧谦谨，而且知书达理，侍奉父母十分恭敬，体贴夫君细致入微，王弗是位敏而静的女子，与性情跳脱、豁朗爽直的苏轼，形成一种完美的互补。

王弗刚嫁给苏轼时，声称自己不通诗书。每当苏轼读书时，她总是终日依傍左右，不肯离去。有时苏轼忘却书中内容，她便会适时提醒；等到苏轼与她探讨之时，她又说自己并不精通，不过略知一二；及至闲来品鉴诗文，每至兴致浓时，亦可侃侃叙来。

王弗的博闻强记与敏捷才思，让苏轼颇为惊艳。在一个正月夜里，王弗见庭前梅花盛开，月色清朗，对苏轼说："春月胜与秋月。秋色让人惨凄，春月令人和悦，可召清高之人饮此花下。"苏轼听了大悦："此乃诗家语也。"有这样一位天资聪颖、善解人意的娇妻，日日相伴，红袖添香，苏轼是骄傲的，知足的。

苏轼和苏辙一同考取功名，在陕西凤翔做官时，王弗更是事事提醒："子去亲远，不可以不慎。"彼时的苏轼年轻气盛，锋芒初露，难免大事聪明小事糊涂，喜欢邀朋引伴，谈天说地，一杯在手，便可吟风弄月。曾言"吾上可陪玉皇大帝，下可陪卑田院乞儿，眼前见天下无一不好人"，他总是这样元气淋漓、亦庄亦谐，透着率真浪漫、赤诚可爱的本性，一副胸怀旷达、风流潇洒的模样。

每当苏轼在家中会友，贤慧灵透的王弗，常于屏风幕后静听。有人来求苏轼办事，春风喜色，甚是亲厚，王弗温言叮咛："恐不能久，其与人锐，其去人必速。"说君子之交淡如水，不要与那些脚踏两只船、善于逢迎的人交往。当时有个名叫章惇的人，常来与苏轼一起喝酒，能言善辩，有意巴结苏轼，王弗察觉后相劝："某人也，言辄持两端，惟子意之所向，子何用与是人言？"指出章惇品行不够持中秉正，是不可深交之人。王弗的一番话，后来果然得到印证。章惇小人得势后，屡次陷害苏轼，让苏轼频遭贬谪，成了苏轼的政敌和一生的克星。

如此十一年幸福美满的生活，是他们生命中最花好月圆、平稳安逸的时光。妻贤夫祸少，有爱妻王弗在身旁，苏轼的前半生可谓春和景明，仕途也是顺风顺水，赢得了很好的政声和口碑。

可惜天妒良姻，造化弄人，正值绮年玉貌的她，有幸修得人间才子妇，却红颜薄命因病早逝，时年二十七岁。

所余幼子苏迈，年仅六岁。这对苏轼来说，无疑是个沉重的打击。一对才子佳人，只有浮生半世缘，从此无端爱别离，到底美中不足意难平。

世间至美是深情，无奈情深不寿，生死两重天，命运的翻云覆雨之手，终是要将一对有情人无情地分开，一生的挚爱，成了一世的至痛，真是教人肝肠寸断。

人生八苦，没有谁能够逃脱。生老病死，悲欢离合，浮生若梦，为欢几何，那些回不去的良辰美景，都是举世无双的好时光。

他含泪为爱妻写下墓志铭，字字血泪，令人动容："君与轼琴瑟相和仅十年有一"，愈是平静的语气，愈是难言的悲伤，一个"仅"字，道尽了心底的沉痛与无奈；"君得从先夫人于九泉，余不能。呜呼哀哉，余永无所依怙……"你就这样永远地离开了我，失去了你，我就失去了永远的依靠。他在王弗埋骨的山冈上，手植青松三万株，以伴佳人长眠。

是的，好多年了，你一直在我的伤口中幽居。我放下过天地，却从未放下过你。我生命中的千山万水，任你一一告别。世间事，除了生死，哪一件事不是闲事？

岁月风风雨雨，深情别来无恙。十年过去，历经宦海风波的苏轼，已是不惑之年，几经浮沉，尝遍辛酸，当初的春风少年，而今是早生华发。尽管这些年里，身边有王闰之和王朝云两位知冷知热的伴侣，一直不离不弃，患难相随。可半生的颠沛流离，让他更加怀念从前的时光，那份初恋的甜美，新婚的幸福，是生命里独一无二的记忆，他对王弗总是一往情深，哀思不已。

宋熙宁八年（1075），苏轼出任密州太守，这年正月二十日午夜，他梦见爱妻王弗，醒来不禁泪湿衣襟，写下一阕传诵千古的悼亡词《江城子》。每一句，每一声，都疼到了心尖上，刻进了骨子里：

十年生死两茫茫，不思量，自难忘。千里孤坟，无处话凄凉。纵使相逢应不识，尘满面，鬓如霜。

夜来幽梦忽还乡，小轩窗，正梳妆。相顾无言，惟有泪千行。料得年年肠断处，明月夜，短松冈。

二十年前的那晚，正是他们的新婚之夜，二十年后的今夜，伊人只身去往何方？犹记得妻子当年“小轩窗，正梳妆”的模样，如今却是“千里孤坟，无处话凄凉”。一轮孤月照在窗前，故乡那么远，思念那么深，所有美好的过往从前，历历在目，不复重来。

若非历经几度跌宕起伏，怎会有如此千回百转之痛？若非历经几番世事辗转，怎会有如此缠绵悱恻之殇？若非情到深处人孤独，又怎会柔肠寸断，泪落千行？尽管阴阳两隔，也是魂梦相依，一片深情，宛然可见，一生一世，何以释怀？

是的，万般皆可放下，唯有深情不可放下。只有经历了风雨飘摇的人，才能更深地懂得，生命中总有一个人，是一辈子的魂牵梦绕。总有一些深情的人，用一份真心真爱，呵护着人世间那些高贵的情愫。

因为一阕千古绝唱《江城子》，所以我们始终记得这位名叫王弗的女子。她像一朵绝美的莲花，永远盛开在苏轼的生命里，长成了他心口的朱砂痣，活成了他梦里的白月光。

李清照：雪里已知春信至

小寒时节，天愈发冷了。间或一场雪如期而至，让腊月里的寒山瘦水，霎时成了一片琉璃世界。我喜欢花开看花，雪落听雪，如此数九严冬，尽管朔风凛冽，呵气成霜，但有白雪红梅相映成趣，未必不是一种欢喜。

无论花开花落，抑或风霜雨雪，一直以来，我喜欢细数着节气过生活。如果说二十四节气，是光阴最美的册页，那么二十四番花信，则是流年最美的风景吧。

关于“二十四番花信”，曾有一段美丽的记载，每每读来，总是字字生香：“自小寒至谷雨，凡四月八气二十四候。每候五日，以一花之风信应之，始于梅花，终于楝花也。详而言之，小寒一候梅花，二候山茶，三候水仙；大寒一候瑞香，二候兰花，三候山矾；立春一候迎春，二候樱桃，三候望春；雨水一候菜花，二候杏花，三候李花；惊蛰一候桃花，二候棣棠，三候蔷薇；春分一候海棠，二候梨花，三候木兰；清明一候桐花，二候麦花，三候柳花；谷雨一候牡丹，二候荼蘼，三候楝花。”

也就是说，每年的花信风，是从小寒一候梅花开始，至谷雨三候楝花结束的。在二十四番花信风中，梅花是第一番风信，楝花是最后一番风信。

花信风，花信风，还有比这更浪漫诗意的说法吗？没想到美好的事物，一如美丽的梦和美丽的诗一样，都是可遇而不可求的，常常在最没能料到的时刻出现；没想到每年的花信风，从小寒就悄悄开始吹拂，从一朵梅花就开始出发了——就这样不早也不迟，风只应花而来，花只应风而开，风有信，花不误，岁岁如此，永不相负。就这样莫失莫忘，不离不弃，一年年以番番花信，以候候风声，清雅了无量的岁月，芬芳了不老的时光。

在宋时风雅日常里，花信风的说法，早已深入人心。且看在那年小寒时节，适逢一场大雪纷纷扬扬，天地之间一片皑皑，千古才女李清照的碧纱窗外，一枝梅花旁逸斜出，那覆雪悬冰的梅枝，晶莹剔透，衬托得枝头的梅朵，愈加光润明艳，玉洁冰清，俨然新妆的美人，于是她在《渔家傲》中如斯写来：

雪里已知春信至，寒梅点缀琼枝腻，香脸半开娇旖旎。当庭际，玉人浴出新妆洗。

造化可能偏有意，故教明月玲珑地，共赏金樽沉绿蚁。莫辞醉，此花不与群花比。

我感觉有宋一代，李清照是最具梅花气质的女子。彼时，她与夫君赵明诚新婚燕尔，花好月圆，过着优雅裕静、其甘如荠的日子。她与他赌书泼茶，鉴赏金石，他为她的画像题字，称她“清丽其词，端庄其品”，言辞笔墨之间，溢满爱的温柔。

那四时充美的诗意生活，无不带着一种悠闲情趣，透着难以抑制的喜悦之情。雪里春信、玉树琼枝、花月相照、金樽绿蚁……这种种美好的情致，分明是她对甜蜜爱情的反复歌咏，对幸福婚姻的无限陶醉。

后来当赵明诚离家远行，迟迟未归，李清照独守空闺，百般思念。转眼又是冬天，那日她闲翻书卷，忽然闻得一缕清香，推窗四望，原来后亭梅花全都开了，一时间不禁惆怅难言，又错过探梅的佳期了。那雪里片片莹洁的花瓣，一如她清瘦的容颜、满腹的相思。她心有所感，填了一首《殢人娇》：

玉瘦香浓，檀深雪散。今年恨、探梅又晚。江楼楚馆，云闲水远。清昼永，凭栏翠帘低卷。

坐上客来，樽前酒满。歌声共、水流云断。南枝可插，更须频剪。莫直待，西楼数声羌管。

及至靖康之难爆发，金兵一路南下攻破汴京，北宋灭亡了，赵明诚离世了，南渡后的李清照尝遍国破家亡、战乱流离之苦，词风也变得沉郁凄怆。红颜弹指老，刹那芳华，那些美好时光，那些闲情雅事，一如旧年梅花落满一地，再难重回生命枝头。春夏秋冬年复一年，花开有时，花落有时，虽然她依然会踏雪寻梅，无奈海角天涯晚来风急，不由得一声长叹清泪沾襟，但见一首《清平乐》，写满了她对往事无尽的追忆：

年年雪里，常插梅花醉，挼尽梅花无好意，赢得满衣清泪。

今年海角天涯，萧萧两鬓生华。看取晚来风势，故应难看梅花。

白雪红梅，年年如斯，最是入诗入画，也最是惊梦惊心。一位一生爱梅的女子，自是有了一份如梅的性情品格，从骨子里透出一种绝美。何况对她来说，梅花还有着不一般的意义，所映现出来的，是早年的欢乐、中年的惆怅与晚年的悲怀。

从初见时“和羞走，倚门回首，却把青梅嗅”的羞赧，到新婚时“寒梅点缀琼枝腻，香脸半开娇旖旎”的欢喜，再到离乱后“看取晚来风势，故应难看梅花”的哀婉，那一年年花信，一度度梅开，俨然一种心灵慰藉，一番心路历程。迎着命运的瑟瑟寒风，她把自己活成了一树梅花。

那雪里的梅花，分明是她一生的悲欣交集，一世的阴晴冷暖。

是的，年年雪里，常插梅花醉。且把冬天里所有沉默的话，都说给梅花来听，说给已经零落为泥的梅，说给那还未盛开的梅。这些沉默的心语，多像一纸前世的月光，写满了最深的爱与思量。不必寻寻觅觅，不必缝缝补补，只要遇见，便是一场温暖流年的盛事。

是的，许多年过去了，梅花依然生得这般清瘦。也许清瘦也是一种美，像几行装满往事的宋词，像一些乍暖还寒的记忆。只要站在冷冷的风里，便是站在自己的心里。这样的清瘦之美，自是一种风骨。而这样的沉醉之美，也自是一种深爱。

是的，当你经历过暴风雪，你就不再是原来那个人。同时随着流年更迭，当一番番思念从一朵梅花出发，梅花就是你的灵魂知己，照见你当初的花姿态，更照见你一生的雪精神。

时光惊雪，花开有信。若风信不来，花信则不开。从小寒一候梅花，二候山茶，三候水仙，到大寒一候瑞香，二候兰花，三候山矾……若雪里已知春信至，且红炉温酒，煮雪烹茶，试问今夕是何夕，花信风来第几番？

辛弃疾：众里寻他千百度

总有一个夜晚，令人怦然心动，总有一份情怀，让人似曾相识。比如每逢元宵佳节，总有一幅流光溢彩的画卷，浮现于我们的脑海，年年如是，不曾更改。

比如此时此刻，这新年的第一轮月圆，又如期挂在遥远的天边。像一枚不老的明玉，散发出温暖的光芒，静静俯瞰着人间的万家灯火。如此良辰美景，试问今夕何夕？

天上月盈月亏，人间聚散离合，当下如斯，从前亦然。所以总有一种感觉，让人恍然若梦，总有一首宋词，令人浮想联翩。比如辛弃疾这首《青玉案》，分明大宋元夕之夜的真实写照，写尽了上元花灯夜市的繁华热闹场景，直教人心向往之：

东风夜放花千树，更吹落、星如雨。宝马雕车香满路，凤箫声动，玉壶光转，一夜鱼龙舞。

蛾儿雪柳黄金缕，笑语盈盈暗香去。众里寻他千百度，蓦然回首，那人却在，灯火阑珊处。

在赵宋王朝，除有特殊情况外，每年上元节都要举行大型灯展，同时演出百戏，成为汴京元宵节的习俗。关于宋朝上元灯展的盛况，《东京梦华录》里就有详细记载，该书“元宵”一节描述了皇宫前的大型棚彩灯，金碧相射，锦绣交辉，彩山上皆画神仙故事；用辘轳绞水上灯山尖顶，用木柜贮水，随时放下，如瀑布下泻；彩山前左右门上，巨型龙灯亦很壮观，巨龙用草缚成，再以青幕遮之，草上密置灯烛数万盏，望之蜿蜒如双龙飞走……

其中大相国寺为观灯者必游之地，寺内诗牌灯林林总总，内里燃烛，外罩纱绢，皆雕有诗文，相次排定，可视为灯节赛诗会。灯展之夜，汴京女子都喜欢佩戴一种精致的灯笼，枣栗般大小，像球翠一样装饰在身上。有诸营班院于法不得夜游者，各以竹竿出灯球于半空，远近高低，若飞星然。

多想去往大宋的汴京，体验一回古典的元夕，感受这样的人间繁华。

所谓舞龙舞狮舞新春，闹花闹灯闹元宵，元宵节的特点，重在一个“闹”字。处处张灯结彩，人人喜庆欢乐，那火树银花下的宝马雕车，那笑语盈盈里的暗香浮动，穿过尘封的岁月，从诗词里漫溢而来，那热闹的气氛鲜活依然，如见如闻。

不过辛弃疾在《青玉案》上阕里，先极力渲染元夕通宵欢乐的盛况，满城灯火，游人如织，而下阕突然笔锋一转，抛却繁华，直指清冷，原来这一切的热闹景象，都是为“那人”的出现而设。那人自甘寂寞，自怜幽独，一直身处繁华热闹之外——众里寻他千百度，蓦然回首，不经意间惊喜地发现，那个明月一样皎洁的人，却在灯火阑珊处，一直未曾离去，有着与众不同的美。

就像歌曲《传奇》如此唱道：“只是因为在人群中多看了你一眼，再也没能忘掉你容颜。梦想着偶然能有一天再相见，从此我开始孤单思念。想你时你在天边，想你时你在眼前。想你时你在脑海，想你时你在心田。宁愿相信我们前世有约，今生的爱情故事不会再改变。宁愿用这一生等你发现，我一直在你身旁从未走远。”

正如徐志摩有句名言：“我将于茫茫人海之中，访我唯一灵魂之伴侣；得之，我幸；不得，我命。”他的一生简短如梦，却又浪漫多情，他将生命里的每一场缘分，都演绎成了一段传奇。

那些风花雪月的故事，一直以来被记录在无数的书页间，或一往情深，或一别两宽，或繁华旖旎，或哀怨心酸。像一张张时光的旧唱片，像一幕幕流动的画面，构成一幅幅耐人寻味的民国风景，个中几多轰轰烈烈，几多冷冷清清，已不消细说。

那些爱恨缠绵的过往，在从前的灯火阑珊处若隐若现，令人追忆流连，又感慨万千。只有诗人他悄悄地走了，正如他悄悄地来，挥一挥衣袖，不带走一片云彩。当一切都已云淡风轻，试问茫茫人海之中，谁才是那个真正走进他灵魂的伴侣——是相看又相嫌的妻子，还是相逢又相离的红颜；是相爱又相怨的爱人，还是相识又相忘的知音？

有人说刻意去找的东西，往往是找不到的，天下万物的来和去，都有它的时间。但是有些人一旦遇见，便一眼万年；有些情一旦眷恋，便天荒地老；有些缘分一旦交织，便在劫难逃；有些心动一旦开始，便沦陷一生。

大千世界，芸芸众生，一生至少为了一个人，忘了自己，不求结果，不求同行，但求在最美的时光里遇见他。因为无人像他，深得我心，所以从前世到今生，众里寻他千百度，千百度啊！

所以总有一段往昔，珍藏在时间的深处，总有一句话语，触动我们的心灵。只要打开，便是一种别样的风景，倘若尘封，那也是一个动人的故事。

所以阅尽古今繁华，走过岁月流年，当你途经我的盛放，未曾相逢先一笑，初会便已许平生，那是一种怎样的感觉，你或许已经懂得。

记得扎西拉姆·多多在《遍觅》里说得真好：“一定啊，一定要找到，那一个能让你的心懒下来的人，从此不再剑拔弩张，左右奔突；也一定啊，一定要找到，那一个能让你的心精进起来的人，从此万水千山，世世生生。”

穿过人海茫茫，踏遍天涯海角，我们一直在寻找，寻找那生命里的唯一。究竟怎样海枯石烂的挚爱与理想，才配得上这一路的颠沛流离——从《诗经·蒹葭》中那个白露为霜的清晨开始，到《青玉案》里这个玉壶光转的元夕，从一个个可歌可泣的传奇故事，到徐志摩对灵魂伴侣的寻访，抑或王国维的唯美人生三境界，我们仿佛已经寻找了三千年，又何止寻找了三千年？

世事川流不息，时光覆水难收，众里寻他千百度，众里寻他三千年。三千年来，我们也曾溯洄从之，溯游从之；我们也曾独上高楼，望尽天涯路；我们也曾为伊消得人憔悴，衣带渐宽终不悔。

蓦然回首，三千年过去了。多少追求永远山重水复，多少记忆已经灯火阑珊，可我们依然一直在痴痴寻找。原来有一种寻找永无止境，有一种寻找世世生生——最真的梦一直在路上，最爱的那人一直在路上，我们也一直在路上。

陆游：山盟虽在，锦书难托

他有时是“匹马戍梁州”的抗金英雄，有时是“客少闲谈尘”的田舍老翁，有时是“春如旧，人空瘦”的深情男儿。他以一腔强烈的爱国精神，写下了许多忧国忧民的诗词，而他那刻骨铭心的爱情故事，又让他写下了不少爱的绝唱。

从初入仕途到北伐献策，从赋闲山阴到骑驴入川，从宦海浮沉到临终示儿，在北宋南宋的沧桑变迁中，在千山万水的颠沛流离中，我感觉陆游的一生，是家国情怀浓郁的一生，也是豪情柔情兼得的一生。

陆游与表妹唐琬，本是一对青梅竹马、两小无猜的恋人。唐琬自幼文静灵秀，才华卓绝，陆家曾以一只精美的家传凤钗作为信物，与唐家定亲。陆游 20 岁时与唐琬成婚，婚后伉俪情深，如胶似漆。然而两人的亲密无间，引起了陆母的不满，以种种理由棒打鸳鸯，陆游迫于母命万般无奈，只好忍痛休妻，依母命另娶王氏，唐琬也迫于父命嫁给同郡的赵士程。

一段美满姻缘就这样被活活拆散了。分别时，柔情似水的唐琬送陆游一盆秋海棠，言说此是断肠红，陆游说应为相思红，年年相思时，断肠人在天涯——从此，陆游远离家乡四处为官，与唐琬天各一方。

十年后的一个春天，满怀忧郁的陆游天涯归来，独自一人在山阴沈园漫游。也许是造化弄人，正当他独坐自饮、借酒浇愁之时，突然巧遇阔别多年的唐琬与其夫赵士程。尽管他与唐琬分离多年，但是他对唐琬的感情却是挥之不去，一日未忘。过去她是自己的爱妻，而今已属他人，一如宫墙内的杨柳，可望而不可即。

陆游想到这里，悲痛之情顿时涌上心头，放下酒杯正要抽身离去，不料这时唐琬征得赵士程同意，郑重地送来一壶酒。他体会到了她的深情，两行热泪凄然而下，饮完酒，遂于沈园粉壁上题下一阕《钗头凤》：

红酥手，黄縢酒，满城春色宫墙柳。东风恶，欢情薄。一怀愁绪，几年离索。错，错，错！

春如旧，人空瘦，泪痕红浥鲛绡透。桃花落，闲池阁。山盟虽在，锦书难托。莫，莫，莫！

沈园的久别重逢，令唐琬悲伤不已。千万般婉转心肠，不知从何说起，唯有泪眼相看，无语凝噎。唐琬是个极重情义的女子，与陆游的爱情本是天作之合，却毁于世俗风雨。虽然赵士程待她不薄，但毕竟曾经沧海难为水。与陆游的那份美满姻缘，始终是她心底最深的烙印。回到家中她愁怨难解，反复回味陆游的词作，想起那些不复重来的甜蜜往事，想起沈园中那弥足珍贵的一刻，含泪相和一阕《钗头凤》，不久即抑郁而终：

世情薄，人情恶，雨送黄昏花易落。晓风干，泪痕残。欲笺心事，独倚斜栏。难，难，难！

人成各，今非昨，病魂常似秋千索。角声寒，夜阑珊。怕人询问，咽泪装欢。瞒，瞒，瞒！

两阕千古绝唱《钗头凤》，字字是血，行行是泪，共同诉说着一个凄婉的爱情悲剧，却依然诉不尽十年相思之苦，一世怅然之情，多少无奈悲凉，多少悔恨绵绵，让人肝肠寸断。此番沈园邂逅，也是他们今生最后一次见面，以致后来的陆游，每忆及当时唐琬对他的深情一瞥及款款离去的身影，总是黯然神伤。

此后陆游北上抗金，又转川蜀任职，纵是几十年风雨生涯，却无法洗却对唐琬的思念，写下许多缅怀唐琬的诗句。一个寻常的菊枕，也能让他蓦然想起往事，想起早年与唐琬新婚燕尔，也曾采菊作枕，并作《菊枕诗》传诵一时，不禁心生悲哀凄然之感，于是写诗遣怀："采得黄花作枕囊，曲屏深幌沁幽香。唤回四十三年梦，灯暗无人说断肠。"从前是少日曾题菊枕诗，如今是蠹编残稿锁蛛丝，可叹人间万事消磨尽，只有珍藏的菊枕，清香还似旧时。

六十七岁那年深秋，陆游重游沈园，看到当年题《钗头凤》的半面残壁，触景生情感慨万千，不由得题诗感怀："枫叶初丹槲叶黄，河阳愁鬓怯新霜。林亭感旧空回首，泉路凭谁说断肠？坏壁醉题尘漠漠，断云幽梦事茫茫。年来妄念消除尽，回向蒲龛一炷香！"

七十五岁那年暮春，陆游故地重游，写下《沈园二首》，再次寄托对唐琬绵绵不尽的追思。此时唐琬已辞世四十余载，而他也是年过古稀，满面尘霜。其一："城上斜阳画角哀，沈园非复旧池台。伤心桥下春波绿，曾是惊鸿照影来。"其二："梦断香消四十年，沈园柳老不吹绵，此身行作稽山土，犹吊遗踪一泫然。"

八十一岁那年，耄耋之年的陆游，梦游沈园，醒来赋诗两首感慨记之。其一："路近城南已怕行，沈家园里更伤情。香穿客袖梅花在，绿蘸寺桥春水生。"其二："城南小陌又逢春，只见梅花不见人。玉骨久沉泉下土，墨痕犹锁壁间尘。"

八十二岁那年，须发皆白的陆游，远眺城南沈园，又题绝句悼念唐婉："城南亭榭锁闲坊，孤鹤归来只自伤。尘渍苔侵数行墨，尔来谁为拂颓墙？"

沈园，是陆游一生最魂牵梦绕的地方。这里留有他太多的伤心往事，这里是他们的久别重逢之地，也是他们今生的永别之地，唐琬那分花拂柳旖旎而来，又飘然而去的身影，翩若惊鸿，婉若游龙，深深定格在他心灵的版图上，从刹那到永恒。

陆游临终前一年，不顾年迈体弱再游沈园，写下最后一首思念唐琬的诗《春游》："沈家园里花如锦，半是当年识放翁。也信美人终作土，不堪幽梦太匆匆。"此后不久，陆游就溘然长逝了，终年八十六岁。

问世间情为何物？直教人生死相许。陆游一生，有两大难以释怀的情结，一是爱国，二是爱情。一生半是金戈铁马、壮怀激烈，半是缠绵悱恻、侠骨柔情。六十年的一往情深，六十年的深刻思念，终是化作一首首生死不渝的绝唱。

这样深挚绵长、令人窒息的爱，听者伤心，闻者垂泪，让人唏嘘不已。这样凄婉动人、遗恨千古的爱，终究是那一枚摇曳多姿的钗头凤，山盟虽在，锦书难托；更是那一抹触目惊心的断肠红，伤心桥下春波绿，不堪幽梦太匆匆。

姜夔：肥水东流无尽期

这些年居于合肥赤阑桥之畔，从春暖花开到秋风渐起，在一番番花开花落，几度度阴晴冷暖里，我无数次想到一位词人。抑或说，在一年年的日常行走，一轮轮的岁月交替里，我无数次与一位词人劈面相逢。这位词人，就是姜夔。

“我家曾住赤阑桥，邻里相过不寂寥。君若到时秋已半，西风门巷柳萧萧。”是的，这些年我一直住在赤阑桥边，在姜夔诗里的赤阑桥边生活。我所身处的巷陌人家，距离赤阑桥不过咫尺之间，这里杨柳依依花影扶疏，亭台楼阁错落有致，是我经常散步的地方。

隔着光阴的漫漫长河，我与词人比邻而居。如果说在彼时的南宋，诗中那个“我”是姜夔，那么近千年后的当下，我感觉诗中那个“我”，更多的是我自己了。感谢布衣青衫的白石道人，穿过依稀千年的时空，送我这样一首诗，让我于庸常的生活里，感知到一种别样的风雅。

纵是时光久远，可年年春回，我眼里所见的赤阑桥风景，与姜夔自度曲《淡黄柳》所描绘的宋时景致，倒也还有些许相似。当年姜夔客居合肥南城赤阑桥之西，巷陌凄凉，与江左异，唯柳色夹道，依依可怜，因度此阕，以纾客怀：

空城晓角，吹入垂杨陌。马上单衣寒恻恻。看尽鹅黄嫩绿，都是江南旧相识。

正岑寂，明朝又寒食。强携酒、小桥宅。怕梨花落尽成秋色。燕燕飞来，问春何在？唯有池塘自碧。

从地理角度来看，从来没有一位词人，像姜夔一样离我如此之近。从时空角度来说，姜夔离我也并不遥远，只要打开一卷宋词，那摇曳在月色里的暗香疏影，流淌在梦境里的相思沉吟，便如一轴宋画徐徐展开。

在我的感觉里，赤阑桥是一个极具爱情色彩的地名，见证着一段南宋民间的凄美爱情故事，演绎着一场刻骨铭心的初恋。因为一个人，爱上一座城；因为一个人，记住一座城。一个人初恋的地方，注定会成为他魂牵梦绕的地方。对于姜夔来说，这个地方就是合肥。

那时年轻的姜夔，一路漂泊到合肥，寓居赤阑桥，与一对善弹琵琶的合肥姐妹相遇。彼此之间情深意厚，并与其中一位结下不解之缘。正是："金风玉露一相逢，便胜却人间无数。"一个冰雪聪明，能歌善舞，一个精于音律，雅爱诗词，堪称知音。然而造化弄人，终因姜夔生计不能自足，不得不游食四方，到底劳燕分飞，萍散天涯。

姜夔和合肥"琵琶姐妹"的情事，是他一生中最难忘的感情经历。从二十多岁与之相识以来，他有过多次寓居合肥之举，那是他一生中最美好的时光。直到若干年后的秋天，那对姐妹离开合肥，他方才搬离。无可奈何之际，写下《秋宵吟》聊以遣怀：

古帘空，坠月皎。坐久西窗人悄。蛩吟苦，渐漏水丁丁，箭壶催晓。引凉飔、动翠葆。露脚斜飞云表。因嗟念，似去国情怀，暮帆烟草。

带眼销磨，为近日、愁多顿老。卫娘何在，宋玉归来，两地暗萦绕。摇落江枫早。嫩约无凭，幽梦又杳。但盈盈、泪洒单衣，今夕何夕恨未了。

一去不返的初恋，辗转起伏的命运，让姜夔百般惆怅。此后的二十余年时光里，姜夔曾作下很多诗词，寄托内心的缠绵相思，反复追忆这段往事，深情怀念梦中的伊人。姜夔今存词八十余首，而与合肥情事相关的词作就有二十余首之多，占其词作的四分之一。情意深浓至此，足见其是何等的牵肠挂肚，念兹在兹。

一个是才情卓绝、清高孤傲的布衣词人，一个是天生丽质、能歌善舞的痴情女子，在寒来暑往的人世沧桑里，同是天涯沦落人，相逢何必曾相识——从素昧平生到相遇相知，从怦然心动到情投意合，原本一对心心相印的有情人，为何会从此天各一方？一段长达二十余年的红尘苦恋，为何无法厮守终老？是郎心凉薄，始乱终弃，还是妾意阑珊，流水落花？是人在江湖，身不由己，还是浮生若梦，造化弄人？

关于沉浮不定的命运，关于才子佳人的爱情，无人能给出一个完美答案。此情可待成追忆，只是当时已惘然，就像李商隐的《锦瑟》《无题》等诗作，是一首首扑朔迷离的“诗谜”，姜夔的爱情词作系列，也是一阕阕缠绵悱恻的“词谜”。

有一种邂逅，是既不能相濡以沫，又不能相忘于江湖。有一种美好，像桃花灼灼，开成心头的朱砂痣，又像驿路梨花，落成永远的白月光。宋淳熙十三年（1186）末，姜夔自沔州东行，次年正月初一至金陵，于江舟上梦见日夜思念的心上人，醒来心有所感，写下这首情真意切的《踏莎行》：

燕燕轻盈，莺莺娇软，分明又向华胥见。夜长争得薄情知？春初早被相思染。

别后书辞，别时针线，离魂暗逐郎行远。淮南皓月冷千山，冥冥归去无人管。

宋淳熙十六年（1189），姜夔寓居吴兴，这里户藏烟浦、家具画船的美景，桃李芳菲、载酒春游的市井繁华，那些斜抱琵琶的歌女，愈是吴侬软语莺莺燕燕，愈发让他思念昔日的恋人。眉尖心上，无不浮现着合肥姐妹手弹琵琶、浅吟低唱的窈窕身影，遂感遇成歌，落笔成词，自度一曲《琵琶仙》：

双桨来时，有人似、旧曲桃根桃叶。歌扇轻约飞花，蛾眉正奇绝。春渐远、汀洲自绿，更添了几声啼鴂。十里扬州，三生杜牧，前事休说。

又还是、宫烛分烟，奈愁里、匆匆换时节。都把一襟芳思，与空阶榆荚。千万缕、藏鸦细柳，为玉樽、起舞回雪。想见西出阳关，故人初别。

当所有的相逢团圆，都化为梦幻泡影，当一切的繁华热闹，皆如满天烟花散去，还有谁朝朝暮暮，沉浸在苦苦相思之中——那相思，是草长莺飞，杏花吹满头，又将愁眼与春风；是满汀芳草不成归，日暮更移舟向甚处；是流光过隙，梁上双燕飞来，长叹人何在，一帘淡月，仿佛照颜色；是飘零久矣，正值多病之秋，沉思年少浪迹，坠红无消息，唯闻乱蛩吟壁，清愁似织。

那相思，像极这无尽无期的肥水，一直孤独地流淌在梦里梦外。多年后一个寂寞的元夕，天上月色孤明，人间灯火阑珊，四十余岁的姜夔，午夜梦回，心潮起伏，那念念在心的相思，那凄凉如水的孤独，再次不绝如缕地袭上心头，于是伏案写下一首《鹧鸪天·元夕有所梦》，字字情深意切，句句动人衷肠：

肥水东流无尽期，当初不合种相思。梦中未比丹青见，暗里忽惊山鸟啼。

春未绿，鬓先丝，人间别久不成悲。谁教岁岁红莲夜，两处沉吟各自知。

此词写于宋庆元三年（1197），春青年少的相遇，中年离散的相思，字里行间的那份感怀，无不直击人心，让人动容。肥水，即淝水。一条淝水，源出合肥西南紫蓬山，北流三十里，一分为二，东淝河流经寿县入淮河，南淝河流经合肥入巢湖。就像人生的相逢和别离，就像爱情的甜美和忧伤，一切源自本心，却又曲终人散，皆是因缘际遇，从而泾渭分明。

千年岁月倏然而过，人世一遍遍沧海桑田，古老的赤阑桥畔，亦是一度度春去秋来。无论是出门散步，或是傍晚回来，每当我经过这里，总要慢下步履，站在熟悉的赤阑桥畔，看看四时不同的景致，听听流水落花的声音。

一年四季，这里春来垂杨陌上，柳色夹道，鹅黄嫩绿依旧；夏至池塘自碧，满目繁华，两岸桃红蕉绿；秋后满径芙蓉，竞相摇曳临水而开，蕊寒香冷一身霜意；冬日万物沉寂，待得一夜风雪满城，便可踏雪寻梅，走进一片暗香疏影。

这合肥城南的赤阑桥畔，街衢纵横，车如流水马如龙，姜夔来过，我也来过。我常常莫名在想，哪一处会是姜夔当年的寓所呢？或许就在我的足下，又或许就在邻人的院落。白云悠悠，巷陌深深，我四顾茫然，无从知晓。

时隔千载，所有的旧迹，早已随世事变迁一点点消失殆尽。而姜夔那段南宋爱情往事，浪漫也罢，凄凉也好，也早已湮没于时光深处，无可寻觅。唯有淝水静静流淌，倒映着天光云影和人间烟火，像一道动人的画廊，终日无言，自成风景。

所有从诗词开始的相遇，最后也唯有通过诗词抵达。原来多少浪漫美好的故事，终究都是一场兰因絮果，徒留一卷寂寥如水的相思，岁岁年年，无尽无期。

感谢青衣布衫的白石道人，穿过近千年遥远的时空，为我送来一阕阕清词，让我在平日散步的时候，将心一点点慢下来，让我平静如许的日子，多了一点清美的波澜。我愿意住在他的词里，在他的词里生活，在他的词里呼吸，静看风花雪月，感知草木流年。

跋

试问闲情都几许

那时青荷

那是一个繁荣昌盛的时代，一个妩媚风流的时代。哪怕隔着山长水阔的时空，我们依然记得那三百年的繁华风景，还是那么摇曳多姿，活色生香。

那是一个能臣巨擘开创的时代，一个最具美学品质的时代，一个古典中国的黄金时代。只要打开有关诗书的记忆，我们就会遇见那些骚人墨客，邂逅一回诗酒风流，重温一种风雅人生。

回望两宋三百多年，从都城汴京、临安到天南海北，无论是勾栏瓦舍，还是酒楼茶坊，上至帝王将相，下及平民百姓，不管是文人雅士，抑或是商贾儒生，都热衷于烟火日常的美好。他们一边赏花吃酒，一边吟诗填词，过着潇洒惬意、闲适悠游的生活。

他们沉醉在春花秋月的世界里，享受着生命的四时清欢，用最锦绣的年华，谱写出最动人的词句，唯美了岁月，惊艳了时光。他们或豪放或婉约，或清空或绵密，他们可喜气可忧伤，可旷达可深情——那种住在灵魂深处的优雅，如空谷幽兰，似三秋桂子，有着遗世独立的风骨。那份无法绕过的逸致闲情，不会因世事变幻而渐行渐远，愈是光阴流转，愈是照影惊心。

陈寅恪先生说："华夏民族之文化，历数千载之演进，造极于赵宋之世。"当一幅《清明上河图》徐徐展开，人们即可全景式俯瞰一个风雅的朝代，饱览那时的繁华市井与旖旎风光。抑或打开一部《东京梦华录》，那煊煊三百年的盛世图景，大宋汴京城的风物人情，便历历在目，如见如闻。

我仿佛还能看到，一生落魄的柳永，还在市井间浅斟低唱；太平宰相晏殊，犹在小园香径上独自徘徊；异乡中秋的月夜，苏轼在把酒问青天；遥远的边关营帐，辛弃疾醉里挑灯看剑；漂泊多年的蒋捷，于江阔云低的客舟中听雨；风尘仆仆归来的陆游，又到山阴沈园里缅怀绝美的爱情；秦观与贺铸，要么吟唱才子佳人的柔情蜜意，要么感怀人生流年的聚散悲欢；周邦彦与姜夔，一个尚在自度一曲美妙的新词，一个仍徜徉于暗香疏影的回忆里；这厢庭院深深，那是为爱断肠的朱淑真，在独行独坐，独唱独酬还独卧；那厢众荷喧哗，争渡声声，却是少女时代的李清照，沉醉不知归路，误入藕花深处……

且看那琳琅满目的词牌，该有多美。每个词牌都有一个出处，都深藏一个有温度的故事，都吟唱出一种深刻的心境。我爱鲜衣怒马的《少年游》、窈窕温柔的《如梦令》、烛影摇红的《青玉案》、壮志豪情的《浪淘沙》，也爱清巧灵动的《蝶恋花》、如诗如画的《清平乐》、风情万种的《菩萨蛮》、缠绵悱恻的《声声慢》，还爱《钗头凤》里的凄婉动人、《鹊桥仙》里的新欢旧愁、《雨霖铃》里的沉郁苍凉、《渔家傲》里的英雄气概、《念奴娇》里的千古感怀。

试问闲情都几许，不过诉不完的闲愁相思，道不尽的恩怨离合，不过旧时天气旧时词，总有一种情怀，还似旧家时。任凭光阴荏苒，沧桑更替，在宋词的世界里，总有一种闲情是“落花已作风前舞”，有一种闲情是“梦入江南烟水路”，有一种闲情是“无言谁会凭阑意”，有一种闲情是“过尽飞鸿字字愁”。

那份闲情之美，美在精致隽永，美在妙不可言。既有大江东去的潇洒豪放，也有杏花春雨的婉转细腻，既有红袖添香的缱绻多情，也有望穿秋水的寂寥惆怅。如果你爱上一卷唐诗的繁华浪漫，又岂能不眷恋一阕宋词的妩媚灵秀？在我们的印象里，唐风宋韵堪称人间双绝，是青山与绿水，是春花与秋月，总是相呼互应，彼此成全，渲染出一幅山水相映的绚丽画卷。

在古典的中国，没有一个朝代，比宋朝更懂生活，更懂审美。也只有读懂了宋朝，才能真正了解中国式风雅，真正领悟中国式美学的无穷魅力。从琴棋书画，到诗酒茶花，从笔墨纸砚，到丝绸瓷器，从风花雪月，到爱恨情愁——这是怎样一种诗意生活，平实中不失情致，简约中不失深远。这种从骨子里散发出来的闲情，丰盈自在，百转千回，让平仄跌宕的世间，平添一份天青色的静美，氤氲着一缕别样的清香。

蒋勋先生说得好："阅读宋词，就像在阅读生命本身，饱满与孤独、喜悦与感伤各具其美。记得花间晚照，记得金戈铁马，豁达面对得失起落，好好珍惜自己。"当富贵繁华都幻灭，当风流总被雨打风吹去，一阕宋词，就是一笺对曾经往昔的追忆，一段浮生心事的留白，一种安静自然的淡雅。

它们有长有短，错落有致，时而丰盛，时而清简，时而豪迈，时而温婉，深藏着生命旅程的纷繁过往，见证着灵魂深处的悲欣交集。它们穿过岁月的浮华烟云，依然鲜活如初，刹那间击中我们的心灵，渗透到我们的骨血里，让我们为之倾倒，钟情一生。

当你静下心来，聆听这缓缓而吟的诗情与画意，品味字里行间的美丽与哀愁，就会遇见一个格外丰富的自己。当你身处某个情境，心有所感时，总有一句宋词与你迎面相逢，让你魂牵梦绕，恰好地描摹出那时那刻的心情。

我和诗词相爱一生，一生还是太短。我和诗词一期一会，日日皆是好日。我愿意穿越悠长的时光之河，抵达宋朝的花朝月夕，打开宋词的阆苑芳华，探寻诗人词客的风雅人生，领略他们心中的丘壑烟霞，呼吸古典浪漫的词韵书香。

我见宋词多妩媚，料你见宋词亦如是。这样的清丽典雅，不曾随流光而瘦减；这样的风流妩媚，不会随浮云而散去。让我们以一朵花的衷肠，抑或以一朵云的缓慢，行走在最美的宋词里，静看世事浮沉，感受人生百态，回眸遇见欢喜，转角邂逅闲情。

庚子年杏月

编后记

只有相思无尽处

苏长兵

合肥工业大学出版社资深编辑疏利民老师寄来那时青荷的文稿《我见宋词多妩媚》，让我做一些辅助性的编校工作。那是一个阳光灿烂的午后，我打开包裹，将三百页的文稿整整齐齐地摆在我面前喝茶的案台上。明媚的阳光从窗户里射进来，清晰地照在文稿上，我突然感觉到特别欢喜，一切都是那么恰到好处。

我和那时青荷是同乡，又在一个城市工作，但我们见面不多，只是在两次聚会中相邻而坐，席间只有只言片语的交流，所以并不熟识。但我觉得，了解一个人，并不需要天天在一起，我以前看过她的文字，从她的文字里，我似乎也能懂得她，何况我们又在一起吃过两次饭，见过两次面。

那是一个安静到极致的女子，像植物一样安静；那是一个外表柔弱而内心强大的女子，像奔流不息的山泉水；那是一个生活简单、从容又永远渴望浪漫的女子，期盼四时明媚，静水流深。所以，她从宋词中，看到的尽是妩媚。

词作为一种文学体裁，始于南朝梁代，形成于唐代，而极盛于宋代。可以说，宋词是中国古代文学皇冠上那颗光彩夺目的明珠。在中国古代文学的阆苑里，它是一座芬芳绚丽的园圃；它以姹紫嫣红、千姿百态的神韵，与唐诗争奇，与元曲斗艳；它是当时儒客文人智慧的结晶，标志着宋代文学的最高成就。

所以，千百年来，太多的人在用自己的眼光与心灵解读、鉴赏宋词，如今，词作的鉴赏，已经成了专门之学。近百年以来，我国先后出版过的词作鉴赏专著就不下于两二百种，见诸报端的词作鉴赏类文章更是不计其数。我曾粗略地看过俞平伯先生的《读词偶得》和沈祖棻先生的《宋词赏析》，都令人大开眼见，读时如沐春风。

俞平伯先生精于古典文学，在很短的篇幅中，所论常有出人意料之处，细思又觉得很有道理，所以，《读词偶得》虽是一本小书，却在词研究史上有着重要的地位；而以诗词成就享有盛誉的著名学者、当代词人沈祖棻先生则以学者的博学、女性的细腻和诗人的才情将宋词的解读水平推向了一个新的高度。

宋词是中国古代文学中的璀璨明珠，我们要想领略她的姹紫嫣红与千姿百态，就必须要学会鉴赏，真正读懂它们，如此才能找到“通幽曲径”，看到“禅房花木”。而赏析诗词的方法很多，有人擅长阐述诗词理论，有人擅长评析作品形象、语言、表达技巧和表现手法，有人擅长发掘作品的思想内容和作者的观点态度，而那时青荷则擅长用新颖别致的审美眼光，结合自己丰富细腻的情感体验，引领我们去发掘一阕阕宋词的美学意蕴与生活情趣，也给了我们很多有益的人生启迪。

那时青荷赏析宋词，有着和其他人不一样的味道，这应该和她自身的经历与特质有关。那时青荷为人安静谦和，阅历丰富，呈现出来的文字干净优美，词句极其工整，又喜用短句、并列句，所以读来流畅，品之有味。编完那时青荷的这本文稿，我有两个比较深的感触。

一是她擅长知其人，论其世，厘清作品创作的背景与环境。因为词人的思想、感情、性情、气质、阅历、修养等无不直接影响到词的创作，所以知其人，就能更深刻地理解他的作品，否则，对其作品的理解往往就会有谬误的判断和隔膜的揶揄；论其世，就能更好地了解词人当时所处的环境，知道他是在什么情境下创作出作品的。比如她这样看南宋女词人李清照：一位一生爱梅的女子，自是有了一份如梅的性情品格，从骨子里透出一种绝美。何况对她来说，梅花还有着不一般的意义，所映现出来的，是早年的欢乐、中年的惆怅与晚年的悲怀。从初见时“和羞走，倚门回首，却把青梅嗅”的羞赧，到新婚时“寒梅点缀琼枝腻，香脸半开娇旖旎”的欢喜，再到离乱后“看取晚来风势，故应难看梅花”的哀婉，那一年年花信，一度度梅开，俨然一种心灵慰藉，一番心路历程。迎着命运的瑟瑟寒风，她把自己活成了一树梅花。那雪里的梅花，分明是她一生的悲欣交集，一世的阴晴冷暖。

二是她擅长把自己写进词中，设身处地去意会和感受词人在作品里所展现的意境。在一篇篇的赏析中，她成了柳永，成了晏殊，成了苏轼，成了秦观，成了姜夔，成了辛弃疾。正如她在序言里所说：我仿佛还能看到，一生落魄的柳永，还在市井间浅斟低唱；太平宰相晏殊，犹在小园香径上独自徘徊；异乡中秋的月夜，苏轼在把酒问青天；遥远的边关营帐，辛弃疾醉里挑灯看剑；漂泊多年的蒋捷，于江阔云低的客舟中听雨；风尘仆仆归来的陆游，又到山阴沈园里缅怀绝美的爱情；秦观与贺铸，要么吟唱才子佳人的柔情蜜意，要么感怀人生流年的聚散悲欢；周邦彦与姜夔，一个尚在自度一曲美妙的新词，一个仍徜徉于暗香疏影的回忆里；这厢庭院深深，那是为爱断肠的朱淑真，在独行独坐，独唱独酬还独卧；那厢众荷喧哗，争渡声声，却是少女时代的李清照，沉醉不知归路，误入藕花深处……我相信她是真的看到了。

那时青荷说，我和诗词相爱一生，一生还是太短；我和诗词一期一会，日日皆是好日。在一个阳光明媚的午后，编完这部文稿，我看到了妩媚的宋词，看到了妩媚的那时青荷，也看到了妩媚的自己。那时青荷说的“妩媚”，我更喜欢说是“人情味”。

顺便说一下，人们习惯将词分成婉约词与豪放词，同时有了婉约派与豪放派的说法，甚至有人认为婉约词只能表现个人的小我情感，要想表现家国情怀，必须要写豪放词。我觉得这种划分没有必要，任何一个婉约的词人身上都有豪放的一面，而任何一个豪放的词人身上又都有着婉约的一面。这一片片宋词里呈现出来的男女之情、羁旅之愁、相思之苦、家国之恨，这些对国、对家、对人、对事、对物痛彻心扉的思念，究竟是婉约还是豪放呢？不如说是“人情味”吧。无情不似多情苦，一寸还成千万缕。天涯地角有穷时，只有相思无尽处。

作者简介

苏长兵，安徽枞阳人，现居合肥。安徽大学旅游管理专业硕士，高级讲师，安徽省“教坛之星”。曾任安徽华夏旅游学校副校长、合肥艺术中学执行校长、安徽莲邦安老基金会理事长，现就职于安徽省关心下一代教育基金会。著有语言文字研究专著《正说成语》。